Seine HERZOGIN

LUCINDA BRANT BÜCHER

— Die Roxtons – die frühen Jahre —
DER EDLE SATYR
SEINE HERZOGIN
IHR HERZOG
IHRE GNADEN

— Roxton-Familiensaga —
HEIRAT UM MITTERNACHT
HERZOGIN DES HERBSTES
TEUFELSKERL DAIR
DIE STOLZE MARY
DER SOHN DES SATYRS
IN LIEBE
HERZLICHST

— Salt Hendon-Serie —
DIE BRAUT VON SALT HENDON
RÜCKKEHR NACH SALT HENDON

— Alec-Halsey-Krimis —
TÖDLICHE VERLOBUNG
TÖDLICHE AFFÄRE
TÖDLICHE GEFAHR
TÖDLICHE VERWANDTSCHAFT

ÜBER DIE AUTORIN

WENN ICH NICHT in meiner Sänfte durch das London des 18. Jahrhunderts schaukele oder mit parfümierten Hofleuten mit Schönheitspfläschterchen in den vergoldeten Salons von Versailles den neuesten Klatsch austausche, schreibe ich preisgekrönte historische Liebesgeschichten und Krimis (die auch ihre Liebesgeschichten enthalten) aus der georgianischen Zeit. Meine Bücher spielen im georgianischen England des 18. Jahrhunderts, mit gelegentlichen Ausflügen auf den europäischen Kontinent. Ich lege die Zügel bei der französischen Revolution, wo ich ein früheres Leben wegen meines unverzeihlichen hedonistischen Lebensstil als faule Aristokratin beendet habe, nieder.

lucindabrant@gmail.com	lucindabrant.com
pinterest.com/lucindabrant	twitter.com/lucindabrant
facebook.com/lucindabrantbooks	youtube.com/lucindabrantauthor

ÜBER DIE ÜBERSETZERIN

SUSANNE DÖRING

BÜCHER WAREN IMMER mein größtes Vergnügen; indem ich sie übersetze, kann ich sie auch mit denen teilen, die lieber auf Deutsch lesen. Ihre Meinung ist mir wichtig, Sie erreichen mich unter:

werrakind@gmail.com

Seine HERZOGIN

Sequel von *Der Edle Satyr*

Zweites Buch der Reihe Die Roxtons – die frühen Jahre

Lucinda Brant

ÜBERSETZT VON SUSANNE DÖRING

Ein Sprigleaf-Buch
Veröffentlicht von Sprigleaf Pty Ltd

Dies ist ein Roman; Namen, Charaktere, Orte und Ereignisse
entstammen der Fantasie des Autors oder werden fiktiv verwendet.

für

Fiona

DRAMATIS PERSONAE

Die Familie Roxton und ihr Haushalt

- **Roxton** ...... *der Herzog von Roxton aka M'sieur le Duc*
- **Antonia** ...... *die Herzogin von Roxton aka Mme la Duchesse aka Comtesse du Roucy*
- **Vallentine** ...... *Lucian, Lord Vallentine—Roxtons bester Freund, verheiratet mit seiner Schwester*
- **Estée** ...... *Lady Vallentine aka Madame—Vallentines Frau und Roxtons Schwester*
- **Martin** ...... *Martin Ellicott—Roxtons ehemaliger Kammerdiener und Julians Pate* (mon parrain)
- **Julian** ...... *Roxton und Antonias kleiner Sohn aka JuJu*
- **Gabrielle** ...... *Antonias Zofe, jüngste Schwester von Yvette, Rose und Giselle*
- **Céleste** und **Cécile** ...... *Julians Ammen aka die Morvan* nourrices
- **George Geraghty** ...... *Roxtons Kammerdiener*
- **Jean-Luc Levron** ...... *illegitimer Sohn des Marquis von Alston and seiner Mätresse, einer* marionnettiste
- **Augusta Fitzstuart** ...... *die Gräfin von Strathsay aka* grand-mère. *Antonias Großmutter*

Die Familie Salvan und ihr Haushalt

- **Die alten Tanten** ...... die Schwestern von Philip, Comte de Salvan. Roxtons Tanten durch seine Mutter, Madeleine-Julie; Salvans Tanten durch seinen Vater Philip
- **Tante Philippe** ...... Marquise du Touraine-Brissac aka Mme Touraine-Brissac. Mother of Alphonse, Duc du Touraine. Grandmother of Elisabeth-Louise and Michelle Haudry.
- **Tante Victoire** ...... die Comtesse du Chavigny
- **Tante Sophie-Adelaide** ...... Victoires Zwillingsschwester. Eine Nonne
- **Madeleine-Julie Salvan Hesham** ...... jüngste der Salvan-Schwestern. Marquise of Alston, Roxtons and Estées Mutter, gest. 1734
- **Salvan** ...... Jean-Honoré Gabriel Salvan, Comte de Salvan. Sohn von Philip, Comte de Salvan, Roxtons Cousin ersten Grades. Neffe der alten Tanten
- **Chevalier Montbelliard** ...... aka Cousin Hugh. Der Erbe des Comte de Salvan
- **Michelle Haudry** ...... aka Mme Haudry, Schwiegertochter eines Steuerpächters, Tochter von Alphonse, Duc du Touraine, Enkelin von Philippe, Marquise du Touraine-Brissac
- **Alphonse** ...... Duc du Touraine, einziger Sohn von Mme Touraine-Brissac, Roxtons Cousin ersten Grades und guter Freund. Vater von Michelle Haudry und Elisabeth-Louise Salvan Gondi Touraine
- **Elisabeth-Louise** ...... Schwester von Michelle Haudry, Enkelin von Mme Touraine-Brissac
- **Thérèse** ...... Roxtons frühere Mätresse, Ehefrau des Baron Thesiger, Schwester des Marquis de Chesnay, Mutter des Säuglings Robert
- **Gustave** ...... Marquis de Chesnay, Roxton's friend, brother of Thérèse Duras-Valfons.
- **'Ricky'** ...... Marquis de Chesnay, Roxtons Freund, Bruder von Thérèse Duras-Valfons
- **Giselle** ...... Elizabeth-Louises Zofe, Schwester von Gabrielle

AUFTRETENDE ODER ERWÄHNTE HISTORISCHE PERSONEN

- ***Louis*** ...... *King von Frankreich. Louis XV (1710–1774), genannt Louis der Vielgeliebte, König vom 1. September 1715 bis zu seinem Tod im Jahr 1774. https://en.wikipedia.org/wiki/ Louis_XV*
- ***Mme de Pompadour*** ...... *die* maîtresse-en-titre *(offiziell die erste Mätresse) des Königs aka Marquise de Pompadour, geb. als Jeanne Antoinette Poisson (1721–1764) https://en.wikipedia.org/ wiki/Madame_de_Pompadour*
- ***Comte d'Hozier*** ...... *der Genealog des Königs, Hüter des* Armorial général de France *und* juge d'armes *de France. Louis Pierre d'Hozier (1685–1767) https://en.wikipedia.org/wiki/ Louis–Pierre_d%27Hozier*
- ***Marquis de Dreux-Brézé*** ...... Zeremonienmeister von Frankreich. *Joachim, Marquis of Dreux-Brézé (1710–1781) https://fr.wikipedia.org/wiki/Joachim_de_Dreux– Br%C3%A9z%C3%A9*
- ***Joachim*** ...... *Marquis of Dreux-Brézé (1710-1781) https://fr. wikipedia.org/wiki/Joachim_de_Dreux-Br%C3%A9z%C3%A9*
- ***Duc de Bouillon*** ...... Großkämmerer von Frankreich. *Hier aufgeführt: https://en.wikipedia.org/wiki/ Grand_Chamberlain_of_France*
- ***Duc de Richelieu*** ...... *aka Armand, Duc de Richelieu, Erster Kammerherr. Louis François Armand de Vignerot du Plessis (1696–1788) https://en.wikipedia.org/wiki/ Armand_de_Vignerot_du_Plessis*
- ***Marie Leszczyńska*** ...... *Königin von Frankreich (1703–1768), Ehefrau Louis XV https://en.wikipedia.org/wiki/Marie_Leszczy% C5%84ska*
- ***Marquis de Maurepas*** ...... *Minister Haushalts des Königs. Jean-Frédéric Phélypeaux, Comte de Maurepas (1701–1781) Französischer Staatsmann. https://en.wikipedia.org/wiki/Jean– Fr%C3%A9d%C3%A9ric_Ph%C3%A9lypeaux,*
- *_Count_of_Maurepas*
- ***M'sieur de Marville*** ...... *Generalleutnant der Polizei von Paris https://catalogue.nla.gov.au/Record/2654940*

EINS

VERSAILLES, FRANKREICH, ENDE OKTOBER 1746

HIER SIND WIR UND TUN, was wir am besten können. Deinen guten Cognac vor dem Kamin trinken. Fühlt sich fast an, wie in alten Zeiten, nicht wahr?"

„Das tut es, mein lieber Vallentine, wie immer. Es hat sich nur wenig verändert."

„Wenig?" Lord Vallentine war verdutzt. Er schluckte den Köder jedes Mal. „Wie kannst du das sagen? Es ist genau ein Jahr her, seit du das Mädel in unser Leben gebracht hast und wenn irgendjemand dieses Ende vorhergesagt hätte, würde ich an seinem Verstand gezweifelt haben!"

„Wie ich es oft bei dir tue?"

„Ha! Ha! Du kannst mir mit einer Feder das Auge ausstechen, weil ich das Offensichtliche bemerke, aber *das* ..." Er wedelte mit einem spitzenbedeckten Handgelenk, das er in die Richtung rechts vom Sessel seines besten Freundes ausstreckte. „... *das* gab es hier vor einem Jahr noch nicht, oder?"

Der Herzog von Roxton schien es nicht zu begreifen. „Wir waren vor einem Jahr nicht in diesem Haus."

„Ein Haus nennst du das?" Vallentine schnaubte. „Verdammt! Das hier ist kein Haus. Es ist eine Hundehütte!"

„Ich werde deine - äh - *Komplimente Mme la duchesse* ausrichten."

„Nein! Nein! Tu das nicht! Sie würde es mir ewig vorhalten." Er musterte den Herzog eindringlich. „Sie hat diese Unterkunft gewählt, nicht wahr?"

„Aus dem halben Dutzend, das angeboten wurde."

„Nun, dann behalte ich mir mein Urteil bis morgen früh vor. Ich bin mitten in der Nacht angekommen. Um fair zu sein, alles, was ich gesehen habe, ist die beeindruckende *porte-cochére*, das bezaubernde Eingangsfoyer und das Innere dieses - was andere zufrieden wären, eine Bibliothek zu nennen, obwohl es ungefähr so groß ist wie dein Kabinett zuhause im *hôtel*. Also nicht viel, um etwas daraus zu schließen, nicht wahr?"

„Zweifellos wirst du es im Tageslicht ebenso charmant hübsch und so - äh - *günstig gelegen* für unsere Zwecke finden, wie *Mme la duchesse* es empfindet."

„Charmant hübsch, sagst du? Und - und *günstig gelegen*? Aha. Ja. Natürlich ist es das!" Vallentine kreuzte seine langen, gestiefelten Beine an den Knöcheln und hob sein Cognacglas. „Danke für die Vorwarnung."

Der Herzog senkte den Kopf.

„Du hast nie verraten, warum du in diese charmante und - äh - günstig gelegene Villa umgezogen bist", fragte Vallentine beharrlich. „Es ist doch nicht so, als könntest du nicht vom *hôtel* nach Versailles fahren, wann immer es dir gefällt. Und es sind nur vierzehn Meilen von dort hierher, deine sechsspännige Kutsche schafft das in der halben Zeit, die wir anderen dafür brauchen."

„Eine ausgezeichnete Frage. Es reicht doch, dass diese malerische Villa zweckmäßig ist. Nahe genug am Schloss, um einen Tragsessel benutzen zu können, aber weit genug entfernt, um unter uns zu sein. Und der umfriedete Garten gewährt nicht nur Zugang zum königlichen Park, sondern auch zum Stallhof. Das lässt den Standort sehr gut geeignet für die derzeitigen - äh - Anforderungen erscheinen."

Vallentine dachte einen Moment darüber nach und fragte dann: „Hat die Tatsache, dass ihr euch hier niedergelassen habt, etwas mit der Vorstellung deiner Herzogin bei Hofe zu tun?"

„Ja."

„Und sie kann nicht bei Hofe vorgestellt werden, während sie zu Hause in Paris wohnt?"

„Ich hatte angenommen, dass Estée dir die Hofetikette und das - äh - Verfahren für die Vorstellung bei Ihren Majestäten erklärt hätte, sodass ich das nicht müsste."

„Das hat sie, aber es ergab keinen rechten Sinn. Alles, woran ich mich erinnern kann, ist eine öffentliche Zeremonie mit jeder Menge Verbeugungen und Kratzfüßen und Gekrieche und so weiter, alles vor einem Haufen von Speichelleckern bei Hof. Und wenn das vorbei ist, hat deine Herzogin offiziell die Erlaubnis, in den privaten Appartements des Schlosses mit dem Rest der wenigen Glücklichen wie dir herumzuspazieren."

„So in dieser Art", murmelte der Herzog.

„Aber ich bin trotzdem verwirrt. Es erklärt mir nicht, warum du deinen Haushalt in diese von deiner Frau gewählte Villa drängen musst. Du bist immer von deinem Pariser Haus gekommen, um Zeit in Louis' Gesellschaft zu verbringen, und musstest dazu nicht einen Steinwurf von seiner *chaise percée* entfernt leben. Doch wenn es bei alledem nur um die Vorstellung deiner Herzogin bei Hof geht, dann muss es wohl sein."

„Es gibt kein Geheimnis, und du hast deine eigene Frage beantwortet."

„Habe ich das?" Als der Herzog keinen weiteren Kommentar abgab, zuckte Vallentine mit den Schultern und nippte an seinem Cognac. Nach einer Pause sagte er: „Wenn es das ist, was deine Herzogin sich wünscht und es dich nicht zu sehr stört, soll es mir recht sein."

„Wenn wir jetzt deinen Segen haben, können wir ja nachts ruhig schlafen."

Vallentine grinste. „Ich könnte wetten, dass du seit Monaten keine Nacht gut geschlafen hast!"

„Ich versichere dir, mein Lieber, wenn ich schlafe, schlafe ich wie immer - wie ein Toter."

Vallentine hob sein kantiges Kinn und starrte an der rechten Schulter des Herzogs vorbei. „Du kannst mir die Wahrheit sagen, weißt du? Antonia muss es nicht erfahren."

Der Herzog blinzelte. „Ja. Und ich habe keine Geheimnisse vor meiner Frau, ganz gleich, wie unwichtig etwas auch sein mag."

„Wie du willst! Aber wenn du mich fragst, hat alles hier mit dem zu tun, was da bei deinem Sessel ist." Sein Finger stach erneut in die Luft in Richtung seines Freundes.

Der Herzog schaute über seine Schulter zu dem deckenhohen Bücherregal, dann zurück zu seinem besten Freund. „Meine Bücher?"

„Nein! Nein! Verdammt! Nicht deine Bücher!"

„Vielleicht die Regale und - äh - die Einrichtung?"

Vallentine wedelte frustriert mit der Hand. „Hör' auf mit dem Herumgerede, Roxton! Du weißt sehr gut, dass ich nicht von deinen Besitztümern rede oder von diesem Haus, sondern über den geliebten Bewohner dieses Weidendingsda."

„Das nennt man eine Wiege, Lucian."

„Das ist es! Eine Wiege! Man sollte meinen, ich wüsste es inzwischen, nachdem sie überall im *hôtel* herumstehen. Vermutlich steht auch hier in jedem Zimmer eine, kein Zweifel."

„Da wir in einer - äh - Hundehütte leben, brauchen wir weniger. Aber du hast recht", fügte der Herzog ruhig hinzu und sein Blick wanderte zu der Wiege neben seinem Sessel. Ihr winziger, schlafender Bewohner war zwischen weiche, weiße Leinenlaken und eine hellrosa, mit Gänsefedern gefüllte Seidendecke gebettet. „Wir sind hier, damit er bei uns sein kann."

„Ich wusste es!", verkündete Vallentine zufrieden. „Estée sagte es. Nicht, dass sie verstünde, warum ihr umziehen musstet. Sie sagte, ihr hättet euren Erben in der Obhut seiner Kindermädchen lassen können, während du und die Herzogin zu Hof ginget. Das ist so üblich."

„Das haben wir besprochen. Aber du solltest inzwischen wissen, dass bei Antonia nichts wie üblich ist."

„Das kann man wohl sagen!"

„Sie wollte nicht daran denken sich, während all der Stunden, die wir bei Hof erwartet werden, von unserem Sohn zu trennen", fuhr der Herzog fort, als ob Seine Lordschaft ihn nicht unterbrochen hätte. „Hier zu wohnen bedeutet, dass sie immer zurückgehen kann, wenn sie es für nötig hält. Kinder, vor allem Säuglinge, sind bei Hof nicht erlaubt ..."

„Was? Keine Kinder auf einem so großen Spielplatz?"

„Die Säuglinge sowohl der höchsten wie der niedrigsten Hofbeamten werden zu Ammen gegeben und man sieht sie kaum wieder, bis sie nicht länger Kinder sind. Sie kommen zurück, wenn sie vollständig erwachsen sind. Es ist eine Art - äh - Wunder."

„Aber sicher wird doch der königliche Nachwuchs nicht zu Ammen weggegeben?"

„Das ist natürlich die Ausnahme. Doch auch sie werden abseits der Blicke der Öffentlichkeit großgezogen. Das einzige Mal, dass ich mich erinnern kann, die Prinzessinnen gesehen zu haben, war, als ich mit Seiner Majestät von der Jagd zurückkam. Er ließ die Jagdgesellschaft warten, während er anhielt und mit seinen Töchtern sprach. Einige von ihnen gingen noch am Gängelband. Jetzt werden sie in der Abtei von Fontevrault erzogen - oder, wie du es so unelegant ausdrückst, dorthin weggegeben - weit fort vom Hof und seinen Intrigen." Zwischen den schwarzen Brauen des Herzogs bildete sich eine tiefe Falte. „Dies ist meine erste und letzte Erinnerung an Kinder im Palast."

„Kaum überraschend, wie? Diese vergoldeten Säle sind wirklich kein guter Ort für Kinder, egal welchen Alters! Am besten, sie sind nirgendwo dort, sonst würde die Hälfte aller Höflinge über die Wiegen stolpern, die solche Winzlinge brauchen."

Der Blick des Herzogs kehrte kurz zu seinem schlafenden Sohn zurück. Er seufzte. „Ich muss gestehen, dass ich wenig Ahnung davon hatte, welche Menge von - äh - Utensilien für ein so winziges Wesen nötig sind."

„Ich auch nicht, aber langsam wird es mir klar. Estée ist noch Monate von der Geburt entfernt, und ich stolpere bereits über einen Berg dieser sogenannten Utensilien. Verdammt!"

Roxton betrachtete seinen besten Freund mit einem ironischen Lächeln.

„Säugling wie Onkel. Du bist mit genug Gepäck hier angereist, um eine Belagerung zu überstehen."

„Ich dachte, es würde euch nichts ausmachen, wenn ich bis ein paar Tage nach der Geburtstagsfeier des Mädels hierbleibe - oh, schon gut!", gab er zu, als der Herzog leicht überrascht wirkte. „Ich bin für ein paar Wochen gekommen. Estée wird mich wissen lassen, wenn ich ... wenn ich ..."

„... zurückkommen darf?"

Vallentine war verlegen. „Ihr Arzt sagte mir, dass die Morgenübelkeit während der ersten paar Monate normal ist."

„Dafür kannst du nur dir selbst die Schuld geben, mein Lieber."

Vallentine wurde rot. „Wenn du es so betrachtest, ja. Aber ich habe ihr diese Übelkeit nicht an den Hals gewünscht - oder mir!"

„Nein, das hast du nicht. Bleib, so lange du willst. Obwohl ich dir nicht versprechen kann, dass dein Leben unter diesem Dach weniger - äh - turbulent sein wird."

„Herzlichen Dank. Turbulent ist mir jeden Tag lieber als Wutanfälle!", erklärte Vallentine, dessen übliche laute Art wieder zum Vorschein kam. Doch um seinen Fehler, durch den er mehr als beabsichtigt über den Zustand häuslicher Disharmonie in seiner Ehe enthüllt hatte, zu kaschieren, fügte er rasch hinzu: „Wenn wir darüber sprechen, dass die Kinder selten zu sehen sind, gibt es einen speziellen Grund, warum wir uns in Gesellschaft deines Erben befinden?"

„Mein lieber Vallentine, *er* ist in *meiner* Gesellschaft."

Sein Freund grinste und schüttelte den Kopf. „Ich wette, das lässt du ihn auch nie vergessen!"

Roxton zupfte an einem der großen Ärmelaufschläge seines Morgenrocks aus seidener Chinoiserie. Seine dunklen Augen funkelten. „Ich habe große Erwartungen an die Scharfsinnigkeit meines Sohnes, so dass ich ihn nie daran werde erinnern müssen."

„Kann man das bezweifeln, wenn du doch sein Erzeuger bist?" Vallentine beugte sich vor, um in die Korbwiege zu sehen und senkte seine Stimme, als fiele ihm erst gerade ein, dass er sich in Gegenwart eines schlummernden Säuglings befand. „Es ist schwer zu sagen, da er ja noch dieses hübsche Häubchen trägt, aber ich nehme an, dass er immer noch einen Schopf schwarzer Haare hat?"

„Ja."

„Viel gewachsen?"

„Seit du ihn vor zwei Wochen gesehen hast? Natürlich. Er wächst jeden Tag. Das können Säuglinge am besten."

„Und schreien!" Vallentine wand sich auf seinem Sessel und verzog das Gesicht. „Das tun sie auch *viel*."

Um die Mundwinkel des Herzogs zuckte es. „Mein Sohn schreit nicht, Lucian, er gibt seine Forderungen bekannt, wie es sein gutes Recht ist."

„Ha! Und diese Armee von Kindermädchen, die ihn gewöhnlich umgibt, kommt angerannt!"

„Wie es ihre Pflicht ist. Sie alle zusammen haben Jahrzehnte an Erfahrung im Umgang mit Säuglingen. Seine Mutter und ich nur drei Monate."

„Das sind drei Monate mehr, als ich habe", knurrte Vallentine gutmütig.

„Ich zähle die Tage, bis du dich mir anschließt, wenn es darum geht, die ganze Last der Verantwortung, die zu einer Vaterschaft gehört, auf dich zu nehmen.“

„Das möchte ich wetten! Verdammt! Aber du kannst aufhören zu zählen. Ich höre schon jeden Tag genug darüber, was von mir erwartet wird, und ich kann dir sagen, dass ich nicht überzeugt bin, ob ich diese Erwartungen werde erfüllen können.“

„Mein Rat ist, dich nicht darum zu kümmern. Das wirst du nie.“

„Zur Kenntnis genommen.“ Vallentine lachte schnaubend und verdrehte die Augen. „Schwestern! Ehefrauen!“

Der Herzog sah seinen besten Freund aus seinen dunklen Augen an, die so unergründlich waren wie immer.

„Lass mich dich aus deinem Elend erlösen, Lucian. Mir ist wohl bewusst, dass Estée dich beauftragt hat festzustellen und ihr dann umgehend mitzuteilen, wie der Betrieb im Kinderzimmer meines Sohnes funktioniert, nur, damit sie Antonia noch mehr unerwünschte Ratschläge schreiben kann. Antonia hat ihre - äh - *Einmischung* im *hôtel* nicht beachtet, daher ist es unwahrscheinlich, dass sie es hier täte, nur, weil wir von einem Haus ins andere gezogen sind. Und bevor du deinen Mund auf und zu machst, ohne etwas Verständliches zu sagen - weil du weder mir noch deiner Frau oder Antonia gegenüber illoyal sein willst - lass mich deine Bedenken zerstreuen. Ich mache dich nicht für das Verhalten deiner Frau verantwortlich. Ich kenne meine Schwester inzwischen gut genug. Noch Cognac?“

Vallentine streckte mit einem Seufzer der Erleichterung sein Glas aus, senkte jedoch den Blick auf die bernsteinfarbene Flüssigkeit, die aus einer Kristallkaraffe gegossen wurde. Dann wartete er, bis der Herzog bei einem livrierten Diener Kaffee bestellt hatte, der auf sein Zeichen aus dem Schatten herausgetreten war, bevor er mit einem schuldbewussten Lächeln gestand:

„Um die Wahrheit zu sagen, ich bin froh, dass dir der Zweck meines Besuches klar war, denn Estée wird keine Ruhe geben, bevor ich ihr keine Neuigkeiten berichte.“

„Die Geburt ihres eigenen Kindes kann nicht früh genug kommen. Das wird ihre Kräfte dorthin lenken, wo sie am meisten geschätzt werden. Obwohl ich mich selbst tadele ...“

Vallentine schrak zusammen. „Dich?“

Der Herzog musterte den großen, quadratischen geschliffenen Smaragd an seinem Ringfinger, drehte ihn ins Kerzenlicht und sagte mit einem für ihn untypischen Zögern: „Die Vaterschaft hat mich innehalten lassen ... und mich veranlasst, über meine *eigene* Geschichte nachzudenken.“

„Nicht viel, was du deswegen heute noch tun kannst“, unterbrach Vallentine mit einem Schnauben in sein Cognacglas.

Der Herzog knirschte mit den Zähnen. „Nicht *diese* Geschichte“, zischte er. „Meine *frühere* Vergangenheit. Als ich noch ein Junge war und meine beiden verehrten Eltern noch am Leben.“

Sein Blick wanderte zum Kamin. Er sah die Glut nicht, sondern hatte einen der vielen prächtigen Salons in seinem Pariser Herrenhaus in der Rue Saint-Honoré vor Augen. Er war mit blauem Samt und Seide dekoriert, mit weißen, vergoldeten Möbeln und einem Savonnerie-Blumenteppich eingerichtet. Es war der Lieblingsraum seiner Mutter gewesen, wo er die meiste Zeit mit seinen Eltern verbracht hatte.

„Wenn ich jetzt darüber nachdenke“, sinnierte er. „... wird mir klar, dass mein Vater seine Rolle vorbildlich ausgefüllt hat; ich hätte mir keinen besseren wünschen können. Estée war ein solcher Vater nicht vergönnt.“

„Wohl kaum dein Fehler.“

„Sein vorzeitiger Tod war nicht *buchstäblich* meine Schuld. Doch das, was später kam ... Nachdem ich die Nachfolge meines Großvaters als Herzog angetreten hatte ... Estée war noch ein Kind, jung genug, um die Führung eines Vaters zu brauchen. Ich habe es versäumt, ihr das zu bieten.“

Seine Lordschaft setzte sich mit gerunzelter Stirn auf. „Du kannst dir selbst doch nicht wegen des Schicksals gram sein. Du warst wie alt - elf oder zwölf - als dein Vater starb? Und ich erinnere mich daran, wie der alte Herzog seine sterbliche Hülle verließ, denn nicht jeden Tag erbt mein bester Freund ein Herzogtum! Wir hatten eine lange Nacht im Keller verbracht und uns an seiner beträchtlichen Sammlung von Wein bedient, als ein halbes Dutzend seiner mürrischsten Diener uns mit dieser Nachricht aufweckten. Verdammt! Hatte in meinem Leben noch keine solch fürchterlichen Kopfschmerzen gehabt! Du warst achtzehn oder neunzehn ...“

„Neunzehn.“

„*Neunzehn.* Wer versteht in dem Alter schon etwas vom Elternsein? Wer will das schon?"

„Ich hätte es selbst nicht besser formulieren können."

Vallentine schüttelte den Kopf und lachte leise. „Und wenn wir ehrlich sind, warst du in diesem Alter mit Sicherheit nicht dazu geeignet, Vater zu sein, für Estée oder sonst jemanden. Und wer dürfte dich dafür tadeln? Du hattest genug am Hals, da du diese Herzogskrone auf deinem jungen Kopf halten und dich mit deinen neu erworbenen Pflichten abmühen musstest. Ich erinnere mich daran. Du sagtest, du hättest nicht übel Lust, das Ding in die Themse zu werfen und alle Kriecher und Schmeichler könnten gehen und sich hängen lassen!"

Roxton schaute in die blauen Augen seines besten Freundes, als er seine Hand zu der Wiege neben seinem Ohrensessel senkte. Er begann, sie sanft hin und her zu schaukeln; sein Sohn hatte zu wimmern begonnen. „Denke an diese Erinnerung und die Unerfahrenheit der Jugend, wenn du Estée über deinen Besuch hier bei uns berichtest."

Vallentines Blick wanderte zu der Korbwiege und dann zurück zum Herzog. Ein plötzlicher Gedanke ließ ihn die Augen aufreißen. „Du glaubst doch nicht ... ich habe nicht an ... an deine Herzogin gedacht, als ich sagte ... verdammt, Roxton! Was ich über zu große Jugend und keine Ahnung von Elternschaft sagte, dann sprach ich dabei über *dich* mit neunzehn. Ich habe nicht Antonia tadeln wollen ..."

„Und doch wie passend. Wie Estée sagen würde ..."

Vallentines Lächeln verblasste und er senkte sein kantiges Kinn in die Falten seines Halstuchs, ohne den Augenkontakt mit seinem edlen Schwager zu unterbrechen. „Sieh mal. Ich weiß, dass Estée mit ihren Ansichten über Mutterschaft und das Stillen von Säuglingen und all dem nicht hinter dem Berg gehalten hat. Um ehrlich zu sein, ich höre allenfalls ein Wort von zwanzig, denn sie könnte genauso gut Ägyptisch sprechen, nach allem, was ich von Neugeborenen verstehe. Also, obwohl ich dich damit gereizt habe, warum du dich in dieser Villa niedergelassen hast, bin ich trotzdem kein völliger Trottel! Du bist hier, weil du Antonia ein bisschen Luft verschaffen willst von - von all diesen wohlmeinenden *Ratschlägen*, mit denen meine Frau und andere ihr ständig in den Ohren gelegen haben."

„Estées morgendliche Übelkeit tauchte zu einem höchst günstigen Zeitpunkt auf. Ein Eingriff der Vorsehung, was mir einige Mühe ersparte."

„Verstanden. Aber als Ehemann deiner Schwester denke ich doch, dass ich sie gut genug kenne, um zu ihrer Verteidigung sagen zu dürfen, dass ihre Einmischung in dein Leben - oder vielmehr Antonias - nur auf ihrer großen Liebe zu euch beiden und eurem Kindchen beruht. Sie verhält sich so, weil sie euch alle von Herzen liebt. Ich gebe zu, dass sie überspannt, übermäßig beschützend und bis in die Fingerspitzen ein Weib ist, aber sie ist keineswegs bösartig."

„Dem stimme ich zu. Und ich halte sie nicht für bösartig." Der Herzog seufzte. „Aber Estées - ähm - mütterliche *Besorgnis* hat sich in unerwünschten Eingriffen manifestiert, nicht nur in der Art und Weise, wie wir unseren Sohn aufzuziehen wünschen, sondern in allen Aspekten unseres Lebens. Ich bin mir dessen bewusst, auch wenn meine Schwester das nicht ist, dass Antonia Mutter wurde, als sie noch eine Braut war, was ihr wenig Zeit gelassen hat, sich an ihre Stellung als meine Herzogin zu gewöhnen, geschweige denn, sie zu genießen."

Vallentine wollte gerade eine ironische Antwort geben, um die Stimmung zu heben, darüber, dass der Herzog sich jetzt vernachlässigt fühlen könnte, da er einen Erben hatte, der jedermanns Aufmerksamkeit verlangte, vor allem Antonias, als er von dem jammernden Geräusch eines aufwachenden Säuglings abgelenkt wurde.

Auch der Herzog wurde abgelenkt. Es bedurfte nur eines Blicks zur anderen Seite des Kamins, dass zwei der Kindermädchen, wie gewöhnlich in dunkle Kleider mit weißen gestärkten Schürzen und Häubchen gekleidet, aus dem Schatten und am Rande des gelben Lichtkreises auftauchten. Und als der Herzog seine Hand von der Wiege nahm, huschte eine der Frauen heran, um den kleinen Lord aufzunehmen, bevor seine Klagen lauter und eindringlicher werden konnten.

„Wo ist *Mme la duchesse*?", fragte Vallentine und sah zu, wie die beiden Frauen sich um das Kind kümmerten und über ihm gurrten, als sie es durch den Raum zu einer Chaiselongue trugen. „Gewöhnlich lässt sie ihn doch nicht aus den Augen."

„Im *hôtel* war es wohl so", antwortete der Herzog und erhob sich, ohne sich jedoch von seinem Sessel zu entfernen. „Hier versuchen wir es mit einem neuen - äh - *Plan*."

Seine Lordschaft folgte automatisch dem Beispiel des Herzogs. Was ihn vor allem überraschte, war nicht, dass der Herzog aufgestanden war, sondern die Tatsache, dass sein bester Freund ihm nicht auf Englisch, sondern auf Französisch antwortete, der Sprache, die er in Anwesenheit der Herzogin stets benutzte.

„Wie auch immer dieser neue Plan aussieht", stellte Vallentine mit einem Schnauben fest, „du siehst nicht aus, als wärest du davon überzeugt, dass er funktioniert!"

„Du hast gefragt, wo Antonia ist. Sie sollte tief und fest in unserem Bett schlafen. Leider tut sie das nicht."

Als der Herzog sich der Bücherwand zuwandte, die im rechten Winkel zum Kamin stand, tat Lord Vallentine es ihm nach. Eines der Regale wurde in den Raum hereingeschoben. Es war gar kein Bücherregal, sondern eine Tür, die den Eingang zu einer Treppe verbarg. Die Treppe verband die Bibliothek mit dem großen Schlafzimmer darüber. Im Durchgang zu dieser Treppe stand, einen silbernen Kerzenleuchter in der Hand, die Herzogin von Roxton.

ZWEI

IN EINEM WIRBEL aus weicher lila Seide und weißen Spitzen kam Antonia aus der kleinen Nische der Treppe heraus. Ein passender seidener Morgenrock war über ihr Nachthemd geworfen und an ihren in weißen Strümpfen steckenden Füßen trug sie lila Seidenpantöffelchen. Ein dickes Satinband, das unordentlich zu einer Schleife gebunden war, tat sein Bestes, um die Fülle zerzauster blonder Locken davon abzuhalten, über ihre Schultern bis in ihre Taille zu fallen, aber vergeblich.

„Ich habe versucht, wieder einzuschlafen, *Monseigneur*", gestand sie und stellte den Kerzenleuchter weg, um direkt zum Herzog herüberzukommen. Sie ergriff die Hand, die er ihr hinstreckte. „Aber als ich aufwachte und du nicht da warst, habe ich vergessen, dass wir nicht im *hôtel* sind. Und als Julians Wiege nicht da war, bin ich ... aber das spielt jetzt alles keine Rolle! Vallentine, du bist hier", sagte sie fröhlich und schenkte ihrem Schwager ein verschlafenes Lächeln. „Ich freue mich sehr, dich zu sehen, selbst wenn es mitten in der Nacht ist. Aber warum warst du gestern nicht hier, als ich ..."

„Roxton hat mich zu deinem Geburtstag eingeladen", unterbrach Vallentine sie hastig. Begleitet wurde diese ungewöhnliche Unhöflichkeit von einem deutlichen Blick auf sie und einem schnellen, vorsichtigen Blick auf den Herzog, bevor er hinzufügte, sie beide ansprach und versuchte, lässig zu klingen: „Für was für einen Schwager würdest du mich halten, wenn ich Roxtons Einladung zu deiner Geburtstagsfeier nicht angenommen hätte, wie? Muss dir doch helfen, den Tag zu genießen. Du wirst ja nicht jedes Jahr neunzehn."

Antonia erwiderte seinen Blick, bevor sie die Augen verdrehte. „Warum sonst wärest du hier? Und es ist ja nicht jedes Jahr. Es ist nur *dieses* Jahr." Sie sah mit einem kecken Lächeln den Herzog an. „*Monseigneur*, ich hatte keine Ahnung, dass Vallentine zählen kann, oder?"

Der Herzog lächelte auf seine Frau hinab. „Ich bin genauso überrascht wie du, *mignonne*."

„He? Wie? Natürlich kann ich bis ... Oh! Ha! Ha!"

Antonia wurde vom Jammern ihres Sohnes abgelenkt, entschuldigte sich und verschwand im Schatten. Vallentine hielt es für einen günstigen Moment, sich für die Nacht zurückzuziehen, da die Schreie des Kindes immer eindringlicher wurden. Aber im nächsten Moment hörte das Weinen auf und die Herzogin tauchte strahlend lächelnd wieder auf.

„Er ist wieder trocken und wieder an der Brust." Sie beugte sich zu dem Herzog und fügte vertraulich mit einem verwirrten Stirnrunzeln hinzu: „Renard, Céleste, sie füttert ihn - *schon wieder*."

„Das ist weder überraschend noch unvernünftig", teilte der Herzog ihr mit. „Es ist fast drei Stunden her, seit er zuletzt nach Nahrung verlangt hat."

„Ich habe *drei* Stunden geschlafen?", fragte Antonia verwundert. „Aber das ist unmöglich!"

Der Herzog lächelte und zog sie näher an sich heran. „Es ist durchaus möglich. Du hast letzte Nacht überhaupt nicht gut geschlafen, weil dein Sohn keine Ruhe geben wollte."

„Er ist *mein* Sohn, wenn er am anspruchsvollsten ist", beklagte sich Antonia, ohne es ernst zu meinen. „Und *dein* Sohn, wenn er schläft wie ein Engelchen!"

„Natürlich." Der Herzog strich sanft eine Locke von ihrer geröteten Wange. „*Ma vie*, ich hatte gehofft, du würdest bis zum Morgen durchschlafen."

„Aber wie sollte ich das können, wenn du hier bist und nicht bei mir im Bett? Dieser Plan, für den wir uns entschieden haben, erfordert doch, dass wir beide uns daran halten, sonst funktioniert er nicht, oder?"

Der Herzog spielte mit ihren Fingern. „Ich hatte durchaus die Absicht, meinen Teil des Handels einzuhalten, doch es gab ein - äh - Hindernis."

„Hindernis?" Antonia hielt die Luft an, ihre grünen Augen wurden groß und ihr Blick huschte in den Schatten hinüber. „Mit Julian? Was für ein Hindernis?"

„Schlechte Wortwahl", entschuldigte sich der Herzog. „Ich wollte gerade in unser Bett zurückkehren, als man mir mitteilte, dass Lucian mit einem Berg Gepäck vor der Tür stünde. Also musste ich den freundlichen Gastgeber spielen."

Antonia warf Vallentine einen Blick zu. „Ja, ich sehe, dass Vallentine ein großes Hindernis für dich ist, ins Bett zu kommen, aber ..."

„He!", protestierte Vallentine und schnitt eine Grimasse.

„... wenn du Julian bei dir in der Bibliothek hast und nicht mit Céleste und Cécile im Kinderzimmer, ist es nicht besser als im *hôtel*, wo seine Wiege in unserem Schlafzimmer stand, ja?"

„Verdammt! Jetzt hat sie dich, Roxton!", warf Vallentine mit einem schnaubenden Auflachen ein, wurde aber von dem Paar ignoriert.

„Ich stimme dir völlig zu, *mignonne*", antwortete der Herzog sanft, „aber erinnerst du dich nicht, was man uns an diesem Nachmittag wegen des holländischen Ofens in der Galerie des Kinderzimmers geraten hat?"

„Ich weiß, ich sollte mich daran erinnern, aber ich weiß es nicht mehr", sagte Antonia ehrlich und zupfte an den Fingern des Herzogs. Sie seufzte und fügte düster hinzu: „Ich hatte ein so gutes Gedächtnis, bevor Julian geboren wurde, und jetzt wünsche ich mir mehr denn je, dass es zurückkehren würde, weil es an einem Tag so viel gibt, an das ich mich erinnern möchte ..."

„Der holländische Ofen muss repariert werden", fuhr der Herzog fort und achtete nicht auf ihre Selbstbeschuldigung. „Man hat mir gesagt, es würde mindestens einen Tag dauern, bis er genug Wärme abstrahlen könnte, vor allem für einen so großen Raum wie die Galerie. Das war das Hindernis. Die Lösung war, Julian mit hier in die Bibliothek zu nehmen, wo es warm ist."

Antonias grüne Augen weiteten sich verständnisvoll. „Sodass er im Stockwerk unter uns ist ..."

„... und nur eine Geheimtreppe weit von uns entfernt. Ja."

„Keine sehr geheime Treppe", witzelte Vallentine, „wenn wir alle davon wissen."

Antonia sah ihn mit einem fragenden Stirnrunzeln an. „Manchmal verstehe ich dich nicht, Vallentine. Nur, weil sie Geheimtreppe genannt wird, macht es sie doch nicht geheim.“

„Nun, das hast du richtig verstanden“, murmelte Vallentine enttäuscht.

„Es tut mir leid“, fügte sie schnell hinzu, ihre Wangen waren leicht errötet, und sie legte eine Hand auf den Samtärmel ihres Schwagers. „Ich wollte nicht so - so *grincheuse* sein. Ich bin müde. Morgen werde ich wieder ich selbst sein. Aber ich will mich auch schon im Vorhinein entschuldigen, bevor ich vergesse, dass es durchaus möglich ist, dass du früh vom Lärm kleiner Kinder geweckt wirst. Dies ist nicht das *hôtel* und daher sind die Zimmer dicht beieinander und die Wände dünn. Es bleibt nichts anderes übrig, als sich damit abzufinden, denn ganz gleich, wie groß die Ehre ist, Ammen des Erben von *M'sieur le duc* zu sein, würde ich Céleste und Cécile nicht von ihren eigenen Kleinen trennen wollen, nur, damit sie sich um Julian kümmern können.“

„Von wie vielen Kindern sprechen wir?“, fragte Vallentine alarmiert.

Antonia zuckte die Achseln und warf eine Hand hoch. „Ich kann mich nicht erinnern. Die Zahl ist unwichtig.“

„Kannst dich nicht erinnern? *Unwichtig?*“ Vallentine war entsetzt. In Erwartung eines Kommentars warf er dem Herzog einen Blick zu. Es kam jedoch nichts. „Wenn diese Frauen erfahrene Ammen sein sollen, schätze ich, dass sie zusammen mindestens ein halbes Dutzend Gören haben. Und da ihre Mamas mit eurem kostbaren Kindchen beschäftigt sein werden, besteht absolut die Möglichkeit, dass die Bälger aus dem Kinderzimmer entkommen und das ganze Haus auf den Kopf stellen.“

„Warum machst du dir Sorgen um Kleinigkeiten?“, klagte Antonia. „Einzig wichtig ist der Sohn von *M'sieur le duc* und dass Julian von *nourrices* aus dem Morvan gestillt wird, die zufrieden, glücklich und ohne Sorgen sind. Nur auf diese Weise werden sie Milch produzieren, die auch glücklich und zufrieden ist, und Julian somit ebenfalls. Das hat man mir erklärt und ich glaube es auch. Und diese Frauen werden alles andere als glücklich sein, wenn sie ihre eigenen Kinder nicht bei sich haben. Das ist logisch und vernünftig. Ebenso logisch und vernünftig wie die Tatsache, dass kleine Kinder Lärm machen. Es wird keine Ruhe geben. Aber daran kann man nichts ändern. Wichtig ist nur Julian.“ Sie küsste den Handrücken des Herzogs und ließ dann seine Hand los. „Ihr beide müsst mich entschuldigen. Ich muss meinen Sohn noch einmal sehen, bevor ich wieder ins Bett gehe.“

„Ich hatte dich wegen der Unruhe gewarnt", bemerkte der Herzog zu Seiner Lordschaft, ohne dass es entschuldigend klang, er war nicht im Geringsten beunruhigt, sein Blick ruhte weiter auf Antonia, als sie durch das Zimmer rauschte.

„Kein Wunder, dass du ein Haus mit einem Garten ausgewählt hast, der in den Park führt", flüsterte Vallentine laut. „Du kannst den Gärtner das Tor offenstehen lassen, damit die Gören aus dem Morvan hoffentlich ausreißen und nie wieder gesehen werden."

„Lucian, dieses Tor ist für unsere Flucht gedacht. Die Jagd des Königs führt dort vorbei und morgen früh werde ich mit von der Partie sein. Du kannst dich mir gern anschließen ... das heißt, falls du keine anderen - äh, dringenden Verpflichtungen hast?"

Beim letzten Satz riss der Herzog seinen Blick von Antonia los, um seinen Schwager mit einer hochgezogenen Augenbraue in Erwartung eines vollen Geständnisses anzublicken. Es kam innerhalb von Sekunden.

Bei dem unverwandten Blick des Herzogs wurde Vallentine plötzlich heiß unter seiner Krawatte. Er schluckte und trat näher an ihn heran. Beide drehten sich wieder zur Herzogin um, die mit der Amme sprach, während das Gefolge ihres Säuglings sich dichter zu einem Halbkreis hinter der Chaiselongue sammelte.

„Du weißt es, nicht wahr?", zischte Vallentine, Schulter an Schulter mit dem Herzog.

„Was weiß ich?", fragte Roxton und flüsterte ebenso zur Seite hin.

„Dass ich kläglich unfähig bin, etwas zu verbergen! Das ist es! Verdammt!"

„Das stimmt. Aber ich kann nicht verstehen, warum du mir etwas erklärst, was ich seit Jahren weiß?"

„Kann deshalb auch nie vernünftig Karten spielen."

„Du bist miserabel beim Kartenspielen. Das ist wahr."

„Und du und Estée könnt in meinem Gesicht lesen wie in einem Buch!"

„Auch dieses Geständnis sagt mir nichts Neues."

„Sieh mal. Ich weiß, dass du weißt, dass ich nicht nur hergekommen bin, um dem Mädel zu helfen, ihren Geburtstag zu feiern. Ich müsste Grütze im Hirn haben, wenn mir nicht klar wäre, dass nichts so unwichtig ist, um deiner Aufmerksamkeit zu entgehen, wenn es um deine Familie geht. Aber die Wahrheit ist, dass ich nicht bei dir damit herausgeplatzt bin, weil sie mich hat versprechen lassen, es für mich zu behalten. Ich kann kein Versprechen brechen."

„Dann darfst du das auch nicht."

„Was?"

„Dein Versprechen brechen."

„Aber- aber ich muss es dir sagen! Du musst wissen, was ich - was sie - was wir ..."

„Alles, was ich heute Abend wissen muss, ist, ob du, wenn die Möglichkeit einer Gefahr bestünde ..."

„*Gefahr?*" Vallentine klang ungläubig.

„... sie dann beschützen würdest."

„Es soll ein Schuft nur versuchen, sich ihr auf zehn Fuß zu nähern!"

„Wie ich mir dachte. Und ich habe volles Vertrauen in deinen - äh - Schwertarm."

„Ich würde sie mit meinem Leben beschützen. Bei meiner Ehre."

Der Herzog wandte den Kopf zur Seite, um seinen besten Freund anzuschauen. Ein Hauch von Gefühl erstickte seine Stimme. „Das weiß ich. Wenn ihr etwas zustieße, würde ich ... würde ich ..."

„Keine Sorge. Ein Mann müsste ein wirklich Verrückter sein, um gegen den besten Schwertkämpfer von ganz Frankreich und England antreten zu wollen. Das bin im Übrigen ich."

Die Spannung im Nacken des Herzogs ließ nach und seine schwarzen Augen funkelten. „Danke für die Erinnerung, Lucian."

„Aber ganz unter uns beiden, es ist keine Gefahr, die mich beunruhigt. Ich glaube nicht, dass es eine gibt, um ganz ehrlich zu sein. Es ist die Tatsache, ein Geheimnis vor dir zu haben. Ich war noch nie gut darin, dir etwas vorzuenthalten, und ich möchte jetzt nicht anfangen, weil ... „

„Nein", unterbrach der Herzog. „Du hast ihr dein Wort gegeben. Halte es. Jetzt musst du mich entschuldigen. Es war ein sehr langer Tag." Antonia stand am Eingang der geheimen Treppe und wartete auf ihn. Aber bevor er zu ihr ging, packte der Herzog in einer seltenen Zurschaustellung von Gefühlen kurz Vallentines samtenen Ärmel und tätschelte ihn dann kurz. „Du bist ein feiner Kerl, Lucian." Mit einem schiefen Lächeln fügte er hinzu: „Und ich kann Charaktere ausgezeichnet beurteilen. Gute Nacht, mein Lieber."

„He! Was ist mit deinem Kaffee?", rief Vallentine, als ein Diener hereinkam, der ein schweres Tablett mit Kaffeegeschirr trug.

„Genieße du ihn", antwortete der Herzog, ohne sich umzudrehen.

Roxton nahm die Hand, die ihm seine Herzogin entgegenhielt, folgte ihr ins geheime Treppenhaus und schloss die Bücherregal-Tür hinter sich.

ALS SIE ENDLICH ALLEIN WAREN, verflog jeder Anschein herzoglichen Anstands. Er zog sie an sich und sie warf mit einem Kichern ihre Arme um seinen Hals und drückte sich an ihn. Sie genossen einen zärtlichen Kuss in der Enge des dunklen Treppenhauses, bevor er sie mühelos von den Beinen riss und sie die kurze Treppe zu ihren Räumen hinauftrug. Hier waren Wärme, Licht und jede erdenkliche Bequemlichkeit. Zwei Lakaien mit verschlafenen Augen, die am anderen Ende der *enfilade* herumstanden, verdrückten sich sofort und verschwanden hinter einer in der Täfelung eingelassenen Tür durch einen Dienstbotengang. Bis das herzogliche Paar ihr geräumiges Schlafzimmer und das große Himmelbett mit seinen bemalten Seidenvorhängen erreichte, war ihre Kleidung über das Parkett und die tiefen Teppiche der drei ineinander übergehenden Räume verstreut.

DREI

AM NÄCHSTEN MORGEN weckte das leise Läuten einer Uhr den Herzog aus tiefem Schlaf. Das Läuten brachte seinen Kammerdiener ins Schlafzimmer. Ellicott ging schweigend umher und zog die schweren Damastvorhänge vor einer Fensterreihe auf, die einen Blick auf den königlichen Park gewährten. Die hügelige Herbstlandschaft war von tiefem Nebel bedeckt, der Morgenhimmel schwebte zwischen Tag und Nacht, und die Sonne war nur eine dünne helle Linie am Horizont. Es ließ sich alles gut an für die Jagd des Königs.

In den benachbarten Räumen herrschte große Aktivität für den Beginn eines langen Tages. Eine der beiden zwei mit Leinen ausgekleideten Kupferbadewannen war vor dem Kamin aufgestellt und mit heißem Wasser gefüllt worden. Reitkleidung, bestehend aus einem schwarzen Samtfrack, Weste und gewirkten Reithosen, Stiefeln und passender schwarzer Krawatte waren im Ankleideraum ausgelegt. Und auf dem Frisiertisch aus Walnussholz, neben der Rasierschale und den Rasiermessern, stand ein silbernes Tablett mit einem spärlichen Frühstück darauf. Die silberne Schokoladenkanne mit ihrem geraden Elfenbeingriff und dem verzierten Klappdeckel wurde auf eine Lampenschale gestellt, damit das heiße Öl den Inhalt auf Trinktemperatur halten konnte. Und unter einem silbernen Kuppeldeckel mit dem Roxton'schen Herzogswappen darauf ruhten warme, weiche Brötchen auf einer Platte aus Sèvres-Porzellan.

Jede Aufgabe und Bewegung wurde mit stiller Genauigkeit von den männlichen Bediensteten ausgeführt, die ihren Pflichten in besonders angefertigten Lederschuhen nachkamen, die das Geräusch auf dem Parkett verringerten und keines auf den Teppichen verursachten. Die Livreen, auf denen das markante herzogliche R mit silbernen Fäden gestickt war, unterschieden sie vom Rest der Diener des Haushalts und verschafften ihnen die Erlaubnis, nach Belieben in den privaten Räumen ihres Herrn zu kommen und zu gehen. Sie stellten das vertrauenswürdigste Gefolge des Herzogs dar, und diese Männer waren hochqualifiziert und wurden für ihre Diskretion gut bezahlt, sie waren stolz auf ihre hervorgehobene Stellung und absolut loyal. Um das Vertrauen zu erwerben und das Recht zu verdienen, diese unverwechselbare Livree zu tragen, hatten die meisten von ihnen mindestens fünf Jahre im Dienste des herzoglichen Haushalts in geringeren Stellungen gedient. Und wenn sie zum persönlichen Dienst in den herzoglichen Gemächern befördert wurden, mussten sie sich schnellstens mit der Routine ihres Herrn vertraut machen und nicht nur seine Wünsche und Bedürfnisse vorherahnen, sondern durften auch nicht gesehen werden, solange ihre Anwesenheit nicht gewünscht wurde.

Es war selten, dass der Herzog einen dieser Diener direkt ansprach - es bestand keine Notwendigkeit dazu. Alle Kommunikation erfolgte über seinen Kammerdiener. Ob es in seinen privaten Räumen in Paris oder London war oder auf dem weitläufigen Landsitz in Treat in Hampshire, das Leben blieb, wie es immer gewesen war, seit der Herzog mit neunzehn Jahren den Titel geerbt hatte. Doch dann, vor nur zehn Monaten, hatte Seine Gnaden in der Blüte seiner Jahre geheiratet. Nicht sehr lange danach - einigen schien es, es wäre nur ein Wimpernschlag gewesen - hatte das Paar einen Sohn und Erben begrüßen dürfen.

Und seither war im herzoglichen Haushalt nichts mehr wie zuvor gewesen.

Vor seiner Heirat hatte der Herzog oft den Tag durch Langeweile ermüdet begonnen. Er war sicher nicht voller Vorfreude auf das aufgewacht, was ein neuer Tag bringen könnte. Er hatte angenommen, dass solche große Neugier auf das Unbekannte nur von denkfaulen Optimisten und sehr kleinen Kindern erfahren wurde. Er war ein Gewohnheitsmensch, ein stillschweigender Schüler von Ordnung und Gehorsam. Das Leben drehte sich um ihn, entsprechend seinen Erwartungen, und seine bloße Existenz bestimmte Ablauf und Rhythmus. Alles Geringere war ein unwürdiges Chaos, was dem, was von einem Herzog erwartet wurde, nicht angemessen war, und zwar nicht irgendeinem Herzog, sondern dem Herzog von Roxton, dem Enkel eines englischen Herzogs und eines französischen Grafen, mit einem adligen Stammbaum, der sich über Jahrhunderte in die Vergangenheit erstreckte.

Und dennoch, seit er Ehemann und Vater geworden war, war seine Welt auf den Kopf gestellt worden. Es gab ständig Störungen in seinem Tagesablauf und der Rhythmus war bestenfalls hektisch zu nennen. Er wachte nie mit dem Wissen auf, was der Tag bringen würde. Die einzigen ihm gebliebenen Konstanten waren sein Haushalt, der ebenso glatt weiterlief wie der komplizierte Mechanismus seiner schönen Zeitmesser, und die bedingungslose Liebe und Ergebenheit der Frau, die nicht nur sein Herz erobert, sondern sein Leben auch völlig umgekrempelt hatte.

Ein geringerer Mann mit einem starreren Verstand hätte einen so monumentalen Umbruch nicht dulden können. Was den fünften Herzog von Roxton anging, so hatte seine Heirat ihn gerettet, vor der Langeweile und qualvoller Einsamkeit. Er war so glücklich wie noch nie zuvor in seinem Leben. Und das verdankte er alles dem hellen, wunderschönen Wirbelwind aus Liebe und Licht, mit dem er jetzt sein Leben teilte und von dem er noch immer nicht recht glauben konnte, dass dies seine Herzogin war.

Jeden Morgen seit seinem Hochzeitstag, ob er früh aufstand oder spät, schaute er sich in dem Moment, in dem er aufgewacht war, nach ihr um. Meistens schlief sie neben ihm, ihr honiggoldenes Haar in einem zerzausten Zopf oder einer verwirrten Wolke um ihre schöne Gestalt gelegt. Und dann kuschelte er sich an ihre duftende Schönheit und verfiel wieder in einen glückseligen Schlaf. Doch wenn sie nicht bei ihm war, sondern in ihrem Bad oder beim Ankleiden, oder, wie kürzlich, mit ihrem Säugling beschäftigt, schlief er nicht wieder ein, sondern blieb in der Dunkelheit oder im frühen Morgenlicht liegen und sprach ein stummes Dankgebet zu Gott für sein großes Glück. Und in jenen ersten Monaten ihrer Ehe hatte er sich weiter gefragt, was er getan hatte, um sie und das Leben, das er jetzt mit ihr und nun mit dem Sohn und Erben, den sie ihm geschenkt hatte, führte, zu verdienen,.

Doch dann, eines Tages, vor nicht allzu langer Zeit - es war am Morgen nach der Geburt seines Sohnes - traf ihn die Antwort wie ein Schlag, so heftig, dass es war, als hätte ein Blitz eingeschlagen. Er konnte es nur als Erleuchtung bezeichnen. Er dachte nicht länger darüber nach, was er getan hatte, um das Leben zu verdienen, das er jetzt führte, sondern erkannte vielmehr, was er tun musste, um dafür zu sorgen, dass es so bliebe: Es erforderte, dass er ein Leben führte, wie seine Frau und die Familie, die sie gemeinsam aufbauen würden, es verdienten. Er würde ein zielstrebiges Leben sein, eines, das eine Grundlage für zukünftige Generationen legte und das die versorgte, die in ihrem Leben wichtig waren.

Als der höchststehende Herzog Englands und der reichste Adlige auf beiden Seiten des Kanals hatte er die Macht, die Mittel und die nötigen Ressourcen zur Verfügung, um dieses neue Streben in die Tat umzusetzen. Es würde weitere Veränderungen für sein Leben bedeuten und er machte sich sofort daran, diese einzuleiten, ohne das geringste Zögern.

Seine Familie in diese Villa dicht bei Louis' Palast zu bringen, war nur ein Anfang und ein kleiner Teil eines größeren Plans. Die erste große Veränderung erforderte die Mitarbeit seines Kammerdieners. Und es konnte keinen besseren Zeitpunkt geben als den gegenwärtigen, um seine Absichten in die Tat umzusetzen.

Als daher Ellicott einen seidenen Morgenrock ans Fußende des Bettes legte und sich zum Gehen wandte, wobei er seinen Blick nie vom Teppich erhob, reichte ein leises Wort des Herzogs, um ihn auf der Stelle erstarren zu lassen, wie der Herzog wusste, dass es geschehen würde. Selten, wenn überhaupt, hatten sie im Schlafzimmer je ein Wort miteinander gewechselt.

„Warte", zischte der Herzog, als er aus dem Bett glitt, vorsichtig, um nicht die Decken zu bewegen und die Herzogin aufzuwecken. Er warf den Morgenrock über seine nackte Gestalt, strich sich das Haar aus den Augen und trat an seinen Kammerdiener heran, der mit dem Rücken zum Bett so still dastand wie eine Statue. „Folge mir", flüsterte der Herzog und ging voran, die gesamte *enfilade* entlang in bloßen Füßen, bis er in seinem Ankleideraum ankam.

EINE LÄSSIGE HANDBEWEGUNG in Richtung zweier erschrockener Diener, die ihren Herrn nicht vor seinem Bad erwartet hatten, ließ sie aus dem Ankleideraum huschen und den Herzog mit seinem Kammerdiener allein lassen.

Roxton ging zum Frisiertisch, öffnete den Deckel der *chocolaterie* und versenkte den hölzernen Rührstab darin. Er machte sich dann daran, den Stab zwischen den Handflächen zu drehen, sodass dieser die heiße Schokolade zu einer schaumigen, glatten Masse rührte. Und während er so penibel sein Morgengetränk zubereitete, gab er seine Anweisungen.

In Martin Ellicotts Gesicht zuckte kein Muskel.

„Du wirst sofort nach Paris zurückkehren. Und bis morgen Mittag wieder hier sein. Nimm die Kutsche. Und während du im *hôtel* bist, nimm dir fünf Minuten zwischen deinen Aufgaben, oder wie auch immer du - äh - solche Dinge erledigst, und suche Lady Estée auf. Überbringe ihr meine Grüße und sage ihr, dass wir alle in ihrer Zeit des Leidens an sie denken, vor allem ihr Ehemann. Sie wird ihn jeder Menge falscher Verbrechen beschuldigen und ihm die Plagen Ägyptens auf den Hals wünschen, weil er sie verlassen hat. Ich wäre nicht überrascht, wenn sie nicht eine lange Liste verdrießlicher Beschwerden aufzählen würde, die wir ihr durch unsere anscheinende - äh - Herzlosigkeit, sie einfach im *hôtel* zurückzulassen, verursacht haben. Natürlich wirst du diese Empörung und ihre Tirade mit deinem üblichen Takt und deiner Weisheit ertragen.“

„Ja, Euer Gnaden“, antwortete Ellicott auf Englisch, denn sein Herr hatte zu ihm in der Sprache des alten Herzogs gesprochen, der einzigen Sprache, die dieser alte Edelmann seinem Erben zu sprechen erlaubt hatte, solange er unter seinem Dach lebte. Es versetzt ihn in erhöhte Aufregung über das, was noch kommen sollte. Der Herzog sprach nur Englisch mit ihm, wenn er ihm etwas von großer Wichtigkeit zu sagen hatte und es niemand anderen wissen lassen wollte.

Roxton klopfte den Rührstab sanft auf dem Rand der *chocolaterie* ab und legte ihn mit einem raschen Blick auf seinen Kammerdiener auf einer Untertasse beiseite, bevor er sich wieder seiner Tätigkeit widmete. Vorsichtig goss er die Schokolade in einen gemusterten Porzellanbecher.

„Ich bin sicher, dass meine Schwester ihre dramatische Darstellung damit krönen wird, dass sie dir mit einem Stapel Briefe vor der Nase herumwedelt“, fuhr der Herzog fort und nahm einen Schluck des bittersüßen Gebräus. „Briefe für Lord Vallentine, für mich und sicher einige für Ihre Gnaden. Bring sie mir alle mit. Die Herzogin kommt sehr gut ohne die unangebrachten Moralpredigten meiner Schwester über herzogliche Erben und das Füttern und Versorgen adliger Säuglinge aus. Noch dazu von einer Frau, die erst noch ein eigenes Kind gebären muss. Oh Götter!“

Er stieß einen frustrierten Seufzer aus und stellte den Becher auf seine Untertasse. Als er das tat, fiel ihm das lange, schwarze Haar ins Gesicht und verbarg für einen Moment sein Gesicht, und er sagte zwischen zusammengebissenen Zähnen, weil die Frustration ihn übermannte: „Ich habe meine Familie nicht aus einer Laune heraus von dem alten Gemäuer unserer Familie fortgebracht und sie hier in diese - äh - *Hundehütte* gebracht.“

Es folgte eine lange Pause, von der Ellicott annahm, dass sie dazu dienen sollte, ihm eine Bemerkung zu erlauben. Dass vielleicht der Herzog seine Vorbereitung für die königliche Jagd verzögert und ihn nur hierhergeführt hatte, um seinen Rat einzuholen oder zumindest, um einen Zuhörer bezüglich seiner Sorgen wegen der Herzogin und ihres Säuglings zu haben. Seit der Hochzeit des Herzogs überraschte Ellicott nichts mehr, wenn es um seinen edlen Dienstherrn ging. Und so äußerte er seine Meinung, aus tiefstem Herzen, und überraschte sich selbst durch seinen Freimut.

„Eine weise Entscheidung, Euer Gnaden. Eine, von der ich sicher bin, dass sie sehr zum Wohl Ihrer Gnaden und seiner kleinen Lordschaft dienen wird. Ihre Gnaden ist jung und er ist ihr erstes Kind, es muss Zeiten geben, in denen sie von den Aufgaben der Mutterschaft überwältigt ist. Es hilft sicher nicht, dass er allem Anschein nach einen überaus unersättlichen Appetit auf die Brust hat. Ein großartiges Zeichen für seine Gesundheit und sein Wohlbefinden, aber eines, das, wenn ich das sagen darf, die Last der Herzogin noch verstärkt hat. Die Ammen aus dem Morvan anzustellen und ihnen zu erlauben, ihre Familien mitzubringen, war ein Geniestreich. Sie werden nicht nur die steigenden Forderungen seiner kleinen Lordschaft nach Nahrung gerecht werden, sondern Ihrer Gnaden auch etwas Ruhe verschaffen. Und, wenn ich das hinzufügen darf, Euch beiden eine willkommene Erholung von den ständigen Bedürfnissen geben, die nur ein Säugling verlangen kann.“

Es war selten, dass dem Herzog die Worte fehlten, aber jetzt war es so. Er strich sich das Haar aus den Augen und starrte seinen ungewöhnlich redefreudigen Kammerdiener unter zusammengezogenen schwarzen Brauen an, als ob er sich fragte, was über ihn gekommen wäre. Und in Ermangelung einer passenderen Geste, um sein stummes Staunen zu verdecken, nahm er einen weiteren Schluck von der heißen Schokolade.

Ein plötzliches leichtes Zittern seiner Hand ließ ihn den Becher wieder abstellen.

Ellicott wurde Zeuge des Zitterns, sah das finstere Stirnrunzeln und den verblüfften Ausdruck und interpretierte dies als eine donnernde Wut auf ihn, weil er seine Meinung zu einem sehr intimen Thema äußerte, das zu kommentieren ihm in keiner Weise zustand. Er bezweifelte, dass Lord Vallentine so offen mit dem Herzog sprach. Sein Gesicht wurde schneeweiß. Er schwankte. In seinen Ohren summte es. Was war ihm eingefallen?

Aber er wusste, wer schuld war und warum, und sie schlief nur drei Zimmer weiter.

Er und der Herzog kannten einander, seit sie Jungen gewesen waren, und Ellicott war bereits seit fast zwei Jahrzehnten sein Kammerdiener. Und doch hatte er noch nie so offen mit ihm gesprochen wie eben jetzt. Er hatte seine Zurückhaltung so weit abgelegt, dass er die unsichtbare Grenze überschritten hatte, die ihre unterschiedlichen gesellschaftlichen Stellungen trennte, nur, weil er ihm zutiefst am Herzen lag. Nein. Das war nicht das richtige Wort. Er liebte ihn, und er hatte sich ebenso in seine Herzogin verliebt. Für ihn waren sie seine Familie. Doch was er eben gerade getan hatte, in seiner Eigenschaft als Kammerdiener, war unprofessionell, unannehmbar und unverzeihlich. Er musste sofort seine Stellung aufgeben. Doch zuerst musste er sich entschuldigen. Er musste ...

Als der Herzog sprach, brauchte Ellicott einen Augenblick, um zu Sinnen zu kommen. Und als ihm klar wurde, dass der Herzog ihn bei seinem Vornamen genannt hatte, war sein Seufzer der Erleichterung hörbar.

„Liebe Güte, Martin", murmelte der Herzog gedehnt und hob eine bewegliche Augenbraue. „Wir haben uns alle von einem winzigen Wesen in den Bann schlagen lassen, nicht wahr? Und du weißt besser als jeder andere, dass ich damit nicht meinen Sohn meine. Nein! Entschuldige dich nicht dafür, deine Meinung gesagt zu haben. Was das Sprechen ohne gefragt zu sein angeht - äh - damit werden ich mich später befassen. Morgen, in der Tat. Komm nach deiner Rückkehr in die Bibliothek."

„Ja, Euer Gnaden", antwortete Ellicott gelassen, obwohl sein Herz noch immer raste, seinen Wangen gerötet waren und er den Blick auf das Parkett gesenkt hielt.

Die Lippen des Herzogs zuckten. „Du kannst den heutigen Abend und morgen Früh damit verbringen, über das zu grübeln, was ich mit dir besprechen möchte. Jetzt jedoch will ich, dass du zuhörst, und dich dann auf den Weg machst. Und, ich brauche das nicht zu sagen, tue es aber trotzdem: Kein Wort zu irgendjemandem, winzig oder nicht.“

E INE S TUNDE später war Martin Ellicott der einzige Insasse der prachtvollen Kutsche des Herzogs von Roxton, die über die Straßen von Versailles nach Paris fuhr. Das herzogliche Wappen auf den schwarz lackierten Türen verkündeten den Adel des Besitzers, während das luxuriöse Innere der Kutsche mit Samt und Seide, modernen Federn, die sechs Grauen und die vier livrierten Vorreiter seinen Reichtum zeigten.

Als Stellvertreter von *M'sieur le duc* in dessen riesiges Herrenhaus in der Rue Saint-Honoré zurückzukehren war, als wäre der Herzog selbst heimgekehrt. Kaum war die Kutsche durch die schwarz-goldenen Tore gebogen, als die Nachricht durch das Labyrinth der Dienstbotenflure und die geräumigen Zimmer der Familie wie ein unkontrolliertes Feuer raste, das Diener sich in alle vier Ecken des Gebäudes zerstreuen ließ. Und dieses Feuer brannte am hellsten in den Räumen, die Lady Estée mit ihrem Gatten teilte, und wo sie auf einer Chaiselongue ruhte, während eine Zofe mit der Porzellanschale und Riechsalz bereitstand. Doch die Nachricht vom Eintreffen der Kutsche des Herzogs ließ sie sich aufsetzen und nach ihrem Handspiegel rufen. Sie hatte ihrem Bruder mehr als nur ein paar Worte zu sagen. Sie mochte krank sein, fast im Sterben liegen, doch das hieß nicht, dass sie für ihn nicht so gut wie möglich aussehen sollte.

Die Anweisungen des Herzogs waren deutlich gewesen: Martin sollte ein *portefeuille* aus rotem Leder, das im Moment in einer Schublade des herzoglichen Schreibtisches eingeschlossen war, holen. Der Herzog hatte ihm gesagt, wo der versteckte Schlüssel zu finden war. Und er sollte nicht in die Villa von Versailles zurückkehren, ohne den Pariser Schneider des Herzogs und dessen zwei Gehilfen mitzubringen, dazu alle Werkzeuge ihres Berufs und so viel dunklen Stoff guter Qualität, wie sie benötigten, um einen Anzug für einen Gentleman zu fertigen. Der andere Insasse der Kutsche, der mit ihnen den Rückweg antreten sollte, und bei dem es den Kammerdiener am meisten überraschte, was sein unmittelbarer Untergebener und Lehrling, George Geraghty.

In der Villa war einfach nicht genug Platz für alle persönlichen

Bediensteten des Herzogs, daher war der zweite Kammerdiener zurückgelassen worden, um ein Inventar der Pariser Garderobe des Herzogs anzufertigen und für Waschen, Pflege, Reparatur und Erneuerung aller Kleidungsstücke zu sorgen, bei denen es mangelte. Doch noch keine zwei Wochen später verlangte der Herzog jetzt die Dienste des zweiten Kammerdieners in der Villa? Dies beunruhigte Martin Ellicott zutiefst. Nicht nur war er nicht gefragt worden, Geraghtys Anwesenheit war auch unnötig. Warum also wurde er herbeigerufen?

Diese Frage tauchte in seinen Gedanken während des gesamten Tages immer wieder auf und schob sich wieder in den Vordergrund, als man ihn eine halbe Stunde warten ließ, bis er zu Lady Estée Vallentine vorgelassen wurde. Das gab ihm Zeit, darüber nachzugrübeln, warum und wozu der Herzog die Anwesenheit ausgerechnet George Geraghtys wünschte. Noch immer ohne befriedigende Antwort trat er in das parfümierte Boudoir Madames und wurde von der zweifachen Wucht eines starken, süßen Geruchs und einer ätzenden Schimpftirade getroffen, die ihn benommen werden ließ. Er hörte nur ein Wort von zehn, doch hielt seine Gesichtszüge in einem Zustand müheloser Neutralität. Als ihm schließlich erlaubt wurde, sich zu verabschieden, wurde ihm ein Bündel Briefe in die Hände gedrückt, wie der Herzog es vorhergesehen hatte, mit strengen Anweisungen für ihre Verteilung, die er sofort ignorierte. Pochende Kopfschmerzen, die den Rest des Tages anhielten, führte er auf Lady Estées übermächtigen, blumigen Duft zurück. Es schien ihm nicht erstaunlich, warum die Schwester des Herzogs unter Übelkeit litt; er glaubte nicht, dass allein ihre Schwangerschaft daran schuld war.

VIER

Dem Herzog wurde gerade in ein Paar bis über das Knie reichende Reitstiefel aus schwarzem Leder mit enormen Umschlägen geholfen, als Antonia in der Tür erschien.

Sie war noch *en déshabillé*. Über ihrem mit Spitzen besetzten Hemd trug sie ein Steppmieder, das lose mit Seidenbändern über ihren Brüsten geschnürt war, und unter einem seidenen Morgenrock, der von einer Schulter gerutscht war, hielt ein dazu passender gesteppter Unterrock ihre in Strümpfen steckenden Beine warm. Ihr Haar war zu einem langen unordentlichen Zopf zusammengefasst und am Ende von einem Band zusammengehalten, als ob er in Eile geflochten und dann vergessen worden wäre. Auf ihren Wangen lag ein Anflug von Farbe, weil sie durch die Räume geeilt war, da sie gedacht hatte, der Herzog wäre schon zur Jagd aufgebrochen. Aber als sie ihn sah und erkannte, dass er noch beim Ankleiden war, hielt sie sich zurück und ging nicht weiter in den Raum, sondern ließ stattdessen ihr Herz ruhiger werden.

Es hatte eine Zeit gegeben, da wäre sie zu ihm gerannt, ohne einen Gedanken daran, wer bei ihm war oder was vor sich ging, um ihm zu sagen, was immer sie auf dem Herzen hatte. Das war vor den unaufhörlichen Predigten ihrer Schwägerin über Antonias doppelte Verantwortung als Herzogin und Mutter gewesen.

Estée hatte sie ständig daran erinnert, dass sie jetzt eine Herzogin wäre, und nicht nur irgendeine Herzogin, sondern *seine Herzogin*, und Antonia müsste sich jederzeit ihrer Stellung bewusst sein. Dass, was immer sie tat, was immer sie sagte und wie sie sich verhielt, ständig beobachtet werden, und anderen darüber berichtet werden würde, vor allem durch solche, die dem Herzog schaden wollten. Wollte sie in einem Jahr zerstören, was ihr Ehemann in zwei Jahrzehnten zu beschädigen hatte vermeiden können? Und Estée bezog sich nicht auf seine Vergangenheit als Lebemann, sondern auf die Art von Skandal, die alle adligen Familien zu vermeiden suchten, um sich nicht vor der Gesellschaft lächerlich zu machen.

Die Familie, insbesondere Roxton, waren nur knapp der Demütigung entkommen, im Mittelpunkt eines der größten Skandale der Zeit zu stehen, als der Herzog Antonia unter der Nase seines Cousins, des Comte de Salvan, entführt hatte. Es war unwichtig, dass der Comte geplant hatte, Antonia mit seinem verrückten Sohn zu verheiraten und sie dann zu seiner Mätresse zu machen. Alles, was der Gesellschaft wichtig war, waren die Formalitäten, und die Tatsache, dass es einen verbindlichen Ehevertrag zwischen Antonias Großvater und dem Comte gegeben hatte. Das war wichtiger als die anrüchige Moral des Comte, der Wahnsinn seines Sohnes und Antonias Unschuld.

Indem der Herzog Antonia entführte, hatte er sich wie ein gewöhnlicher Räuber und ein gesellschaftlicher Provokateur verhalten. Doch in den Augen von vielen, vor allem der Damen des Hofes, war es Antonias Benehmen, das weit schlimmer und unverzeihlich war. Obwohl sie formell mit dem Erben des Comte de Salvan verlobt gewesen war, hatte sie sich von einem berüchtigten Lebemann verführen lassen. Indem sie sich absichtlich in seine Umgebung begab, hatte sie den Herzog so verhext, dass er sich unehrenhaft verhielt und all seinen edlen Prinzipien zuwiderhandelte. War es da ein Wunder, dass er sie verführt hatte?

Es hatte der persönlichen Intervention von Louis bedurft, mit einer öffentlichen Demonstration der Unterstützung für seinen guten Freund Roxton, um die private Empörung der Höflinge zu unterdrücken, die verlangten, dass der Herzog durch einen *lettre de cachet* verbannt würde. Es würde weiterer Interventionen Seiner Majestät bedürfen, wenn Antonia jemals als *Mme la duchesse de Roxton* akzeptiert werden wollte. Die Wiederherstellung ihres guten Rufes würde mit ihrer offiziellen Vorstellung bei Hofe beginnen. Und wehe ihr, wenn sie einen falschen Schritt machen sollte, denn die Geier, die sie gesellschaftlich verschlingen wollten und damit auch *M'sieur le duc de Roxton*, kreisten bereits.

Und so waren sie nun hier, in dieser Villa am Rande der königlichen Parklandschaft, um ihren offiziellen Empfang bei Hofe durch Ihre Majestäten vorzubereiten. Es waren peinlich genau geregelte Schritte erforderlich, damit sie vorgestellt werden konnte. Sie musste mit einem lächerlich teuren Hofkleid ausgestattet werden, in dem strengen Zeremoniell des Hofes unterrichtet werden, ebenso in der Sprache bei Hof, denn die französischen Adligen sprachen in einem Tonfall, der ihnen allein eigen war. Und sie musste von einer weiblichen Schirmherrin von Adel und makelloser Tugend vorgestellt werden. Erst, wenn sie ihren Knicks vor der Königin und dann getrennt davon vor dem König gemacht hätte, unter den Augen des gesamten Hofes, würden die Roxtons wieder in der Schar der Höflinge willkommen sein. Noch viel wichtiger für den Herzog: nachdem Antonia öffentlich ihren Knicks gemacht hätte, würde sie ihn zu den vielen kleinen privaten *soupers* begleiten können, die der König im *appartement* seiner offiziellen Mätresse, Madame de Pompadour, abhielt.

All dies war Antonia bereit zu tun und mehr, da sie wusste, wie wichtig dieser Teil des aristokratischen Theaters für das gesellschaftliche Wohlergehen des Herzogs war. Und nachdem sie jetzt einen Sohn hatten und der Herzog einen Erben, musste sie auch an dessen Zukunft denken, was es unabdingbar für sie machte, die beste Herzogin zu sein, die sie für sie beide sein konnte. All dies raste durch ihren Kopf, während sie in der Tür wartete, so in Gedanken verloren, dass der Herzog seine Frage wiederholten musste.

⚜

ROXTON BEMERKTE ihren Mangel an Bekleidung und das Mieder im Besonderen und erriet, warum sie noch nicht vollständig angekleidet war. Er winkte seine Bediensteten fort und streckte die Hand nach ihr aus.

„Du hast ihn heute Morgen gefüttert, *ma fée?*"

„Ja. In meinem Bad", erklärte sie ihm nüchtern. Als er blinzelte, fügte sie mit einem fragenden Stirnrunzeln hinzu: „Das schockiert dich?"

„Nein. Es überrascht mich."

„Gabrielle und meine Damen waren schockiert. Aber ich glaube, Céleste nicht", sinnierte Antonia. „Also hat sie vielleicht auch schon einen

Säugling gestillt, während sie im Bad war. Aber ich halte es für wahrscheinlicher, dass sie als Amme ruhig hinnimmt, dass das hungrige Kind ohne Rücksicht auf andere Überlegungen versorgt werden muss." Sie hob eine Hand. „Ich frage dich, *Monseigneur*, was sonst hätte ich tun sollen? Julian ist es gleichgültig, dass seine *maman* bis zu den Brüsten in Seifenschaum in ihrem Bad sitzt! Ihm ist ausschließlich der Zugang zu diesen Brüsten wichtig, und zwar sofort."

Der Herzog unterdrückte ein Grinsen und erkundigte sich beiläufig: „Meinst du nicht, da du - äh - anderweitig beschäftigt warst, dass seine unmittelbaren Bedürfnisse besser von einer der beiden Ammen hätten gestillt werden können, damit du dein Bad genießen konntest?"

Antonia sah ihn fragend an. „Daran habe ich gedacht. Aber das wäre selbstsüchtig gewesen. Julian ist in der Nacht *zweimal* gefüttert worden und Céleste und Cécile müssen auch für ihre eigenen Babys sorgen. Das ist die Vereinbarung, die wir mit ihnen getroffen haben, ja? Außerdem", fügte sie mit einem Schmollen hinzu. „Ich muss dies noch eine Weile länger tun."

„Was? Unseren Sohn in deinem Bad füttern?"

„Dummchen!" Antonia kicherte und fühlte sich dadurch besser. Sie drückte sich an ihn und hob ihr Kinn für einen Kuss. „Danke."

Er schloss sie in seine Arme. „Wofür, *ma belle*?"

„Weil du mich *un peu moins découragé* machst. Manchmal - und ich weiß, dass dich das gar nicht schockieren wird - sind Babys extrem anstrengend."

„Ja. Das sind sie. Und für dich noch weit mehr. Aber wir machen doch Fortschritte, ja? Unser Sohn gedeiht. Und warum sollte er auch nicht, mit zwei erfahrenen Ammen, die Tag und Nacht für ihn bereit sind? Und seiner *maman* eine Atempause von seinen Forderungen verschaffen. Alles, worauf es ankommt, ist, dass er gesund ist und du frei von Sorgen bist. Alles andere wird sich im Laufe der Zeit ergeben."

„Wenn du dich darauf beziehst, Julian abzustillen, weiß ich, dass ich Geduld haben muss. Aber ich bin nicht geduldig, Renard. Ich bin sehr ungeduldig. Ich finde es ebenso beschwerlich, ihn abzustillen, wie ich es zuerst fand, ihn saugen zu lassen." Antonia runzelte die Stirn. „Mein Sohn hat eine schlechte Mutter."

„Du bist zu hart zu dir selbst, *ma vie*. Unser Sohn war an deiner Brust, Tag und Nacht, drei Monate lang. Wie ich dir sagte, der größte Teil der

Damen am Hofe sehen ihre Kinder nach der Geburt nicht mehr, geschweige denn, dass sie sie stillen würden. Sie werden in die nahegelegenen Dörfer geschickt, um dort großgezogen zu werden."

„So etwas könnte ich nie tun! Ich möchte unseren Sohn bei uns haben, immer. Es ist nur, dass ich ihn nicht mehr stillen kann, weil ... weil ..."

„Und warum solltest du?", unterbrach er sie. Und um sie von weiteren Selbstbezichtigungen abzuhalten und von einem Dilemma abzulenken, das bereits durch die Anstellung der Ammen aus dem Morvan geregelt worden war, fügte er mit einem Hauch von Lässigkeit hinzu: „Wenn ich einen Vorschlag machen darf, der dir helfen wird, dich in der Zeit des Abstillens wohler zu fühlen ..." Und als er ihre volle Aufmerksamkeit hatte, sagte er mit erzwungenem Ernst: „Man sagte mir, dass das Auflegen kalter Kohlblätter auf jeder Brust Wunder tut, um Unbehagen und - äh - unnötige Schwellungen zu lindern."

Antonia starrt mit leicht geöffneten Lippen zu ihm auf. „Kohlblätter?"

„*Kalte* Kohlblätter, *ma petite*."

„Wieso weißt du das von kalten Kohlblättern? Ich glaube es dir. Aber woher weißt du es?"

„Das sagte mir ..."

Antonia küsste ihn schnell und hielt seine Worte zurück. „Nein! Sag es mir nicht! Ich weiß, es gab viele verschiedene Frauen in deiner Vergangenheit, aber ..." Ein Funkeln tauchte in ihren grünen Augen auf. „Ich hätte nie gedacht, dass du mit einer Frau geschlafen hättest, die ... die ..." Sie kicherte und bewegte sich in seinen Armen. „... deren Brust mit Gemüse bedeckt war!"

Er gab vor, beleidigt zu sein und zog sie etwas fester an sich. „Du hast nicht zugehört. Ich erklärte, man hat es mir gesagt."

Antonia winkte ab. „Ja. Die Frau mit dem Gemüse hat es dir gesagt. Bett, Decke oder Chaiselongue, wo auch immer diese Begegnung stattfand, ist unwichtig. Aber diese Kohlblätter interessieren mich sehr."

„Dann möchte ich vorschlagen, dass du in die Küche schickst und mehrere in einem Eimer Eis heraufbringen lässt. Wenn ich zurückkomme, wird es mich interessieren, ob sie dir tatsächlich Erleichterung verschaffen."

Er ließ sie los, als ein livrierter Diener in der Tür erschien. Der Diener brachte die Nachricht, dass die Reitknechte, Hunde und Pferde des Herzogs ihn so schnell wie möglich erwarteten.

„Ich hatte gehofft, dich im Hof zu verabschieden, aber ich bin noch nicht angekleidet. Also muss ich es vom Fenster der Galerie aus tun", erklärte Antonia ihm, während er seine Schnupftabakdose und ein Paar schwarze Lederreithandschuhe vom Frisiertisch nahm.

„Bist du hierhergekommen, weil du dachtest, ich wäre losgeritten, ohne mich von dir zu verabschieden?", fragte er mit dieser unheimlichen Fähigkeit, ihre Gefühle und Gedanken zu erraten. Als sie nickte, legte er seine Stirn an ihre und sah ihr lächelnd in die Augen. „Ich werde nie fortgehen ohne einen Kuss meiner Frau. Ich werde dich immer finden, um dir *au revoir* zu sagen."

„Danke. Aber wenn es nur ist, weil dein Vater damals zur Jagd ging und sich nicht von dir verabschiedet hatte ..."

„... und sich auf dieser Jagd den Hals brach? Das könnte etwas damit zu tun gehabt haben, ja. Doch die Wahrheit ist, dass ich zu keiner Zeit gerne fern von dir bin, Jagd oder nicht."

„Es geht mir genauso. Aber manchmal lässt es sich nicht ändern, und das akzeptiere ich." Sie strich über seine glattrasierte Wange. „Du wirst dir nicht den Hals brechen. Du bist ein guter Reiter. Außerdem werde ich es nicht zulassen. Und", fügte sie mit vor Mutwillen glänzenden grünen Augen hinzu. „Du musst zu mir nach Hause kommen. Ich kann nicht für immer von Kohlblättern bedeckt herumliegen."

Er lachte laut auf und küsste sie erneut. „Ich werde mich mit diesem köstlichen Bild vor meinem inneren Auge trösten. Das wird mich noch viel schneller zu dir zurückkehren lassen." Plötzlich kam ihm ein Gedanke und er wurde ernst. „Antonia, du weißt, dass trotz meiner - äh - *Geschichte*, keine andere Frau mit dir vergleichbar ist - keine. Ich finde dich ... ich finde dich ... *endlos faszinierend*."

„Aha! *Monseigneur*, du brauchst es nicht zu sagen", antwortete sie mit einem zittrigen Lächeln, die Augen feucht. „Aber ich werde es immer lieben, es dich sagen zu hören. *Au revoir, mon amour*."

„*Au revoir, ma vie*."

Und fort war er, mit einem Rauschen seiner samtenen Rockschöße, der livrierte Diener mit Hut, Schwert und silbernem Hüftflakon des Herzogs musste sich beeilen, um den Schritten des Herzogs, als dieser die *enfilade* hinabschritt, zu folgen.

Kaum hatte der Herzog ihre Räume verlassen, als Antonia schon durch die Villa zur Galerie eilte.

Es schien, dass der gesamte Haushalt hier versammelt war. Männer und Frauen mit Kindern, die sich an ihre Röcke klammerten oder auf ihren Hüften saßen, drängten sich vor der Reihe von Fensterscheiben, die den ganzen Raum entlang lief. Einige hatten die Nasen an das Glas gedrückt und alle waren von den Vorgängen im Stallhof unten wie gebannt. Alle schwiegen. Niemand bemerkte, *dass Mme la duchesse de Roxton* hinter ihnen stand. Dann drehte sich eines der Kindermädchen um, weil sie nach dem Kind in der Wiege, die sie schaukelte, sehen wollte, sah ihre Herrin und vergaß sich so weit, dass sie herausplatzte:

„*Mme la Duchesse! Sa Majesté! Sa Majesté!* Er ist hier!"

FÜNF

Antonia ging nicht direkt zu den Fenstern, sondern zu der Wiege, die das Kindermädchen hin und her schaukelte. Sie lächelte auf ihren Sohn hinab und kitzelte seinen Bauch. Als er ein unfreiwilliges Quietschen des Entzückens ausstieß und seine bloßen, nackten Beine und Arme zur Begrüßung ausstreckte, hob sie ihn vorsichtig auf, mit Decke und allem, und küsste seine rosige Wange.

„Sollen wir deinem schönen Papa auf seinem Pferd zuwinken?", fragte sie liebevoll und drehte sich zum Fenster.

Doch sie wurde von einer dreireihigen Wand aus Rücken blockiert. Es gefiel ihr nicht, dass ihre Diener so abgelenkt waren, doch wenn wirklich der König dort unten war, verstand sie ihre Aufregung und ihre Ablenkung. Es geschah nicht jeden Tag, oder überhaupt, dass gewöhnliche Untertanen ihren König oder seine Höflinge aus solcher Nähe sehen konnten. Der Palast mochte der Öffentlichkeit zugänglich sein, um durch die Gärten zu schlendern oder die öffentlichen Räume zu betreten, doch der König war ständig von den Adligen seines Hofes umgeben und von einer Truppe Schweizer Garden geschützt. Und niemand durfte sich ihm nähern, der nicht zuerst vorgestellt worden war.

„Macht Platz! Macht Platz!", befahl Lord Vallentine und riss Antonia aus ihrer Gedankenverlorenheit, als er vor sie trat, um sich durch die Menge zu drängen. „Macht Platz, sage ich! Nur, weil ihr nicht im *hôtel* seid, glaubt doch nicht, dass ihr tun könnt, was euch gefällt! Verschwindet! *Mme la duchesse* möchte hinausschauen!"

Lakaien kamen rasch zur Besinnung, verbeugten sich und gingen auf ihre Posten zurück. Kindermädchen hoben an ihre Röcke geklammerte Kleinkinder auf und huschten fort. Antonias eigene Damen und ihre Zofe Gabrielle, die unter den Zuschauern waren, versanken unter Lord Vallentines missbilligendem Blick schnell in einen tiefen Knicks. Mit schuldbewusstem Erröten und auf den Boden gesenkten Blicken glitten sie rückwärts aus dem Weg und erlaubten ihrer jungen Herrin, ihren Sohn zum Fenster zu tragen.

„Das ist genau, was Estée gemeint hat", klagte Vallentine, als er zur Seite trat, damit Antonia zum Fenster gehen konnte. „Geh weiter in die Dienstbotenräume und dieser Haufen wird sich Freiheiten herausnehmen. Du musst den passenden Abstand halten, nachdem du jetzt Herzogin bist."

Antonia schaute ihn stirnrunzelnd an, ohne eine Ahnung zu haben, wovon er sprach.

„Ich verstehe das nicht. Freiheiten? Passenden Abstand? Das erklärst du mir bitte später. Aber jetzt muss Julian erst einmal *son père* zuwinken." Sie lächelte ihren Sohn an, änderte ihren Griff, so dass sein Rücken an ihrer Brust lag und er zum Fenster sah, dann blickte sie in den Hof und sagte in dem Tonfall, den sie bei ihm benutzte: „Siehst du *ton père, mon fils chéri*? Ja?"

„So, wie sie sich aufführen, könnte man meinen, dass sie nie gesehen hätten, wie eine Jagdgesellschaft ausreitet", fuhr Lord Vallentine schnaubend fort. „Das, oder dass der König von Frankreich zu Besuch gekommen wäre!"

Diesen letzten Satz sagte er mit einem Lachen und ungläubigen Kopfschütteln. Doch es ließ Antonia ihn verblüfft anstarren.

„Aber... Vallentine, das *ist* der König von Frankreich da unten im Hof bei *Monseigneur*."

„He? Was?"

Antonia wandte sich wieder der Aussicht zu. „Mach die Augen auf. Siehst du ihn nicht? Er ist der Einzige, der Violett trägt, in einem Meer aus Schwarz."

„Violett?" Vallentine verzog das Gesicht. „Verdammt scheußliche Farbe an einer Frau. Schlimmer bei einem Mann."

Antonia kicherte. „Seine Majestät trägt kein Violett, weil er das möchte, sondern weil es Tradition ist, dass der König dies während der Trauerzeit tut. Und da Seine Majestät immer noch um den tragischen Verlust der Dauphine trauert, trägt er diese Farbe für sie. Und die Farbe ist es unwichtig, weil er sehr gut aussieht, welche Farbe auch immer er trägt. Viel besser als auf den Münzen.“

„Lass Roxton nicht hören, dass du das sagst“, bemerkte Vallentine düster.

„Du bist albern. Ich stelle eine Tatsache fest. Und *Monseigneur* würde mir zustimmen. Juju! Schau! Da ist *ton père*“, hauchte sie leise am Ohr ihres Sohnes und fügte bewundernd hinzu: „*M'sieur le duc* hat den besten Sitz all dieser Reiter. Eines Tages wirst du auch so sein, *mon biquet*.“

„Er sieht immer verdammt gut aus auf einem Pferd, nicht wahr“, stimmte Vallentine zu. „Und auch wenn alle wie er Schwarz tragen, überstrahlt er sie doch alle.“

„Aber natürlich“, stimmte Antonia mit einem verstohlenen Blick auf ihn zu. „Er ist bei allem der Beste ...“

„... außer mit einem Schwert“, warf Vallentine ein und schluckte ihren Köder. „Er ist mit einer Klinge nicht gut wie ich.“

„Nein. Aber *Monseigneur* ist besser in allem anderen“, sagte Antonia. „Das kann man nicht bestreiten. Und er ist schöner. Auch das ist eine Tatsache.“

„Sieh mal, wie eine Person auf eine andere Person wirkt, ist Ansichtssache“, wollte Vallentine zu widersprechen beginnen, wurde aber unterbrochen.

„Juju! Schau! *Ton père,* er hat uns gesehen!“, rief Antonia aus, hob die molligen Finger ihres Säuglings und winkte mit seiner Hand am Fenster.

Ihre Aufregung war ansteckend und ihr Kind quietschte vor Freude, strampelte mit seinen kleinen nackten Beinen und fuchtelte mit den Armen. Antonia lachte über seine Possen, hielt ihn aber ein wenig fester, um ihn auch wirklich sicher im Arm zu halten bei seinem Gezappel.

Vallentine verdrehte die Augen, schlug sich mit der Hand vor die Stirn und fragte sich, was die unten im Hof, insbesondere der Herzog, von einem solchen Spektakel halten würden. Er konnte nur hoffen, dass sie bei all dem Durcheinander davon abgelenkt waren.

Doch wo vor nur Minuten geordnetes Chaos gewesen war, war es jetzt unheimlich ruhig, der Hof war leer, keine Stallburschen oder Hufschmiede mehr, nachdem ihre Arbeit beendet war. Eine Handvoll livrierter Vorreiter der eigenen Schweizer Garde des Königs war auch losgeritten, wieder zurück durch den Torbogen, entlang des Pfades neben dem ummauerten Garten hinaus in die Parklandschaft dahinter. Dort sammelte sich der Rest der Jagdgesellschaft. Über den Hügel kam eine Gruppe von Adligen galoppiert, livrierte Vorreiter mit Jagdhörnern und andere mit Musketen. Dahinter kamen die Läufer und das Gefolge mit Stöcken und die Hunderudel, während ganz hinten eine weitere Truppe Schweizer Garden zu Pferd folgten.

Nur der Herzog saß noch auf seinem Pferd mitten im Hof und bei ihm war der König von Frankreich in all seiner violetten Pracht. Sie hatten ihre Pferde zur Villa gerichtet zum Stehen gebracht und drehten dem ganzen Aufritt hinter der Mauer den Rücken zu, waren in ein lockeres Gespräch vertieft. Der König lächelte über etwas, das der Herzog gesagt hatte. Und dann wandte Roxton den Kopf, blickte zu der Fensterreihe der Galerie und direkt zu Antonia hinauf. Es war, als hätte er die ganze Zeit gewusst, dass sie dort war und nur auf den besten Augenblick gewartet, um die Unterhaltung zu unterbrechen und sie wissen zu lassen, dass er es wusste.

Ihre Blicke trafen sich.

Antonias Herz flatterte seltsam und sie spürte, wie ihr die Hitze ins Gesicht stieg. Und als ihr Herzog sie mit seinen dunklen Augen anlächelte, ohne kaum den Mund zu verziehen, in dieser Art, die nur für sie bestimmt war, erwiderte sie das Lächeln mit einem Seufzer und fasste wie unbewusst ihre Bewunderung in Worte.

„Niemand überstrahlt *M'sieur le duc*, nicht einmal der König von Frankreich."

„Solche Worte sind Verrat", scherzte Vallentine und beugte sich dann seitwärts zu ihr, um leise zu sagen: „Du solltest besser einen Knicks machen wie alle anderen seiner Untertanen hinter dir. Selbst wenn er nicht Roxtons Herr und Gebieter ist, er ist der König dieses Reiches."

Das brach den Bann. Antonia spürte, dass ihre Damen bis zum Boden knicksten. Und als Vallentine auch mit einer schwungvollen Verbeugung seinen Respekt bekundete, huschte ihr Blick vom Herzog zum König.

Und dort saß er auf seinem Pferd, Louis, König von Frankreich, und grüßte sie mit dem Heben seines federgeschmückten Dreispitzes.

Antonia versank sofort in einem tiefen Knicks, so gut sie es konnte, während sie ihren zappelnden Säugling an ihr Mieder gedrückt hielt. Als sie sich mit Vallentines stützender Hand an ihrem Ellbogen erhob, setzte der König seinen Hut wieder auf, wendete sein Pferd und ritt aus dem Hof. Der Herzog blieb einen Augenblick länger dort und sah zu ihr herauf. Antonia warf ihm mit einem Lächeln einen Kuss zu, und er antwortete mit einem Augenzwinkern. Dann drehte er sein Reittier um und folgte dem König in den Park, um sich dem Rest der Jagd anzuschließen.

„Warte, bis Estée hört, dass Louis den Hut vor dir gezogen hat!", verkündete Vallentine mit einem leisen Kichern. „Und du mit dem Kind vor ihm geknickst hast. Ha! Ich wette, das ist Louis auch noch nie passiert!"

„Nichts davon ist jetzt wichtig", erwiderte Antonia abweisend. Sie küsste die mollige Wange ihres Sohnes und hielt ihn seinem Onkel hin. „Bitte bringe deinen Neffen zu seinen Ammen hinüber. Ich muss mich fertig ankleiden und dann habe ich einen Brief, den du lesen sollst."

„Einen Brief?", fragte Vallentine und nahm den Säugling entgegen, ohne darüber nachzudenken. Zu spät fiel ihm auf, dass er nun ein winziges Kind in einem kurzen Hemd hielt, das von der Taille abwärts nackt war, da die weiße Decke, die um es gehüllt gewesen war, auf den Boden gefallen war. Er strampelte frei mit den Beinen in der Luft herum, voller Entzücken und dabei gurgelnde Laute ausstoßend. „He! He! Er hat keine Hosen an!"

„Hosen? Babys tragen keine Hosen, bis sie kleine Jungen werden. Du warst ein Junge. Du musst das doch wissen."

„Wieso? Wieso sollte ich das wissen? Ich kann mich nicht erinnern, *keine* Hosen getragen zu haben", rief Vallentine kläglich, als Antonia davonrauschte, ihre Damen im Schlepptau. „He! Verdammt! Was soll ich - was soll ich denn mit ihm tun?"

SECHS

L ord Vallentine wartete darauf, dass Antonia fertig angekleidet
wäre, indem er durch die Villa spazierte, durch die verschiedenen
enfilades und Treppenhäuser schlenderte und seine Nase in geräumige, gut
ausgestattete Zimmer steckte. Einige waren spärlich mit vergoldeten,
seidenbezogenen Sofas und Sesseln und weichen Teppichen möbliert,
während andere von Handwerkern verschiedener Gewerke besetzt waren,
die damit beschäftigt waren, alte Farbe zu entfernen, neu zu streichen, zu
schnitzen und jeden Raum mit großen Spiegeln über den Kaminsimsen,
Möbeln und Kunstgegenständen auszustatten. Er ging sogar so weit, hinter
mehr als eine der versteckten Türen in der Holzvertäfelung zu spähen. Hier
sah er sich oft einem livrierten Diener oder zweien gegenüber oder einem
Zimmermädchen, die eifrig damit beschäftigt waren zu polieren, Kerzen zu
wechseln und ganz allgemein ihren täglichen Pflichten in einem adligen
Haushalt nachzukommen.

Er war nicht der scharfsinnigste Beobachter der Gewohnheiten und
Ansichten von Dienstboten, doch er hatte das Gefühl, dass sie hier in der
Villa glücklicher waren als in dem Pariser *hôtel*. Nicht zuletzt, da war er
sich sicher, weil anders als in dem höhlenartigen Herrenhaus, das sein
bester Freund besaß, und das schlecht zu heizen war, in dieser Villa alle
Räume warm waren.

Hier gab es einen holländischen Ofen im Foyer und zwei in der langen

Galerie, und, wie ein Diener, der den im Foyer fütterte, ihm erklärte, noch einen vierten in den privaten Räumen, die vom Herzog und der Herzogin bewohnt wurden. Ein System von Rohren verband diese Öfen und gab Wärme in der gesamten Villa ab.

Aber er ahnte auch, dass die Zufriedenheit der Dienstboten mit der Tatsache zusammenhing, dass sie dem strengen Auge seiner Frau entflohen waren. Fast ein Jahrzehnt lang war Estée Herrin des *hôtels* gewesen, und so hatte der Haushalt unter ihrer Fuchtel gestanden. Jetzt jedoch war Roxton verheiratet und hatte eine Herzogin, und die Führung des herzoglichen Haushalts war nicht länger die Sache seiner Frau, sondern Antonias - und da lag das Problem. Er wusste, dass es Estée schwerfiel, die Herrschaft abzugeben; beunruhigender noch war ihr unheimliches Geschick, an jeder Handlung und Entscheidung der Herzogin etwas Falsches zu finden. Und mit zwei willensstarken Frauen unter einem Dach, wenn auch einem sehr großen Dach, war das Leben im *hôtel* angespannt geworden.

Nachdem Vallentine, während er durch die Zimmer der Villa wanderte, Zeit zum Nachdenken gehabt hatte, kam er zu dem Schluss, dass es wirklich kein Wunder war, dass Roxton mit seiner Herzogin und dem kleinen Sohn Paris verlassen und sie hierhergebracht hatte. War er nicht selbst dem *hôtel* und seiner Frau entflohen? Er hatte einen Stich des Schuldbewusstseins gefühlt, weil er sie verließ, während sie durch ihre Morgenübelkeit in den Tiefen des Elends steckte. Aber das war nur ein leises Kneifen und verging bald, denn sie hatte sich törichterweise gewünscht, er möge sonst wo sein, nur nicht in ihrer Nähe. Und da er hier vom Herzog gebraucht wurde, wichtiger noch, von Antonia, hatte er sich den Wünschen seiner Frau gefügt und zweifellos für ihren Geschmack viel zu schnell.

Und er würde seine Bemerkung, dass dieses Haus eine Hundehütte wäre, zurücknehmen müssen. Er hätte wissen müssen, dass Roxton nicht anders als in geräumiger Pracht leben würde. Nachdem er sich orientiert und diese Residenz ganz besichtigt hatte, von innen wie von draußen, wurde ihm klar, dass diese Villa einmal aus zwei getrennten Stadthäuser bestanden hatte. Die Galerie, die Antonia zu einer weitläufigen Flucht von Kinderzimmern für ihren Sohn, seine Kindermädchen und deren Kinder gemacht hatte, verband im oberen Stockwerk das eine Stadthaus mit dem anderen, während im Erdgeschoss auf beiden Seiten der *porte-cochère* ein Wintergarten zwischen den beiden verlief.

Die Vorderseite, die von der Straße aus zu sehen war, erweckte noch immer den Eindruck, dass es sich um zwei getrennte Wohnsitze handelte, die sich nur das Paar gewaltiger, blau gestrichener Holztüren der *porte-cochére* teilten, die die Welt draußen hielt. Die überdachte Einfahrt war breit genug, dass die größte Reisekutsche darin halten konnte, um an einer tiefen Nische zu stehen, die die Insassen vor den Elementen schützte. Hier wurden die Passagiere abgesetzt und betraten dann unmittelbar ein geräumiges Foyer mit schwarzen und weißen Marmorfliesen und einer polierten, geschwungenen Marmortreppe. Im ersten Stock erstreckten sich *enfilades* nach links und rechts. Und wie Vallentine auf seiner eigenmächtigen Tour entdeckte, konnten Gäste sich zwar nach rechts, nicht aber nach links wenden. Zur Linken trafen sie auf zwei wachsame Lakaien, die den Eingang zu den privaten Räumen des Herzogs und der Herzogin hüteten.

Er hatte eine ganze Runde vollendet und war wieder zurück in der Wärme und dem Licht der Galerie, überrascht, Antonia dort auf ihn warten zu sehen. Sie stand am Fenster in dem schrägen Sonnenlicht, ihre Haare nach oben frisiert und von einer Reihe von Nadeln und goldenen, edelsteinverzierten Schmuckstücken gehalten. Über ihren gesteppten Unterröcken und dem Mieder lag ein offenes Gewand aus burgunderfarbenem Samt und sie trug Halbstiefel und einen großen Pelzmuff. Eine ihrer Damen war bei ihr, über deren Arm eine pelzgefütterte Kapuzenjacke hing, bereit für den Moment, wenn ihre Herrin nach draußen in den Garten gehen wollte.

Die Galerie war nicht so lärmend wie in dem Moment, als er sie verlassen hatte, nachdem er das kostbare herzogliche Kind seinen Kindermädchen übergeben hatte. Ein halbes Dutzend kleiner Kinder wurden entweder gefüttert, unterhalten oder am anderen Ende beaufsichtigt, während an diesem Ende hinter ein paar gut platzierten Wandschirmen einige Wiegen standen, die von schlafenden Säuglingen belegt waren. Dienstmädchen wachten über sie, die im Licht der Fenster saßen und mit Nadelarbeiten und geflüsterten Gesprächen beschäftigt waren.

Vallentine schlenderte lächelnd zu Antonia hinüber und wollte ihr schon ein Kompliment machen, als sie sich umdrehte, ihn von oben bis unten musterte und mit einem verschmitzten Lächeln fragte:

„Warum trägst du dein Schwert? Werden wir angegriffen - von Säuglingen?"

„Wie witzig!" Unbewusst legte er eine behandschuhte Hand auf seinen

Schwertgriff und schob das Kinn vor. „Es zahlt sich aus, wachsam zu sein. Man kann nie zu vorsichtig sein."

Antonia runzelte verwirrt die Stirn. „Aber wenn eine Gefahr bestünde, wäre *M'sieur le duc* doch nicht mit dem König auf die Jagd geritten, ja? Was erzählst du mir nicht?"

„Dir nicht erzählen? Hä?" Er hob wie zur Kapitulation seine Hände. „Aber du warst es doch, die nach mir geschickt hat, erinnerst du dich?"

„Ja", räumte Antonia ein. „Entschuldigung. Du hast recht. Man kann nie vorsichtig genug sein. Daher werde ich mich dankbar mit deinem Schwert und deinem Schutz abfinden, denn *Monseigneur* wäre nicht froh, wenn ich sie nicht hätte. Du wirst sehen, was ich meine, wenn du den Brief gelesen hast." Sie schob ihre Hand durch seinen Arm. „Komm mit. Lass uns in den Garten hinausgehen, solange die Sonne noch draußen ist und ...", fügte sie dicht an seinem Ohr im Flüsterton hinzu, wozu sie sich auf Zehenspitzen stellen musste, „... wo man uns nicht belauschen wird."

Draußen, nachdem sie ihre Kapuzenjacke angezogen und die behandschuhten Hände tief in ihrem Pelzmuff vergraben hatte, trat Antonia von der Terrasse auf einen Gartenweg, der zu einem Teich mit einem reich verzierten Springbrunnen führte, der von einer Gruppe Handwerker repariert wurde. Lord Vallentine war neben ihr, einen langen Mantel über seinem Rock, und die Hände tief in den Taschen vergraben. Antonias Zofe folgte ihnen, doch wie angewiesen, hielt sie einen so großen Abstand ein, dass das Paar frei sprechen konnte, ohne das Gefühl zu haben, dass jedes Wort mitgehört wurde.

Sie waren noch nicht weit gegangen, als Antonia auf dem Pfad stehenblieb und einen Brief mit einem aufgebrochenen Siegel aus dem Muff zog. Sie hielt ihn hoch.

„Ich habe ihn vor einem Monat von *grandmére* erhalten", erklärte sie ihm. „Es war, als Madame zum ersten Mal an ihrer Morgenübelkeit litt. Ich weiß, wäre sie nicht krank gewesen, hätte sie mich danach gefragt und ich hätte sie nicht anlügen können. Aber ich habe die ganze Zeit kein Wort zu *M'sieur le duc* gesagt, weil - weil er gar nicht über *grandmère* erfreut gewesen wäre."

„Ich weiß nicht, warum ich dir das sage", erklärte Vallentine in einem, seiner Meinung nach, ernsten Ton, „denn du weißt es besser als jeder andere, doch du kannst Roxton nichts verschweigen, wenn es um seine

Familie geht. Aber vor allem nicht, wenn es um *dich* geht. Ich wette, er weiß bereits, was in diesem Brief steht, und noch mehr!"

Antonia zuckte mit den Schultern. „Ich weiß, dass *M'sieur le duc* nur das Beste will. Das macht mir nicht die geringsten Sorgen. Aber dies hier?" Sie schüttelte den Kopf und schob ihre Unterlippe vor. „Nein. Er weiß nicht, was in diesem Brief steht."

„Wie kannst du da sicher sein?"

„Weil dieses Wissen Folgen haben würde, und diese sind nicht eingetreten. Doch falls und wenn er es herausfindet ..." Sie schauderte leicht, wandte sich dann Vallentine zu und ergriff seinen Unterarm. „Du und ich - *wir* - werden dem ein Ende bereiten, bevor solche Folgen eintreten. Aber ich sehe, dass du noch völlig im Dunkeln tapst, also muss ich es dir erklären."

„Wenn es dir nichts ausmacht. Aber bevor du beginnst - und ich sollte das nicht sagen, weil diese Frau deine Großmutter ist. Also lass es mich stattdessen über sie als Lady Strathsay sagen. Diese Frau ist eine Schlange, eine eifersüchtige, rachsüchtige Schlange. Sie würde alles tun, um dich zu verstören, das weißt du, nicht wahr?"

Antonia nickte. „Ja. Das ist alles richtig. Sie ist der einzige dunkle Punkt in unserem Leben, abgesehen von diesem Brief. Also sind es zwei Punkte, die zu einem großen geworden sind!"

„Erzähle mir von diesem großen Punkt und was die Schlange geschrieben hat, *ma petite soeur*", sagte Vallentine liebevoll. „Und ich werde tun, was nötig ist, um dir zu helfen."

„*Merci, cher beau-frére*. Ich weiß, *M'sieur le duc* und ich können uns immer auf dich verlassen. Und es geht nicht um das, was *grandmére* geschrieben hat, sondern was sie getan hat", antwortete Antonia kryptisch.

Die Art, wie ihre Schultern herabsanken und der begleitende, leise Seufzer reichten, um Vallentine im Stillen mit den Zähnen knirschen zu lassen. Und als sie ihn mit einem tapferen Lächeln und Hoffnung in ihren grünen Augen anblickte, hätte er sich zu allem bereit erklärt, um ihr die Last der Sorgen abzunehmen. Was sie als Nächstes sagte, ließ ihn mit offenem Mund dastehen.

„Es ist nur so, dass ich nicht möchte, dass *Monseigneur* jemanden tötet."

Er schrak auf. „*Töten*? Eh? Bist du sicher?"

Antonia nickte. „Aber natürlich. Glaubst du nicht, dass ich *Monseigneur* besser kenne als jeder andere?"

„Das lässt sich nicht bestreiten." Vallentine beugte sich zu ihr und fragte leise: „Möchtest du, dass ich ihn stattdessen töte?"

Diesmal zuckte Antonia zusammen.

„*Quoi?* Nein! Nein! Nein! Niemand soll sterben, Vallentine! Du und ich müssen alles so regeln, dass es vorbei ist, bevor *M'sieur le duc* es herausfindet."

Vallentine schüttelte den Kopf. „Ich bin ganz dafür, aber lass uns ehrlich sein. Er wird es herauszufinden und tun, was nötig ist, und wenn es eine Frage der Ehre ist ..."

„Aber natürlich ist es eine Frage der Ehre!", wiederholte Antonia und straffte ihre Schultern. „Glaubst du, *M'sieur le duc* würde aus einem geringeren Grund töten? Und deshalb darf er es nicht herausfinden, deshalb darf ich es ihm nicht erzählen und deshalb musst du mir helfen."

„Vielleicht fängst du besser ganz am Anfang an und erzählst mir, worum es eigentlich geht", schlug er vor.

„Wir sind doch hier, damit ich das tun kann. Und deshalb sind wir auch hier draußen in der Kälte."

„Ich verstehe. Du möchtest nicht, dass Roxtons Spione es herausfinden und er infolgedessen dann entdeckt, wovon du weißt, dass er es nicht weiß."

„Ja und nein. Es stimmt, ich möchte nicht, dass *Monseigneur* es erfährt. Aber ebenso wenig möchte ich, dass *grandmére* herausfindet, wie sehr mich das aufregt. Und das wird sie. Sie scheint über jede meiner Bewegungen Bescheid zu wissen, ohne dass ich ihr etwas sage."

„Es gibt einen Spion in Roxtons Haushalt?" Vallentine war entsetzt. „Jesus! Du hast nicht unrecht damit, dass es Tote geben wird. Es wird Blut fließen, wenn er den Verräter entdeckt. Hast du eine Ahnung, wer es sein könnte?"

Antonia runzelte die Stirn. „Ich verstehe das nicht. Warum bist du schockiert, dass *grandmère* einen Spion in unserem Haushalt hat, wenn doch *M'sieur le duc* überall Spione hat?"

„Das ist etwas anderes. Sie ist eine Schlange. Er nicht."

„Und das macht es akzeptabel? Nein! Nein! Ich will nicht mit dir über philosophische Fragen streiten. Dazu ist keine Zeit. Ich müsste eine Liste aufstellen ..."

„Eine *Liste?*", zischte Vallentine, die Hand an seinem Schwertgriff, mit einem Blick über seine Schulter als erwarte er unmittelbare Gefahr. „Von wie vielen Spionen reden wir?" Und dann kam ich ein plötzlicher Gedanke. Er schaute Antonia stirnrunzelnd an und fragte mit offensichtlicher Enttäuschung: „Diese Spione, das sind Frauen, nicht wahr?"

„Was hat das mit etwas hiervon zu tun? Ein Spion ist ein Spion."

„Ich kann keine Frau mit meinem Schwert aufspießen."

„Das ist auch gut so, denn natürlich muss es eine Frau sein, wenn sie …"

„Schade. Verdammt!"

„… mir im Auftrag von *grandmére hinterherspioniert*. Aber sie - diese Spionin - ist nicht unser unmittelbares Problem. Diese Spionin kannst du mir überlassen. Ich erzähle dir nur von ihr, weil sie ein Teil des größeren Punkts ist … Und jetzt kann ich an deinem Fischgesicht erkennen, dass du keine Ahnung hast, wovon ich rede!" Antonia kicherte und ergriff Vallentines Ärmel. „Komm mit. Ich denke, ich höre jetzt am besten auf zu reden und zeige es dir, dann wirst du verstehen."

„Ich denke, das wäre klug", murmelte Vallentine und ließ Antonia auf dem Pfad, der zu dem Teich führte, vorangehen.

Der Teich war für winterliche Reparatur- und Erneuerungsarbeiten geleert worden, und ein halbes Dutzend Arbeiter war dabei, einen Springbrunnen abzumontieren, der das Herzstück dieses Teils des Gartens bildete. Antonia ging weiter, mit dem Brief beschäftigt, den sie in der Hand hielt. Doch die Arbeiter richteten sich einmütig auf und zogen ihre Mützen, als sie und Vallentine vorbeigingen, bevor sie ihre Arbeit wieder aufnahmen.

Antonia ging weiter zu einer Laube und hier hielt sie an und öffnete den Brief ihrer Großmutter, Augusta, Gräfin von Strathsay. Die Nachricht der Gräfin war kurz und handelte nur von dem Brief, den sie beigelegt hatte. Antonia erwähnte nicht, was ihre Großmutter geschrieben hatte, das war nicht nötig. Wichtig war nur dieser zweite Brief und wer ihn geschrieben hatte und warum.

Antonia reichte ihn ihrem Schwager.

„Dies war in *grandméres* Brief eingeschlagen. Er ist an mich adressiert, wurde aber an sie geschickt. Du wirst sofort verstehen, warum er nicht direkt geschickt wurde und warum ich in der Zwickmühle bin und warum ich *M'sieur le duc* nichts von seiner Existenz erzählt habe, wenn du siehst, von wem er ist. Ganz gleich, *was* er schreibt.“

Vallentine nahm den Brief, den Blick auf Antonia gerichtet, wo er auch liegen blieb, während er das einzige Blatt Pergament, das auf beiden Seiten beschrieben war, entfaltete. Er richtete seinen Blick erst auf die Schrift, als sie einen Schritt beiseitetrat und zum Haus zurückschaute.

Er begann nicht sofort zu lesen, sondern drehte den Brief um und musterte gleich die Unterschrift links unten. Sie war in einer schwungvollen Handschrift ausgeführt und daneben war ein Wachssiegel, in das das Wappen einer alten, adligen Familie Frankreichs gedrückt worden war.

Lord Vallentine hob ruckartig den Kopf, seine blauen Augen schlossen sich zu Schlitzen und sein Mund verzog sich vor Abscheu. Er konnte kaum den Namen aussprechen, und als er ihm über die Lippen kam, war es ein heiseres Wispern voller Hass.

„*Salvan.*“

SIEBEN

Wenn Ihr England verlassen habt, will ich Euer Gesicht niemals wiedersehen … Wenn Ihr Euch jemals der Herzogin nähert, egal, aus welchem Grund, werde ich Euch töten. Wenn Ihr ihr jemals den geringsten Kummer verursacht, sei es durch die bloße Nennung Eures Namens im Zusammenhang mit meiner Familie oder wenn Ihr ein Gerücht, gleich welcher Art, bewirkt, das an die Ohren meiner Frau dringt, werde ich Euch töten …

DIESE ERSCHRECKENDEN WORTE, gesprochen vom Herzog zu seinem Cousin, dem *comte de Salvan*, vor nur zehn Monaten, hatten sich für alle Zeit in Vallentines Gedächtnis eingegraben. Ebenso das Bild, wie Roxton diese Drohung aussprach, bevor er Salvan für immer den Rücken zukehrte. Der Schrecken des *comte* bei der Erkenntnis, dass der Herzog jedes Wort ernst meinte, war eine kleine Entschädigung gewesen. Vallentine hatte nicht weniger als den Tod des *comte* gefordert für die abstoßende Rolle, die er bei dem grässlichen Angriff auf die Herzogin und ihren ungeborenen Sohn gespielt hatte. Und dennoch, obwohl sie fast ihr Leben verloren und eine Fehlgeburt erlitten hätte, hatte Antonia nicht gewollt, dass ihre Angreifer - Salvan und sein wahnsinniger Sohn - getötet würden. Der Herzog hatte nachgegeben.

Doch Vallentine bezweifelte, dass sein Freund ein zweites Mal nachsichtig sein würde.

Und nun hielt er den Beweis in der Hand, dass Salvan die Warnung des Herzogs missachtet hatte! War der Mann völlig verrückt geworden? Denn es würde nicht mehr brauchen, als dass der Herzog von der Existenz dieses Briefes erführe, geschweige denn, dass er ihm unter die Nase gehalten würde, und er würde umgehend nach Limoges eilen und seine Drohung wahrmachen. Vallentines Einschätzung nach hatte Salvan nur noch wenige Wochen zu leben.

Es brachte sein Blut zum Kochen, dass der Franzose es gewagt hatte, an Antonia zu schreiben, aber zu denken, dass es ihre Großmutter war, die als Vermittlerin diente, um dem *comte* Zugang zu der Herzogin zu ermöglichen, machte ihn wütend.

„Ich nehme zurück, was ich dazu gesagt habe, dass ich keine Frau mit meinem Schwert erschlagen kann", fauchte er und zerknitterte den Brief, weil seine Finger sich vor Wut zur Faust ballten. „Ich werde eine Ausnahme machen bei dieser - dieser *Teufelin*, die du als Großmutter hast!"

„Vallentine! Zerdrücke ihn nicht, bevor du ihn nicht gelesen hast!"

Seine Lordschaft verzog das Gesicht. „Muss ich ihn lesen? Ich weiß, von wem er ist. Ich kann sehen, dass du dich sehr darüber aufgeregt hast. Das ist mehr als genug und alles, was ich wissen muss ..."

„Nein. Es ist nicht genug. Bitte", sagte Antonia leise. „Bitte lies ihn und dann wirst du verstehen, warum ich *Monseigneur* nichts erzählt habe."

Den Kummer in ihren Worten zu hören, kühlte seinen Zorn erheblich ab und er sagte nichts mehr, nickte nur und senkte seinen Blick auf den Brief. Doch er las ihn nicht sofort. Er musste erst ein paarmal tief durchatmen, bevor er sich für das wappnen konnte, was der entehrte und beschämte Edelmann gewagt hatte, der Herzogin von Roxton zu schreiben.

Und Salvan ging dabei ein unglaubliches Risiko ein. Denn nach der Drohung des Herzogs, ihn zu töten, hatte Vallentine erwartet, dass Salvan das einzig Anständige tun und seinem Leben selbst ein Ende setzen würde. König Louis hatte ihn vom französischen Hof auf seine Güter im Süden Frankreichs verbannt, dort sollte er für den Rest seines Lebens bleiben. Vallentine stellte sich vor, wie der Adlige sich im Schatten seines verfallenden Schlosses versteckte, mit einem Auge immer einen Blick über seine Schulter werfend in der Erwartung, ermordet zu werden, entweder durch die Musketiere des Königs oder durch einen von Roxton bezahlten Mörder. Das Letzte, was Vallentine erwartete, war, dass der Unhold an die einzige Person auf dieser Erde schreiben würde, bei der dies ein schnelles und unrühmliches Ende für sein Leben bedeuten musste.

„Lies", beharrte Antonia und schnippte mit dem Finger auf das Pergament, um Vallentine aus seiner Gedankenverlorenheit zu reißen. „Ich gehe ein wenig herum, während du das tust."

Er sah sie den Pfad zwischen einem Hain kunstvoll gestutzter Linden, die mit in Herbstfarben leuchtenden Blättern wie in Flammen standen, entlanggehen, ihre Zofe immer einige Schritte hinter ihr. Und als sie sich bückte, um ein Blatt aufzuheben, riss ihn das aus seinen Gedanken. Er ließ seinen Blick auf die enge, schräge Schrift des *comte de Salvan* sinken, der ein Cousin ersten Grades seines besten Freundes, des Herzogs von Roxton und seiner eigenen Frau Estée war.

Madame la duchesse

Ich schreibe Euch nicht, um Euch zu kränken oder Euch die leiseste Unannehmlichkeit zu verursachen, sondern, um demütigst eine Gunst zu erflehen.

Dies ist äußerst anmaßend und ich habe nicht das Recht, es zu tun. Die bloße Tatsache, dass Ihr einen Brief von meiner Hand erhaltet, hat Euch zweifellos bereits Schmerz verursacht. Ich kann nur hoffen, dass Eure Großmutter Euch in ihrer unendlichen Weisheit auf diesen Brief von mir vorbereitet hat. Und daher bitte ich Euch demütig um Vergebung und Verständnis und bete, dass Ihr mir dies gewähren werdet, weil Ihr eine überaus freundliche Natur habt.

Doch genug von meinen Komplimenten, die Ihr zweifellos unaufrichtig und banal findet und die Euch beleidigen müssen, da sie von jemandem kommen, den Ihr für das bösartigste Geschöpf auf Gottes Erden haltet.

Glaubt mir oder nicht, wenn ich sage, dass der arme Salvan jede wache Stunde seiner Tage in der Verbannung voller Reue für sein abscheuliches Handeln Euch gegenüber verbracht hat. Ich sage dies nicht, um Eure Verzeihung zu erwirken oder um Gnade von Eurem edlen Gatten zu erhalten. Ich weiß, mein Cousin wird sich niemals vorstellen können, dass ich es bereue und mir niemals auch nur einen Hauch von Barmherzigkeit anbieten. Das ist nun einmal so. Und wenn Ihr beschließt, ihm diesen Brief zu zeigen oder zu erwähnen, dass ich mich mit Euch in Verbindung gesetzt habe, bin ich sicher, in naher Zukunft einen Besuch von ihm oder einem seiner Beauftragten zu erhalten, der meine Zeit auf Erden dann durch eine Schwertspitze beenden wird.

Also warum schreibt der arme Salvan Euch dann trotz des Risikos, das zu verlieren, was von seinem elenden Leben noch übrig ist?

Weil ich einen anderen vor dem Schicksal retten möchte, das ich durch die Hand Eures edlen Gatten erlitten habe.

Ihr müsst es ebenso wissen wie der Rest der Welt es weiß - das Schicksal und die Zukunft liegen allein in den Händen M'sieur le ducs de Roxton. Ob mein Name nach mir noch weiterleben wird. Ob wir Salvans gedeihen oder fallen werden. Ob wir je wieder an den Hof zurückkehren oder eine gute Ehe schließen können. All dies unterliegt der Laune meines Cousins. Er hat das Ohr Seiner Majestät und auf ihn schauen alle anderen, um zu sehen, wie sie sich einem Mitglied der Familie Salvan gegenüber zu verhalten haben.

Dass ich entehrt bin, ist eine gerechte Strafe für meine Sünden. Doch der arme Salvan bittet, nein, er <u>fleht</u> Euch an zu bedenken, ob der Rest seiner Familie, der keinen Anteil an diesen lächerlichen Plänen hatte - nicht einmal sein erbärmlicher Sohn, der nicht bei Verstand war - das unrühmliche Schicksal des armen Salvan erleiden sollte, nur wegen ihrer Blutsverwandtschaft. Der Name Salvan ist jetzt ein Synonym für Verrat der niedrigsten Art, und daran trage ich allein die Schuld.

Ich glaube keinen Augenblick, dass Ihr die Familie des armen Salvan leiden lassen wollt, dass ihr sie auf ewig zu gesellschaftlich Geächteten machen wollt. Ich wage diese Annahme, weil ich immer wusste, dass in Eurem Herzen keine Spur von Bosheit ist. Und woher weiß ich dies? Weil in mir - und in meinem erbärmlichen Nachkommen - böses Blut rinnt. Die Dunkelheit kann das Licht sehen, selbst, wenn das Licht unfähig ist, die Dunkelheit zu begreifen.

Ihr habt eine reine Seele und ein liebevolles Herz und Ihr habt meinem Cousin M'sieur le duc de Roxton die Gnade der Erlösung gebracht. Und so hoffe ich entgegen jeder Wahrscheinlichkeit, dass Ihr es in Eurem Herzen vermögt, auch die Rettung meiner Familie zu sein

...

Vallentine brach ab und blickte von der Seite auf, sein Mund war so trocken, als hätte er einen Löffel Asche gegessen. Sein Ekel gegen den Comte und sein Unglauben über die Aufrichtigkeit seiner Worte waren so groß, dass er, hätte Antonia nicht gewünscht, dass er den ganzen Brief lesen sollte, diesen zu einem festen Ball zusammengeknüllt und über die hohe Gartenmauer geschleudert hätte. Er tat jedoch nichts dergleichen und mit einem ungeduldigen Grunzen drehte er das Pergament um und las die zweite der eng beschriebenen Seiten. Bevor er fortfuhr, suchte er mit dem Blick nach Antonia und fand sie, wo sie auf halben Weg durch den Lindenhain stehen geblieben war.

Ein paar Arbeiter rechten dort Blätter zusammen und warfen sie auf einen Haufen brennenden Abfalls, dessen sanft schwelende weißgraue Rauchfahne sich in einen wolkenlosen Himmel schlängelte. Antonia stand dort im Gespräch mit einem dieser Arbeiter, der seine Mütze gezogen hatte und in die Richtung von etwas, das Vallentines nicht sehen konnte, gestikulierte und deutete. Zweifellos erklärte der Mann ihr etwas. Sie war immer neugierig und begeistert von allem Neuen. Das ließ Seine Lordschaft nachsichtig lächeln, doch das Lächeln verblasste und der Geschmack von Asche auf seiner Zunge kehrte zurück, als er weiterlas, nachdem er zuvor noch einmal den letzten Satz auf der ersten Seite gelesen hatte.

Und so hoffe ich entgegen jeder Wahrscheinlichkeit, dass Ihr es in Eurem Herzen vermögt, auch die Rettung meiner Familie zu sein.

Denn so sicher wie die Sonne jeden Morgen aufgeht, gibt es niemanden auf dieser Erde, der besser an M'sieur le duc de Roxtons bessere Natur appellieren kann als Ihr. Er, der von niemandem beeinflusst werden kann, könnte durch Euch umgestimmt werden. Er, der nie einen anderen liebte, liebt euch jenseits jeder Vernunft. Ihr habt die Macht, wenn Ihr auch den Willen habt, ihn zu überreden, meiner Familie gegenüber gnädig zu sein. Nur Ihr könnt die Salvans vor Jahrhunderten der Schmach und des Ruins bewahren.

Wie könntet Ihr das tun? Indem Ihr Euer Herz und Euer Heim einem unschuldigen jungen Mann öffnet, der erst am Anfang seiner Lebensreise steht. Es ist nur eine kleine Freundlichkeit, um die ich bitte, nein, die ich <u>erflehe</u>. Nämlich, M'sieur le duc zu überreden, die Existenz dieses jungen Mannes in minimaler Weise anzuerkennen - ein Nicken, ein Wort, ein beifälliger Blick in der Öffentlichkeit - und die Gesellschaft würde ihn dann sicher akzeptieren, in der sicheren Gewissheit, dass, wenn auch der arme Salvan auf alle Ewigkeit von M'sieur le duc de Roxton gemieden wird, dieser junge Mann jedoch, der auch ein Salvan ist, sein Schicksal nicht teilt.

Und so empfiehlt der arme Salvan den Enkel seines verstorbenen Onkels, Hubert Gabriel Louis Hyacinth Salvan Montbelliard, den Chevalier Montbelliard, Eurer Gnade.

Der Junge hat das Unglück, seit dem Tod meines eigenen armen Sohnes (möge seine gequälte Seele in Frieden ruhen) mein Erbe zu sein, und wird all meine weltlichen Güter erben, ebenso wie den alten Titel der Familie und die Ländereien, nachdem mein armseliger Kadaver endlich seinen letzten Atemzug getan haben wird. Er ist auch dazu bestimmt, meine Scham und mein Unglück zu erben.

Wenn ihm nicht die kleine Freundlichkeit erwiesen wird, öffentlich von meinem Cousin akzeptiert zu werden, dann wird Montbelliard gezwungen sein, sein Leben im Exil, fern der guten Gesellschaft, zu verbringen, fern auch jeder Tätigkeit im Dienste Seiner Majestät, und wird daher von jeder guten Familie als passender Ehemann abgelehnt werden. Dies ist das Schicksal, das ihn erwartet, wenn er der Comte de Salvan wird, falls Ihr Euch nicht bei meinem Cousin für ihn einsetzt.

Er ist ein guter Junge, ein feiner, pflichtbewusster Sohn seiner verwitweten Mutter und ein fürsorglicher Bruder seiner vier Schwestern. Er hat einen ausgezeichneten Charakter und eine angenehme Natur. Er ist von höchster Integrität und, um die Wahrheit zu sagen, keinem anderen Salvan ähnlich, der vor ihm kam, was sein großes Glück ist. Er wird den Namen Salvan rehabilitieren, wenn er die Gelegenheit dazu bekommt. Doch Ihr müsst mir nicht aufs Wort glauben. Ich bitte Euch, nein, ich flehe Euch an, Euch eine eigene Meinung zu bilden, indem Ihr ihm eine Audienz gewährt, damit Ihr ihn selbst beurteilen könnt.

Sein Schicksal und seine Zukunft, sowie die Zukunft des Namens Salvan, liegt allein in Euren Händen, Mme la duchesse de Roxton.

Der arme Salvan liegt Euch zu Füßen, den Körper im Schlamm ausgestreckt, bereit, alles zu tun, was Euch notwendig erscheint, um ihm diese eine Güte zu erweisen, nicht für ihn, sondern für den Chevalier Montbelliard.

Ich würde als Euer untertänigster Diener unterschreiben, doch ich weiß, dass diese Worte, auf mich angewandt, bedeutungslos für Euch wären. Stattdessen danke ich Euch für Eure Zeit, Euer Mitgefühl und Eure große Güte, diesen Brief des armen Salvan anzunehmen und zu lesen.

Jean-Honoré Gabriel
Comte de Salvan
Chateau D'Ambert
Limoges

ACHT

MIT DEM BRIEF, der zwischen seinen Fingern baumelte, schloss sich Lord Vallentine Antonia im Lindenhain an. Die Arbeiter waren wieder dabei, die gefallenen Blätter zu harken und sie dem schwelenden Haufen hinzuzufügen.

„Hast du ihn ganz gelesen?", fragte sie und reichte ihren Muff der Zofe.

„Ja. Beide schrecklichen Seiten. Er war immer furchtbar weitschweifig, nicht wahr? Keine Ahnung, was du damit anfangen sollst", entschuldigte er sich und gab den Brief zurück. „Oder wie du das vor Roxton geheim halten willst. Wenn das deine Absicht ist. Das wirst du nicht, ich weiß. Es vor ihm geheim halten. He! Was - was machst du da?"

„Ich übergebe ihn den Flammen", antwortete sie ruhig, nachdem sie das Pergament auf die brennenden Blätter geworfen hatte. „Ich habe ihn gelesen und du jetzt auch. Und wir sind die Einzigen - abgesehen von *grandmère*, weil ich mir ganz sicher bin, dass sie ihn mir nicht übersandt hat, ohne ihn zuvor gelesen zu haben - die ihn lesen mussten. *Monseigneur* braucht ihn nicht zu lesen. Das würde ihn nur verärgern ..."

„Ha! Untertreibung! Und nicht so sehr die blumige, erbärmliche Prosa, sondern die Frechheit dieser üblen Kröte, dir zu schreiben und dich zu beunruhigen."

„Ich bin nicht beunruhigt. Ich war es. Aber jetzt nicht mehr", antwortete sie mit dem Blick auf dem brennenden Papier, das zu Asche wurde. Als es zusammenfiel, seufzte sie leise und wandte sich mit einem Lächeln Vallentine zu. „Ich denke an die Gegenwart und an die Zukunft, nicht an die Vergangenheit. Was vor all diesen Monaten mit Etienne und Salvan passiert ist, war wirklich schrecklich, und zu jener Zeit hat es mich betrübt und bekümmert. Aber ich habe all das hinter mir gelassen. Wichtig ist nur, dass ich mit *Monseigneur* verheiratet bin und dass wir einander von ganzem Herzen lieben und dass wir einen Sohn haben, den wir beide sehr lieben. Sie sind meine Zukunft und machen mich glücklich."

„Das ist eine reife Art, das Leben zu betrachten", sinnierte Vallentine überrascht. „Du bist über deine Jahre hinaus weise. Das lässt mich fühlen wie ein junger Spund! Manchmal vergesse ich, dass du ein Mädel bist ..."

„Vallentine! Nein! Reife hat nichts mit dem Alter zu tun", stellte Antonia herrisch klar. „Und du vergisst dich. Ich bin kein Mädel. Ich bin eine Ehefrau und Mutter, und ich bin *Mme la duchesse de Roxton.*"

„Verzeihung, *Mme la duchesse.*" Er machte eine tiefe, elegante Verbeugung vor ihr, rote Flecken auf seinen mageren Wangen. „Das bist du natürlich. Ich wollte dich nicht kränken ..."

„Nein! Nein! Verbeuge dich nicht vor mir. Es tut mir leid", entschuldigte sie sich rasch und packte seinen Arm, um sich festzuhalten, als sie sich auf Zehenspitzen stellte, um ihn kurz auf die Wange zu küssen. „An dir ist nichts Bissiges. Das war ich. Ich versuche mein Bestes, aber ich muss noch viel lernen. Und ich weiß, dass Madame, während sie sich mit der Tatsache abgefunden hat, dass jetzt ich für den Haushalt von *M'sieur le duc* verantwortlich bin, glaubt, ich wäre unfähig, ihn zu ihrer Zufriedenheit zu führen, so, wie sie meint, dass er für jemand so Wichtiges wie ihren Bruder zu führen wäre."

„Estée ist einfach eifersüchtig", gab Vallentine wahrheitsgemäß zu. „Bis du in Roxtons Leben aufgetaucht bist, war sie das einzige weibliche Wesen, mit dem er je einen gemeinsamen Haushalt hatte. Und", fügte er mit einem schuldbewussten, verlegenen Lächeln hinzu, „Roxtons Leute dienen Estée, weil sie seine Schwester ist. Aber du - ooh! Dir dienen sie, weil sie es wollen, und ungeachtet der Tatsache, dass ihr Herr *M'sieur le duc de Roxton* ist. Sie würden für dich alles tun, das weißt du, nicht wahr?"

Antonia erwiderte sein schuldbewusstes Lächeln und errötete. „Was du sagst, habe ich schon gehört, aber dass du es sagst, trägt dazu bei, dass ich mich besser fühle. Danke."

Vallentine berührte leicht die Spitze ihrer kleinen Nase mit dem Ende eines behandschuhten Fingers und legte dann diese Fingerspitze auf seine eigene. „Unter uns."

Sie nickte lächelnd. „Unter uns."

Ein lautes Krachen von dem brennenden Haufen Gartenabfälle lenkte beide kurz ab. Es war nur ein Kiefernzapfen, der beim Brennen platzte, versicherte ihnen einer der Gärtner. Die Ablenkung brachte Antonia wieder zu ihrem eigentlichen Thema zurück. Sie nahm ihren Muff wieder von ihrer Zofe entgegen und hakte sich bei ihrem Schwager unter, dann wanderten sie fort von dem Feuer, entlang des Pfades, der zu einem verzierten Tor in der hohen Gartenmauer führte und sich zu der königlichen Parklandschaft dahinter öffnete.

„Vallentine, ich muss dir sagen, dass ich nicht glaube, dass *Monseigneur* diesen schrecklichen Vorfall hinter sich gelassen hat", gestand sie stirnrunzelnd. „Er hat mir einmal erzählt ... Es gab einen Augenblick ... als Etienne mit dem Messer über mir stand und mein Kleid blutbedeckt war ... als er dachte, er hätte mich und unser Baby verloren. Er konnte nicht atmen. Seine Brust zog sich zusammen, er sagt, es war ein Schmerz, wie er sein muss, wenn das Herz nicht mehr schlägt." Sie schaute zu Vallentine auf, der stur geradeaus blickte, den Mund zu einem dünnen Strich zusammengepresst. „Ich glaube, das hat ihm wirklich Angst gemacht, dass er so dicht davorstand, uns zu verlieren, und sein Herz deshalb lange genug zu schlagen aufhörte, um ihm Schmerzen zu verursachen. Und er fürchtet sich doch vor nichts und niemandem, nicht wahr?"

„Nein. Vor nichts."

„Aber wenn es um mich und Julian geht ..." Sie schaute wieder zu ihm auf und er starrte noch immer gerade aus, die Mundwinkel jetzt nach unten verzogen. „Wir - wir sind die schwache Stelle seines Herzens, ja? Und er hatte nie geglaubt, einmal eine solche Schwäche zu haben, nicht wahr?"

„Nein. Wohl nicht."

„Und der Tod Grays ... die grässliche Art und Weise wie Etienne ihn ... ihn ..."

„Du musst es nicht aussprechen. Ich erinnere mich", sagte Vallentine leise. „Roxton hat seine Hunde immer sehr geliebt - liebt sie *noch*. Das war immer so. Was mit Gray geschah, ist nichts, was man so leicht vergessen würde."

Antonia zupfte an seinem Arm, veranlasste ihn, sie anzusehen, und schaute ihm in die blauen Augen.

„Vallentine, du darfst nichts hiervon ihm oder sonst jemandem gegenüber erwähnen. Nicht einmal Madame gegenüber. Ich habe keine Geheimnisse vor ihm, aber das... Er braucht nicht zu wissen, dass wir darüber gesprochen haben. Versprich es."

Er nickte und sagte ohne seine übliche Nonchalance: „Bei meiner Ehre." Wegen der Kälte zog er die Schultern hoch. „Wenn du meine Meinung hören willst ..."

„Ja."

„Er wird Salvan niemals vergeben", stellte er knapp fest. „Er wird auch nie zugeben, dass dieses Ungeheuer mitleiderregend ist und ganz offen gesagt lächerlich, wenn er intrigiert, dass dieser Hubert - wie auch immer er heißen mag - von der guten Gesellschaft anerkannt werden soll. Du könntest versuchen, was du willst, um die Sache dieses Jungen zu fördern, wenn es das ist, was du willst - und da ich dein großes Herz kenne, bin ich ziemlich sicher, dass es genau das ist, was du tun möchtest. Und du müsstest Roxton dazu bekommen, dass er weich wird, so, wie nur du es kannst - aber ich will verdammt sein, wenn er sich auch nur einen Zoll bewegt, selbst um deinetwillen, dem Licht seines Lebens. Roxton wird Salvan nie die Genugtuung geben, zu wissen, dass die Zukunft seiner Blutlinie durch diesen Chevalier *wieheißterdochgleich* gesichert ist, wenn er tatsächlich so ist, wie Salvan behauptet, dass er ist ... "

„Aber, Vallentine, Salvan, er lügt nicht über Hubert Montbelliard. Er ist sein Erbe."

„Und was ist mit seinem verrückten Sohn, der im Bicêtre eingesperrt ist? Vergessen wir nicht alle d'Ambert?"

Antonia blieb stehen und drehte sich, den Rücken zu der hohen Gartenmauer gewandt, zu Vallentine um. Sie hob ihren Kopf mit einem verzerrten, wissenden Lächeln.

„Etienne ist tot, Vallentine. Du weißt das. Madame weiß es. Und auch *M'sieur le duc.* Der einzige Mensch, von dem ihr alle glaubt, dass er es nicht weiß, bin ich! Aber ich habe es gewusst, seit es passiert ist und *M'sieur le duc* darüber informiert wurde. Der arme Etienne starb auf der Rückreise nach Frankreich, er ertrank bei der Überfahrt über den Kanal."

Vallentine versuchte nicht, dies zu leugnen. „Wie hast du es herausgefunden – Nein! Lass mich raten. Deine alte Großmutter, diese Schlange, hat es dir verraten."

„Ja. Und dass er nicht auf Salvans Wunsch über Bord geworfen wurde. Die Musketiere, die dort waren, um ihn auf *Monseigneurs* Befehl vor einer solchen Möglichkeit zu schützen, haben es bestätigt. *Grandmère* erzählte mir, und sie hatte es von Salvan, dass Etienne während der Überfahrt nach Frankreich einen lichten Moment hatte. Dass er plötzlich aufwachte und die üble Wahrheit über sein Leben erkannte. Der Schrecken, *Monseigneurs* liebsten vierbeinigen Freund getötet zu haben und sein Versuch, mich umzubringen, das war alles zu viel für ihn. Er sprang über Bord und weil er nicht schwimmen konnte, ertrank er."

„Du hast Mitleid mit ihm, auch nach allem, was er versucht hat ..."

„Dieses Monster war nicht Etienne. Natürlich habe ich Mitgefühl mit dem Jungen, den ich kannte. Ich bin nicht glücklich, dass er ertrunken ist, aber ich bin froh, dass er jetzt in Frieden ruht. Etwas, das ihm nicht vergönnt gewesen wäre, wenn er angekettet in einer Anstalt am Leben geblieben wäre."

Vallentine rieb sich das Kinn. „Dir ist aber klar, dass es Roxtons Befehl war, ihn in Bicêtre in Ketten zu legen?"

Antonia sah gekränkt aus. „Du denkst, ich wäre mit *M'sieur le duc* nicht einverstanden? Keineswegs! Renard wollte ein Monster wegsperren, um mich und unser Baby in Sicherheit zu wissen. Der Junge, der ertrank, war nicht dieses Monster. Aber Etiennes Tod bedeutet, dass das Monster auch tot ist. *Enfin.*"

„Ja. So ist es wohl. Und während der Sohn nun in Frieden ruhen möge, zusammen mit seinem Monster auf dem Boden des Meeres, heißt das nicht, dass Salvan eine Gunst gewährt werden sollte. Salvan machte seinen Sohn böse, indem er ihn mit Opiaten vollstopfte. Salvan wurde aber nicht böse gemacht, er ist einfach böse. Und wenn du mich fragst, hat er Glück, noch am Leben zu sein! Verbannung war eine zu milde Strafe für ihn. Da bin ich mit Estée einer Meinung. Roxton hätte ihn an Ort und Stelle abstechen, und seinem elenden Dasein ein Ende bereiten sollen."

Antonia war überrascht. „Aber damals hast du gesagt, der Tod sei zu gut für ihn. Verbannung auf seine Güter wäre besser, weil er mit dem, was er getan hatte, jeden Tag für den Rest seines Lebens würde leben müssen. Und doch meinst du jetzt, *Monseigneur* hätte ihn auf der Stelle töten sollen?"

„Ja.“

Antonia dachte einen Moment darüber nach und schüttelte dann den Kopf.

„Nein. Ich kann dir oder Madame nicht zustimmen. Wenn Salvan in unseren Räumen in Treat durch *Monseigneurs* Klinge gestorben wäre, hätte dies einen Flecken auf unserem Leben dort hinterlassen. Hast du daran nicht gedacht? Natürlich nicht, aber ich bin sehr sicher, dass *Monseigneur* das bedacht hat.“

Vallentine atmete tief durch und nickte. „Gut, das verstehe ich.“

„Meinst du, wenn unsere Freunde und Verwandten kommen, um uns dort zu besuchen, möchten sie daran erinnert werden, dass ihr Gastgeber seinen Cousin getötet hat, einen Cousin, der einen Angriff auf mich geplant hatte? Glaubst du, wir würden mit dieser Erinnerung leben wollen? Nein! Es ist traurig genug, dass wir mit diesem schrecklichen Tod des armen Gray leben müssen. Aber wir haben immer noch Tan und wenn er und sein neuer Begleiter wieder bei *Monseigneurs* sind, wird etwas von seiner Traurigkeit verschwinden. Nein, Vallentine. Treat soll für uns ein Ort des Glücks sein, ein Ort, an dem wir unsere Kinder großziehen, an den unsere Freunde und Familie kommen, um uns zu besuchen und Spaß zu haben. Das soll das Treat des fünften Herzogs und seiner Herzogin sein. Das habe ich beschlossen.“

Als Lord Vallentine sie ungläubig anstarrte, eine behandschuhte Hand vor den Mund gelegt, runzelte Antonia die Stirn und dachte, er wollte etwas dagegen sagen. Und sie war bereit, über diesen Punkt mit ihr zu streiten.

Doch Vallentine dachte etwas völlig anderes. Er erinnerte sich daran, was sein bester Freund zu ihm gesagt hatte in der Nacht zuvor, was sie als Neunzehnjährige im Sinn gehabt hätten und über ihre Unerfahrenheit im Leben, wenn man es mit der Stellung und der Verantwortung verglich, die jetzt auf den Schultern dieser entzückenden Schönheit vor ihm lastete. Er konnte sich nicht vorstellen, dass Roxton oder er in diesem Alter so vorausschauend hätten denken können, und eine Familie hatte ihren Vorstellungen damals völlig ferngelegen.

Was Treat anging - den herzoglichen Landsitz - war die Vorstellung, dieses kalte Marmorschloss von gewaltigen Ausmaßen, das speziell für den Ruhm und die ewige Erinnerung an das Herzogtum Roxton erbaut war, in etwas zu verwandeln, das einem glücklichen Heim ähnelte, so anziehend in ihrer Schlichtheit, dass Vallentine deshalb einen freudigen Jubelschrei ausstieß. Und unfähig, sich zu beherrschen, warf er seine Arme um Antonia und drehte sich mit ihr auf der Stelle im Kreis.

„Ein Hurra auf die glücklichen Tage in deinem glücklichen Heim, *Mme la duchesse!*", verkündete er und packte Antonia an den Ellenbogen, denn ihre Hände waren tief in ihrem Muff vergraben, und tanzte mit ihr herum. „Endlich wird Treat seinem Namen gerecht werden und etwas Kostbares sein, nur dank dir!"

Sie war so verblüfft, dass sie nur langsam reagierte, doch Vallentines Freude war so ansteckend, dass sie bald mit ihm lachte und kicherte und herumtanzte.

Antonias Zofe trat mehr als einmal vor, erschreckt von dem bizarren Verhalten, und fragte sich, ob sie eingreifen und ihre Herrin den Klauen des exzentrischen Lord Vallentine entreißen sollte. Doch am Ende behielt der Schwindel die Oberhand, und das Paar taumelte zu der nächsten Steinbank und nachdem Vallentine Antonia geholfen hatte, sich zu setzen, sackte er neben ihr zusammen.

Nachdem Seine Lordschaft sich einen Augenblick gegönnt hatte, um zu Atem zu kommen, sagte er mit einem entschuldigenden Unterton: „Verzeih mir meinen Überschwang, aber es macht mich überglücklich zu hören, dass du diesen Palast grimmiger Verzweiflung zu einem Ort der Freude für Roxton, dich und uns andere machen wirst."

„Palast grimmiger Verzweiflung?", wiederholte Antonia und lächelte dann schief. „Du wagst es, *Monseigneurs hôtel* ein altes Gemäuer zu nennen, und jetzt bezeichnest du sein englisches Landhaus als grimmigen Palast? Es ist erstaunlich, dass du es ertragen kannst, uns monatelang an einem solch düsteren Ort zu besuchen!"

„Er ist nicht mehr düster, seit du dort bei ihm bist", stellte Vallentine fest. „Du hast alle alten Geister vertrieben, die in den Gängen spukten. Und es gab keinen gruseligeren als Roxtons Großvater. Schrecklicher Leuteschinder! Es ist kein Wunder, dass sein eigener Sohn sich auf und davon machte und nie wieder nach England zurückkehrte. Was das angeht, was der vierte Herzog tat, als er Roxton als Jungen in die Finger bekam ... Gott, nein! Es läuft mir kalt den Rücken hinunter, wenn ich nur daran denke ..."

Antonia richtete sich kerzengerade auf. „*Quoi? Qu'est ce qu'il a fait?*"

Vallentine schüttelte den Kopf und drohte mit dem Finger. „Nein.

Nicht meine Sache, das zu erzählen. Ich weiß nicht alles, aber was ich weiß und dessen ich bei meinem einzigen Besuch dort Zeuge wurde, habe ich nicht zu wiederholen. Du wirst Roxton selbst fragen müssen. Verdammt! Und ich wollte dich doch mit glücklichen Gedanken und Einfällen ablenken, und alles, was ich tue, ist, deinen Geist in alle möglichen Richtungen schweifen zu lassen. Du wirst ja keine Ruhe geben, bis du nicht alles herausgefunden hast. Und Roxton wird mir das nicht danken, nicht wahr?"

„Mach dir keine Sorgen", tröstete Antonia ihn und warf ihren Muff ihrer verdutzten Zofe zu. „Ich werde ihn auf eine Weise ausfragen, die dich nicht mit hineinzieht. Ich stelle ihm ständig Fragen und er hat sehr viel Geduld mit mir, daher werde ich einen passenden Moment finden, um ihn nach seinem grimmigen Großvater zu fragen."

Vallentine verdrehte die Augen. „Ja. Daran habe ich keinen Zweifel. Aber er wird wissen, dass ich es war, der etwas darüber gesagt hat." Er zuckte mit den Schultern. „Dann ist es eben so." Er nahm seine Taschenuhr heraus, um nach der Zeit zu sehen. „Ich hatte daran gedacht, zur *Grande Écurie* hinüberzugehen und mich in der Fechtschule blicken zu lassen. Daher, und so sehr ich es hasse, wieder auf den Brief zurückkommen zu müssen, den du gerade den Flammen übergeben hast: du hast mir noch nicht deutlich gesagt, was du von mir verlangst. Aber wenn du Hilfe dabei möchtest, Roxtons Segen für Salvans Erben, diesen Chevalier sowieso, zu erhalten, fürchte ich, dass du so gut wie keine Chance hast ..."

„Vallentine! Ich verstehe nicht, warum es für dich so schwierig ist, sich an den Nachnamen des Chevaliers zu erinnern. Vor allem, da du ihn sehr gut kennst."

Vallentine war so verblüfft, dass er von der Bank aufsprang und sich vor sie hinstellte, während seine Taschenuhr noch an ihrer silbernen Kette aus der Tasche seiner Samtweste baumelte. „Was? *Ihn kennen?* Woher soll ich ihn kennen?"

Antonias grüne Augen weiteten sich und ein geheimnisvolles Lächeln umgab ihren schönen Mund.

„Ich glaube nicht, dass ich dir das hier erzählen sollte", erwiderte sie mit neckender Liebenswürdigkeit. „Du wirst es wissen, sobald du ihn siehst."

Vallentine schaute sich schnell um, als ob er erwartete, dass der Chevalier Montbelliard ihm im Nacken säße. Dem war jedoch nicht so. Er sah wieder zu Antonia, die sich jetzt auch erhoben hatte, und seine Augen wurden schmal.

„Was geht hier vor?"

Unberührt von seinem Misstrauen schob Antonia ihren Arm durch seinen und drehte ihn in Richtung der Villa. Dann streckte sie erneut ihre Hand nach ihrem Muff aus. „Du hast recht. Die Zeit rennt und dein Gast wird bereits warten."

„So? Was hast du jetzt angestellt, *Mme la duchesse*", beschwerte sich Vallentine gutmütig.

Er erwartete keine Antwort. Er wusste, wenn er ausgetrickst worden war. Er spazierte schweigend zur Villa zurück, Antonia, die neben ihm förmlich hüpfte, an seinem Arm.

NEUN

ANTONIA HATTE KAUM einen ihrer Halbstiefel auf die schwarz-weißen Fliesen der Orangerie gesetzt, als ein livrierter Diener die Länge des Raums entlang herbeigeeilt kam, der sich zwischen den großen Winterkübeln mit Birnen-, Apfel- und Zitronenbäumen hindurchschlängeln musste. Er verbeugte sich und präsentierte ein silbernes Tablett, auf dem die Visitenkarte eines Hubert Gabriel Louis Hyacinth Salvan Montbelliard, Chevalier Montbelliard, lag. Der Diener teilte ihr mit, dass der Chevalier in das Morgenzimmer geführt worden wäre. Und wie *Mme la duchesse* schon früher angeordnet hatte, waren eine silberne Kaffeekanne und eine Auswahl an Kuchen bei der Ankunft des Chevaliers dorthin gebracht worden.

Zu Vallentines Überraschung entschuldigte sich Antonia dann. Er, Vallentine, würde den Chevalier Montbelliard ohne sie begrüßen müssen. Sie musste nach ihrem Sohn sehen und ihre Laufstiefel wechseln.

„Aber! Aber! Verdammt! Was soll ich denn zu dem Kerl sagen?", stöhnte Lord Vallentine und kämpfte sich aus seinem Winterumhang, als er ihr ins Haus folgte.

Ein Diener kam ihm zu Hilfe und nahm ihm auch die Handschuhe ab. Doch als Vallentine noch darüber nachdachte, sein Schwert abzulegen, trat der Diener beiseite. Und Seine Lordschaft stand dann nur unentschlossen da. Er war hin und hergerissen dazwischen, entweder zu tun, was ihm gesagt wurde und was Roxton von ihm erwarten würde, oder der Illoyalität beschuldigt zu werden, als ein Verräter an ihrer Freundschaft, wenn er sich zu Kaffee und Kuchen mit dem Erben von Roxtons geschworenen Feind niederließ. Und dann überraschte die Herzogin ihn, schürte seine Neugier ebenso wie seine Verlegenheit, sodass er dieses Dilemma völlig vergaß.

Auf dem ersten Treppenabsatz schaute Antonia über das Geländer zu Vallentine herab, der noch schwankend im Foyer stand.

„Ich weiß, was du sagen wirst, ohne dass ich dort sein muss, um es zu hören. Du wirst sagen, was du immer sagst. Später wirst du mir erzählen, ob ich mich geirrt habe." Sie verschwand aus Vallentines Blickfeld, bevor er eine Bemerkung machen konnte, doch einen Augenblick später und ein paar Stufen weiter streckte sie wieder den Kopf heraus und rief nach unten: „Vallentine!? Rühre den *Nougat de Montélimar* nicht an. Madame sagt, er verursacht dir Blähungen. *À bientôt!*"

„Bei allem, was heilig ist", murmelte Vallentine, wischte sich mit einer Hand über sein errötetes Gesicht und drehte sich auf dem Absatz um.

Er sah auf und erwischte den Lakaien, der mit seinem Umhang und Handschuhen beladen war und einen von dessen Kameraden weiter drüben an der zweiflügligen Tür, wo sie ihr Bestes taten, nicht vor Lachen herauszuplatzen, was nur dazu führte, dass ihre Gesichter rot wurden und ihre Schultern bebten. Er machte einen Schritt auf sie zu, die Hand am Schwertgriff, und knurrte. Sie traten sofort zurück, die Augen weit aufgerissen und die Gesichter erblasst. Seine Lordschaft fühlte sich besser und schritt davon.

Erst, als ein Lakai ihn in das Morgenzimmer führte, fiel ihm sein ursprüngliches Dilemma der Zerrissenheit zwischen Antonias Plänen und der Illoyalität gegenüber seinem Freund ein, wenn er den Erben des *comte de Salvan* hier begrüßte. Doch es war zu spät. Er war im Zimmer und jetzt musste er die Vorstellung ertragen.

„M'sieur Vallentine! Wie ich mich freue, Euch so bald wiederzusehen!"

Vallentine drehte sich zu einer vertrauten Stimme um und die Sorgenfalten auf seiner Stirn glätteten sich. Über den Teppich kam ein gutaussehender junger Mann auf ihn zu, von eher kleiner Gestalt, mit einem Schopf dichter schwarzer Locken, ausdrucksvollen dunklen Augen und einem freundlichen Lächeln.

„Cousin Hugh!? Nun, dies ist eine angenehme Überraschung", erwiderte Vallentine und nachdem der junge Mann eine anständige Verbeugung gemacht hatte, schüttelten sie sich die Hand. „Was macht Ihr denn in diesem Kaff? Als wir uns zuletzt unterhielten, habt Ihr Madame und mir doch gerade erzählt, dass Ihr wieder in die Provinz zurückgehen würdet und zu dieser Stellung als Tutor - sagt nichts! Für M'sieur de Chesnays drei Buben. Fechten und Haltung - irre ich mich?"

Der junge Mann grinste und zeigte perfekte weiße Zähne. „Nein, Sir. Ihr habt recht. Barnabé, Benoît und Blaise."

Vallentine verdrehte die Augen und schnaufte. „Arme Äffchen. Ich hoffe, sie haben eine Begabung für das Schwert, denn sie werden es sicher brauchen!"

„Ich tue mein Bestes, um sie mit den nötigen Fähigkeiten auszustatten", antwortete der junge Mann und folgte Vallentine durch das Zimmer zu einer Gruppe bequemer Sessel und Sofas, die vor einem Kamin aufgestellt waren.

Hier hatte ein Lakai den morgendlichen Teewagen herangerollt, auf dem eine silberne Kaffeekanne, Tassen und Teller aus Porzellan und eine üppige Auswahl von Köstlichkeiten standen, die so angenehm für das Auge waren, wie sie auch das Wasser im Munde zusammenlaufen ließen.

Vallentine wurde plötzlich bewusst, dass er hungrig war. Doch als er den Mandelnougat von Montélimar erspähte, runzelte er die Stirn und zögerte, seinen Teller zu füllen. Stattdessen schenkte er sich eine Schale Kaffee ein und lud seinen Gast ein, sich selbst zu bedienen und es sich dann in einem Ohrensessel bequem zu machen.

„Der jüngste der drei - Blaise - ist am vielversprechendsten", fuhr der junge Mann fort, als er seine Schale Kaffee und einen Teller, auf dem zwei kleine Cremetörtchen und ein Stück des *Nougat de Montélimar* lagen, auf einem Tisch neben dem Ohrensessel abstellte. Dann hob er die Schöße seines blauen Wollrocks mit großen Aufschlägen und silbernen Knöpfen an, um sich auf die Kante eines bequemen Polsters zu hocken, ein gestiefeltes Bein ausgestreckt und den Fuß zum besseren Gleichgewicht abgewinkelt.

„Gut. Das wird er brauchen", antwortete Vallentine, beeindruckt von der eleganten Leichtigkeit des jungen Mannes und mit einem begehrlichen Blick auf das Nougat auf dessen Teller. Er nippte an seinem Kaffee.

„Gewöhnlich hätte ich auf unsere Gastgeberin gewartet, bevor ich mich über den morgendlichen Teewagen hermache. Aber mir ist klargeworden, dass man, wenn ein Säugling im Spiel ist, keine Angaben über Zeit oder Ort machen kann.“

„Ich fürchte, Ihr habt recht mit dem, was Ihr sagt, Sir. Zwei meiner vier Schwestern haben Kinder, daher kenne ich mich mit solchen Unwägbarkeiten ein wenig aus.“

„Ich bin sicher, dass sie hingebungsvolle Mütter sind. Und ohne die Last, ein kostbares herzogliches Kind großziehen zu müssen, würde ich wetten!“

Der junge Mann schüttelte den Kopf und wurde ernst. „Sie sind die Ehefrauen von Gentlemen auf dem Lande. Aber ich bezweifle nicht, dass alle Säuglinge, gleich, ob sie vom Lande sind oder herzoglich, ihren Eltern kostbar sind, nicht wahr?“

„Ja! Ja! Natürlich“, plapperte Vallentine, der sich plötzlich verlegen fühlte, weil er so offen gesprochen hatte, noch dazu zu einem jungen Mann, den er nur zweimal zuvor getroffen hatte - einmal im Salon seiner Frau und einmal in einer berühmten Fechtschule in der Stadt, wo er ihm bei einer Reihe von technischen Fragen wegen seines Fechtstils geholfen hatte.

„Ich hoffe sehr, dass *Mme la duchesse* Zeit findet, meine Bekanntschaft zu machen“, stellte der junge Mann nach einem längeren Schweigen im Plauderton fest. „Bei den Gelegenheiten, als ich Madame Vallentine besucht habe, war *Mme la duchesse de Roxton* nicht zu Hause ... Vielleicht wird es heute anders sein?“

Als Vallentine weiter schwieg, wandte der junge Mann seine Aufmerksamkeit der Auswahl von Kuchen auf seinem Teller zu und trank seinen Kaffee.

„Seid Ihr allein hier?“, platzte seine Lordschaft plötzlich heraus, mit einer tiefen Falte zwischen seinen Brauen.

„Wie bitte, Sir?“

„Wurde noch jemand in dieses Zimmer geführt und ging, bevor ich hereinkam?“

„Nein, Sir.“

Vallentines Stirnrunzeln vertiefte sich. „Warum seid Ihr hier, Cousin Hugh?“

„Um die Bekanntschaft von *Mme la duchesse* zu machen, und weil Ihr mich eingeladen habt."

„Ich habe - was?" Vallentine setzte sich auf und stellte seine leere Kaffeeschale beiseite. „Ich habe Euch eingeladen? Wann und wo habe ich das gesagt? Verzeiht, wenn ich euch erschreckt habe, aber ich bin gerade selbst erschrocken!"

Der junge Mann stellte seine Schale ebenfalls ab sowie den Teller, auf dem nur noch ein Stück nicht gegessenen Nougats lag. „Meine Cousine - Madame, Eure Gattin - hat mit der Einladung eine Nachricht in meine Unterkunft geschickt."

„Hat sie das wirklich? Was stand in dieser Einladung?"

„Dass Ihr mich einladet, Euch hier zu treffen, an diesem Tag, zu dieser vereinbarten Stunde ..."

„Warum?"

„Ihr habt mir angeboten, mich zur *Grande Écurie* zu begleiten."

„Warum sollte ich das tun?"

Der junge Mann war verwirrt. „Verzeihung, Sir, aber als wir uns zuletzt sprachen, erzählte ich Euch von meinem Wunsch, eine Beschäftigung in der Fechtschule der *Grande Écurie* zu finden. Und dann, bei einer anderen Gelegenheit, als ich Madame besuchte und Ihr abwesend wart, erwähnte ich dies ihr gegenüber, und dass ich eine Bewerbung mit meinen Nachweisen und mehreren Empfehlungsschreiben eingereicht hätte, von denen eines vom Marquis de Chesnay stammt, für die zuständigen Verantwortlichen der *Grande Écurie* ..."

„Und meine Frau bot an, dass ich ein gutes Wort für Euch einlegen würde?"

Als der junge Mann hoffnungsvoll nickte, schnalzte Vallentine mit der Zunge und erwiderte das Nicken mit einem dünnen Lächeln. Er wusste, wann er besiegt war und wann es keinen Sinn hatte, sich gegen die *force majeure* seiner Frau in Verein mit der seiner Schwägerin zur Wehr zu setzen. Und er war nicht mehr so unwissend wie in dem Moment, als er den Raum betreten hatte. Seine Erinnerungen und die Stücke dieses Puzzles passten jetzt alle gut zusammen.

„Nun gut", fügte er hinzu, als er sich aus dem Ohrensessel erhob. „Dann sollte ich ihr Versprechen besser erfüllen."

Und im Aufstehen beugte er sich vor, schnappte sich das Stück *Nougat de Montélimar*, das auf dem weggestellten Teller des jungen Mannes liegen geblieben war und warf es sich mit ungeheurer Befriedigung in den Mund. Gerade als er dies tat, öffnete ein Diener die Tür, um eine der Damen der Herzogin einzulassen. Sie kam direkt auf ihn zu und machte einen Knicks.

„Sagt nichts", stellte Vallentine ironisch fest, noch mit einem Finger im Mund, um den klebrigen Klumpen Mandelnougat von einem Backenzahn zu lösen. „*Mme la duchesse* ist unvermeidlich verhindert und wird sich uns jetzt nicht anschließen?"

„Ja, Mylord. Seine kleine Lordschaft lässt sich nicht beruhigen und *Mme la duchesse* bittet, sie zu entschuldigen."

„Das ist vermutlich am besten so", stellte Vallentine stoisch fest. Er schenkte dem jungen Mann ein schmallippiges Lächeln und starrte dann Antonias Kammerfrau an. „Sie wird *M'sieur le duc* weniger zu erklären haben. Was mich angeht - nun ja! Das werden wir ja sehen. Ihr könnte der Herzogin bestellen, dass unser Gast und ich zur *Grande Écurie* gegangen sind, wie geplant. Ich hoffe, rechtzeitig zum Diner zurück zu sein. Das heißt, *falls* ich noch in diesem Haus eingelassen werde, wenn der Herzog von diesem - diesem - was auch immer *es* sein mag, erfährt! Fort mit Euch!"

Er ging wieder zu dem Teewagen, nahm sich noch ein Stück des Mandelnougats und steckte es in seine Westentasche, dann bedeutete er dem jungen Mann, ihm aus dem Raum zu folgen. In dem weitläufigen Foyer angelangt, rief er nach seinem Umhang und den Handschuhen.

„Habt Euer Schwert beim Pförtner gelassen, ja?"

„Ja, Sir. Ich habe drei Klingen mitgebracht", fügte der junge Mann hinzu. „Ich dachte, ich würde sie vielleicht in der *Grande Écurie* brauchen, wenn ich aufgefordert würde, meine Fähigkeiten unter Beweis zu stellen."

„Sehr klug. Und wenn Euer Handgelenk und Eure Beinarbeit halb so gut sind wie an dem Tag, als wir die Klingen kreuzten, dann wären sie in der Fechtschule der *La Grande Écurie* verrückt, Euch nicht aufzunehmen."

Der junge Mann wirkte plötzlich schüchtern. „Ich will nicht respektlos sein, Sir, aber selbst Ihr als englischer Adliger wisst, dass man für die Aufnahme mehr braucht als nur gute Fechtkunst. Ihr geltet als der beste Schwertkämpfer auf beiden Seiten des Kanals und dennoch seid Ihr kein Mitglied der *Grande Écurie* Seiner Majestät."

„Ich bin kein Franzose."

„Auch *M'sieur le duc de Roxton* ist das nicht, dennoch ist er Mitglied, und M'sieur de Chesnay sagt, *M'sieur le duc* sei auch einer der *Secrets du Roi…*"

Die Erwähnung der höchst selektiven und geheimen diplomatischen Clique des Königs, die unter Eingeweihten ein offenes Geheimnis war, von der aber absolut nicht öffentlich gesprochen wurde, ließ Vallentine den jungen Mann verärgert unterbrechen.

„Schweigt", presste er zwischen den Zähnen heraus. Jetzt in seinem Umhang und Handschuhen, trat er zu seinem Gast und sagte leise, so dass nur er es hören konnte: „Hat Euch niemand gesagt, dass es nicht ratsam ist, laut zu sagen, worüber nur hinter verschlossenen Türen gesprochen wird? Außerdem seid ihr respektlos, und das ausgerechnet im Hause dieses Edelmannes." Er starrte in die dunklen Augen hinab, die plötzlich erschrocken und misstrauisch wirkten. „Ich bin die meiste Zeit ein freundlicher Mensch, aber überschreitet die Grenze der guten Manieren und meine Freundlichkeit löst sich in nichts auf. Verstanden?"

„Ja, Sir. Ich bitte um Verzeihung. Ich meinte nur …"

„Es ist mir gleich, was Ihr meintet. Und das gilt auch für *M'sieur le duc de Roxton.* Und ich bin ziemlich sicher, dass Ihr Euch seines Rufes und dessen, wozu er imstande ist, bewusst seid. Also muss ich es nicht aussprechen, tue es aber trotzdem: Wenn es um seine Ehre und seine Familie geht, ist ihm kein Preis zu hoch. Ihr versteht, worauf ich hinauswill?" Als der junge Mann nickte, lächelte Vallentine grimmig. „Dann verstehen wir uns ja. Und Ihr könnt de Chesnay ausrichten, er solle aufhören, mit *M'sieur le ducs* Namen herumzuwerfen, in jeder Situation, ansonsten würde er von mir hören. Verstanden?"

„Ja, Sir. Vollkommen."

„Und Ihr solltet, bevor wir aufbrechen, besser auch noch etwas anderes verstehen, damit Ihr keine falschen Erwartungen hegt: Was auch immer Ihr durch Eure Besuche bei meiner Frau oder Eure Verbindung zu mir zu gewinnen erhofft, es wird keinen Einfluss auf Eure Versuche, die Gunst von *Madame la duchesse de Roxton* und durch sie die des Herzogs von Roxton, zu erlangen, haben. Solange Ihr Euch damit abfindet, bin ich durchaus willens, Euer Mentor zu sein. Ich mag kein Mitglied der *Grande Écurie* sein, doch ich würde meinen Erstgeborenen darauf verwetten, dass man mich und mein Wort dort sehr hoch achtet."

„Ja, Sir. Das tut man. Ich auch. *Jeder* achtet Euch. Und ich werde kein weiteres Wort über *M'sieur le duc* sagen. Mein Wort darauf!"

„Dann werden wir einen recht angenehmen Nachmittag haben, nicht wahr?“

„Ja, Sir. Das hoffe ich, Sir. Mit Euch die Klingen zu kreuzen und von Eurer Fechtkunst zu lernen, gehörte zu den großen Freuden meines kurzen Lebens.“

„So ist es richtig! Immer hübsch freundlich und nur vom Fechten reden, dann werden wir uns großartig vertragen“, verkündete Vallentine und eine seiner Hände klatschte ein wenig zu fest auf die Schulter des jungen Mannes, der unter dem Druck ein wenig einknickte.

Nachdem sie aus dem Haus in den Wintersonnenschein der Allee getreten waren, verschwand die untypische Kälte in Vallentines Benehmen, sodass er in der Lage war, ohne Groll zu dem jungen Mann zu sagen:

„Ich weiß nicht, wessen Idee es war, Euch als Cousin Hugh auftreten zu lassen - die meiner Gattin oder die dieses rotznasigen Insekts, Eures Cousins, der nicht genannt werden soll - aber ich zolle Euch meine volle Anerkennung dafür, dass Ihr hier aufgetaucht und Eure Visitenkarte vorgelegt habt. Aber wenn es Euch gleich ist, werde ich aufhören, Euch Cousin Hugh zu nennen und stattdessen Montbelliard, was viel besser passt. *Allons-y!*“

BIS VALLENTINE wieder zur Villa zurückkehrte, war die Stunde des Diners schon lange vergangen, und daher nahm er an, dass sein Gastgeber und seine Gastgeberin sich für die Nacht zurückgezogen hatten. Dies passte Seiner Lordschaft wohl. Er hatte am Ende den ganzen Tag in der *Grande Écurie* verbracht, wo er mit großem Jubel begrüßt worden war. Und sobald die Lehrer bemerkten, wer in ihrer Mitte weilte, wurde der reguläre Unterricht unterbrochen und die Schüler eifrig in die offene Arena geführt, um dort einem Meister der Fechtkunst zuzusehen und von ihm zu lernen.

Niemand verstand sich besser auf den Gebrauch des Degens als Lord Vallentine. Seine Haltung, seine Beinarbeit und seine Methoden in Angriff und Parade waren unübertroffen. Und die Ausführung seines Gegenangriffs nach einer Parade wurde von einigen mit Luftschnappen und von allen mit Applaus quittiert. Begeisterte Schüler meldeten sich freiwillig, zur Demonstration als Gegner Seiner Lordschaft aufzutreten. Mehrere Schüler, die sich selbst für Meister hielten und ebenso viele jüngere Männer, die

Seiner Lordschaft an Leistungsfähigkeit, wenn auch nicht an Können überlegen waren, wurden rasch abgefertigt. Sie wurden entweder durch die strategische Platzierung der Schwertspitze Seiner Lordschaft überlistet oder durch die unerbittlichen Stöße und Paraden Vallentines über das Feld gejagt und durch Erschöpfung in die Niederlage getrieben.

Am Ende der öffentlichen Demonstrationen erklärte Vallentine sich bereit, die vielversprechendsten jungen Fechter der *Grande Écurie* auf Herz und Nieren zu prüfen. Getreu seines Versprechens bezog er den Chevalier Montbelliard in alle seine Besprechungen und Vorführungen mit ein, schob den jungen Mann vor, wenn er es für angebracht hielt, sodass die Meister der Schule und die einflussreichsten Schüler auf ihn aufmerksam wurden. Der Chevalier machte seinem Mentor Ehre, indem er sich als ausgezeichneter Fechter erwies. Was ihm an Höhe und Reichweite fehlte, machte er durch seine einfallsreichen Bewegungen und die strategische Platzierung der Spitze seiner Waffe mehr als wett. Die Meister waren so beeindruckt, dass sie, als die Zeit für das abendliche Mahl gekommen war, nicht nur Seine Lordschaft, sondern auch seinen Protegé einluden, was dankbar angenommen wurde.

Alles in allem hatte Vallentine einen äußerst angenehmen Tag. Er hatte es geschafft, ein paar Stunden unter seinesgleichen zu üben und sein Versprechen gegenüber dem Chevalier Montbelliard einzulösen, die Fechtmeister der *Grande Écurie* auf ihn aufmerksam zu machen. Er konnte nicht mehr für den jungen Mann tun, und alles, was er getan hatte, sollte seine Frau zufriedenstellen und hoffentlich seinem besten Freund nicht missfallen.

Er wollte schon zwischen die Decken schlüpfen, als er das kleine silberne Tablett auf dem Bettüberwurf nahe seines Kissens erblickte. Es war offensichtlich dorthin gestellt worden, damit er es nicht übersehen konnte. Auf ihm befand sich eine kleine, rechteckige Karte. In einer Handschrift, die er so gut kannte wie seine eigene, standen nur acht Worte: *Acht. Im Stallhof. Bringe dein Schwert mit.*

Daran war nichts Ungewöhnliches. Er und Roxton üben am frühen Morgen regelmäßig Fechten. Erst, als er die Karte umdrehte, hatte er plötzlich einen Kloß im Hals und ein hohles Gefühl in der Magengrube. Roxton hatte auf die Rückseite der Visitenkarte des Chevaliers geschrieben. Vallentine bezweifelte nicht, dass er dies absichtlich getan hatte; der

Herzog hatte von dem Besuch des jungen Mannes in seiner Villa erfahren, und wenn er das wusste, dann auch alles andere.

Es war gut, dass Vallentine nach diesem Tag ermüdet war, sonst hätte er sich wohl die ganze Nacht schlaflos im Bett gewälzt. So jedoch fiel er in einen tiefen Schlaf, nur unterbrochen von Träumen, die keinen Sinn ergaben, bei ihm jedoch eine böse Vorahnung hinterließen.

ZEHN

Vallentine hatte sich mit seiner Annahme, weil er erst in der Dunkelheit zurückgekehrt war und vom Nachtpförtner in ein nur schwach beleuchtetes Foyer eingelassen worden war, dass seine Gastgeber sich bereits für die Nacht zurückgezogen hätten, geirrt. Weit entfernt. Während sich unheimliche Stille über den Rest der Villa gelegt hatte, die Kerzen in allen unbenutzten Räumen gelöscht worden waren, sprachen Licht und Gelächter hinter den Türen der Räume des Herzogs und der Herzogin eine völlig andere Sprache.

Nach einem ganzen Tag auf der Jagd mit dem König ging der Herzog direkt vom Stall zu seinem Ankleideraum und in sein Bad. Er war ein begeisterter Reiter, der den Nervenkitzel der Jagd genoss und war für seine Ausdauer im Sattel berühmt, doch wenn der Ritt oder die Jagd vorbei waren, endete damit auch sein Wunsch, einen Augenblick länger als nötig in seiner Reitkleidung zu bleiben. Es drängte ihn immer, zu seiner gewöhnlichen äußeren Eleganz zurückzukehren. Die Notwendigkeit, sich die Anstrengungen des Tages abzuwaschen, von Kopf bis Fuß sauber zu sein, frische Wäsche und Kleider zu tragen, die seinem Rang entsprachen, wurde von größter Bedeutung.

Es war sein Großvater, der vierte Herzog, der ihm dieses Bedürfnis nach Sauberkeit anerzogen hatte - dass der Körper eines Edelmannes sauber geschrubbt und immer mit sauberer Wäsche bedeckt sein musste, um die prachtvolle Kleidung zu verdienen, die seinem erhabenen Rang entsprach. Sauberkeit an Körper und Kleidung waren die äußerlichen Anzeichen für die Abstammung eines Edelmannes und der Eckpfeiler seines Charakters. Ohne eine makellose Person war nichts anderes möglich. Dies unterschied den Adligen vom Bauern. Und der einzige Weg, um den Unterschied zwischen den beiden zu erkennen, war, den Letzteren Ersteren achten zu lassen.

Um diesen Punkt deutlich zu machen, hatte der Herzog seinen Enkel in den ersten Monaten unter seiner Obhut gezwungen, in seinem eigenen Schmutz zu leben. Der Junge hatte nur beschränkten Zugang zu frischem Wasser, angemessene sanitäre Einrichtungen waren ihm nicht erlaubt, und er wurde gezwungen, die Wäsche und den Anzug zu tragen, in denen er aus Frankreich gekommen war. Es dauerte sechs Monate, aber der alte Herzog erreichte sein Ziel. Für den Rest seines Lebens war sein Enkel von Sauberkeit besessen.

Der Herzog verbrachte nie wieder einen Tag, ohne seinen Körper sauber zu schrubben, seine Wäsche zu wechseln und Kleidung zu tragen, die makellos war. Es hieß, er hätte die sorgfältigsten und bestbezahlten Waschfrauen von ganz Europa.

Nach der Jagd schickte er immer einen Vorreiter aus, um seinem Haushalt mitzuteilen, dass man sich auf seine Rückkehr vorzubereiten hätte. Sein fleißiges Gefolge machte sich dann daran, dafür zu sorgen, dass es reichlich warmes Wasser gab, um sein Bad zu füllen, dass seine Rasiermesser geschärft waren und saubere Wäsche und verschiedene Kleidungsstücke herausgelegt wurden, damit er darunter wählen konnte. Wenn er Nahrung benötigte, wurde dies dem Koch mitgeteilt und wenn es Briefe gab, die in seiner Abwesenheit eingetroffen waren, wurden diese auf seinem Frisiertisch bereitgelegt, damit er ihnen seine Aufmerksamkeit widmen konnte, nachdem er gebadet hatte und angekleidet worden war.

Während des Rasierens versorgte ihn gewöhnlich sein Kammerdiener mit allen weiteren Nachrichten, die für wesentlich erachtet wurden. Doch da Martin Ellicott zu Geschäften in Paris unterwegs war, fiel diese Aufgabe einem der unteren Kammerdiener zu. Während der Herzog an seinem

Frisiertisch saß, machte der Kammerdiener ihn auf bestimmte Einzelheiten in seinem Haushalt aufmerksam.

Zwei Dinge waren besonders hervorzuheben: Die Visitenkarte auf dem Stapel von Korrespondenz, die Lord Vallentines morgendlichen Besucher vorstellte, und der Streit in der Küche, an dem der Konditor beteiligt gewesen war. Jean-Camille ließ jeden, der zuhörte - und die, die nicht anders konnten, als zuzuhören - wissen, dass es seine Aufgabe war, *M'sieur le duc* mit den allerköstlichsten Desserts und Makronen in ganz Frankreich zu versorgen. Er war nicht hier, um die stumpfen Gaumen des Haushaltspöbels zu füttern. Womit er meinte, was der nervöse untere Kammerdiener erklärte, als der Herzog seine Brauen hochzog, dass Jean-Camille in Wut geraten war, als er entdeckte, dass seine Makronen unter den Dienern, vor allem den Waschfrauen und den Kindermädchen, verteilt worden waren.

Der Herzog machte keine Bemerkung über seinen temperamentvollen Konditor und zeigte nur mildes Interesse an der Visitenkarte. Er fuhr fort, die verschiedenen Briefe, die ihn auf einem Tablett erwarteten, zu öffnen und zu lesen. Doch er kehrte zu der Visitenkarte zurück, musterte sie durch sein Augenglas, bevor er sie fachmännisch durch die langen, spitzen Finger einer Hand gleiten ließ - wie man es mit einer Spielkarte tat, wenn man zur Unterhaltung ältlicher Tanten und großäugiger Kinder einen Trick vorführte - während der Diener ihm erzählte, wie die Karte des Chevalier Montbelliard in die Villa kam.

Undurchschaubar wie immer, forderte der Herzog Feder und Tinte, schrieb etwas auf die Rückseite der Karte und gab Anweisung, an wen und wie sie überbracht werden sollte.

Zufrieden mit seinem Aussehen schlüpfte er mit seinen langen Füßen in ein Paar marokkanische Pantoletten aus rotem Leder und warf einen Morgenrock aus exquisit bemalter Seide über ein weißes Hemd, eine mit silbernen Fäden durchwirkte Weste und eine schwarze Samthose. Er steckte sein Augenglas und die Briefe in eine Tasche und ging auf die Suche nach seiner Herzogin.

ANTONIA HATTE sich im Fenstersitz ihres Wohnzimmers zusammengerollt und las. Die letzten Spuren des winterlichen Tageslichts drangen durch das Fenster über ihrer Schulter, doch Kerzen, die in den Wandleuchtern über ihrem Kopf und auf der anderen Seite des Raums brannten, sorgten für viel Licht. Die Knie für ein besseres Gleichgewicht hochgezogen, ein großes, schweres Buch in ihrem Schoß, drehte sie geistesabwesend eine Locke ihres langen, blonden Haares um ihren Finger, während all ihre Konzentration auf die gedruckte Seite gerichtet war. Dass zu ihren bestrumpften Füßen ein Stapel Bücher lag, dazu noch mehrere auf dem Teppich mit Bändern als Lesezeichen, hieß, dass sie es vermutlich geschafft hatte, ein paar Stunden in ruhiger Einsamkeit bei ihrem liebsten Zeitvertreib zu verbringen, zumindest hoffte der Herzog das.

Er wollte sie nicht unterbrechen, daher lehnte er sich mit einer Schulter an den Türrahmen und wartete, was ihm die Gelegenheit gab, ihr schönes Profil als Silhouette vor der untergehenden Sonne zu bewundern. Ihre Schönheit ließ seine Kehle trocken werden und in diesen kleinen, stillen Momenten, wenn er an das Schicksal dachte - dass dieses süße Wesen wirklich seine Frau war - schlug sein Herz ein klein wenig schneller. Doch was nie verfehlte, ihn ehrfürchtig sein Glück erkennen zu lassen, war ihre unbewusste Freude bei jedem Mal, wenn sie wieder vereint waren, auch wenn sie nur für ein paar Stunden getrennt gewesen waren.

Er kannte das Buch gut, das sie las: die *Geschichte* des Livius, übersetzt vom Lateinischen ins Englische von dem Gelehrten Philemon Holland. Er hatte es vor Kurzem neu in Leder binden lassen und ihr empfohlen, als sie das Interesse geäußert hatte, mehr über die punischen Kriege zu erfahren. Es war eines von einem Dutzend Büchern, die sie aus dem *hôtel* mitgebracht hatte, doch diesem hatte sie mehr Zeit gewidmet wegen der Mühe, sich durch das elisabethanische Englisch zu kämpfen.

Er bemerkte, dass sich zwischen den auf dem Teppich verstreuten Büchern ein Paar ausgezogener Pantöffelchen, die Überreste eines Nachmittagstees, eine weiße Babywolldecke und ein einzelner Kinderstrumpf befanden. Er wäre überrascht gewesen, wenn es keine Beweise für die Anwesenheit ihres kleinen Sohnes gegeben hätte. Dass keine Wiege in Sicht war, bedeutete, dass sie sich wenigstens an ihre neuen Regeln hielt. Und dann sah er, dass sie den anderen Strumpf ihres Sohnes als Lesezeichen benutzte. Es sah ihr ähnlich, dass sie ein solches Kleidungsstück seines Zwecks entfremdete! Seine Schultern bebten und er lachte leise.

Antonia schaute sofort auf und alle Konzentration verschwand aus ihrem Gesicht. Stattdessen erschien ein strahlendes Lächeln. Sie schloss das Buch mit einem Knall und legte es zur Seite.

„Nicht doch! Renard! Warum hast du mir nicht gesagt, dass du hier bist?", tadelte Antonia ihn scherzhaft und eilte zu ihm hinüber, um von ihm in die Arme geschlossen zu werden. Ihre grünen Augen wurden ganz groß. „Weißt du, dass wir seit unserer Hochzeit nicht mehr so lange voneinander getrennt gewesen sind? Ich weiß, es war nur ein Tag, nicht einmal ein ganzer Tag, aber es fühlt sich an wie eine Woche!"

Er schmunzelte und sah dann nachdenklich aus. „Eine Woche? Vielleicht sollte ich nicht wieder mit dem König auf die Jagd gehen."

„Nicht mit dem König jagen?", wiederholte Antonia und schnappte nach Luft. Dann kicherte sie und kuschelte sich an ihn. „Du neckst mich nur! Natürlich musst du mit dem König jagen. Ihr genießt doch euer Zusammensein. Außerdem bist du ein großartiger Jäger und es gibt niemanden außer dem König, der dir im Sattel das Wasser reichen kann."

„Seine Majestät könnte das anders sehen. Dass ich an *seine* Künste als Reiter und Jäger heranreiche. Man übertrifft einen König nicht, in nichts, wenn man es vermeiden kann. Es ist nicht - äh - diplomatisch."

Antonia war verblüfft. „Aber Renard - es muss sehr schwierig für dich sein, dich nicht von deiner besten Seite zu zeigen und doch so zu wirken, als tätest du dein Bestes, ja? Noch dazu bei einem König."

„Ein wahres Wort gelassen ausgesprochen", stimmte er zu und trug sie zu dem niederen Fenstersitz zurück. Dort setzte er sie ab und stellte sie auf die Polster. Sie war jetzt fast auf seiner Augenhöhe, und als sie ihre Hände auf seine Schultern legte, um sich festzuhalten, fügte er hinzu: „Wie kommt es, dass du sofort verstehst, was ich Vallentine ein Dutzend Mal oder öfter zu erklären versucht habe?"

„Oh, das ist einfach", sagte sie mit einem Achselzucken, doch ihre Augen funkelten vor Mutwillen. „Vallentine kennt dich, aber nicht so gut wie ich. Er ist bei allem sehr offen, was ja lobenswert ist. Es ist einer der Gründe, aus denen du ihn magst, ja? Aber du ..." Ihr Lächeln wurde wehmütig. „Du bist nicht gern bei irgendetwas irgendjemandem gegenüber offen - außer bei mir."

„Du bist die Ausnahme - in jeder Hinsicht."

„Das freut mich sehr. Und so soll es immer zwischen uns sein."

„Immer." Er sah ihr in die Augen. „Darf ich dich küssen?"

Sie lächelte. „Bitte. Ich habe darauf gewartet."

Sie genossen einen langen, ausgiebigen Kuss und als sie wieder sprachen, saßen sie gemütlich in den Kissen.

Der Herzog fragte: „Warst du genauso überrascht wie ich, dass Seine Majestät beschlossen hat, in die Villa zu kommen, um mich abzuholen?"

„Sehr. Es ist eine große Ehre, nicht wahr, dass der König dies tut?"

„Ja. Am wichtigsten ist jedoch, dass wir damit deiner Anerkennung am Hof, *mignonne*, einen Schritt näherkommen."

Antonia dachte nach. „Während all der Zeit, die ich bei *grandpère* im Palast gelebt habe, war ich Seiner Majestät nie so nahe wie heute Morgen am Fenster der Galerie. Er war immer von einer Menge Höflinge und seinen Schweizern umgeben, sodass nur ein Kind, das auf den Schultern seines Vaters reitet, ihn so deutlich hätte sehen können. Es muss für ihn ermüdend sein, ständig angestarrt zu werden und von einer Menge umgeben zu sein, meinst du nicht auch?"

„Eine der anstrengenderen Folgen davon, König zu sein. Weshalb er seine Privatsphäre und seine Freundschaften eifersüchtig hütet. Nur privat kann er er selbst sein."

„In dieser Hinsicht ist er dir nicht unähnlich."

Er küsste ihren Handrücken und lächelte. „Das kannst du selbst überprüfen, wenn ich dich mit zu einem seiner kleinen *soupers* nehme."

Antonia sah ihn von der Seite an, ein schelmisches Lächeln legte sich über ihren schönen Mund.

„Und bei diesem *souper* werden ich besser beurteilen können, ob Seine Majestät so gut aussieht wie von unserem Fenster herab."

Der Herzog ließ sich nicht täuschen, aber er spielte mit. Er hob eine Augenbraue. „Muss ich mir Sorgen machen?"

„Wegen Louis?" Antonia zuckte nonchalant - wie sie hoffte - die Schultern. „Die Höflinge und die Damen lügen nicht. Sie schmeicheln nicht, wenn sie sagen, dass er der bestaussehende Mann von ganz Frankreich ist. Und dennoch ..."

„Dennoch?"

„... bist du viel *faszinierender* gutaussehend."

„Ich bin froh, meine Frau das sagen zu hören."

„Und ..."

Der Herzog gab vor, überrascht zu sein. „Daran ist eine Bedingung geknüpft?"

„... ich begehre nicht ihn, nur dich."

Er drückte ihre Hand. „Die perfekte Antwort einer Ehefrau, um die Würde eines Mannes zu befriedigen."

„Aber ich bin überhaupt nicht würdevoll, Renard", gestand Antonia. „Ich habe höchst würdelose Gedanken, wenn du so *en déshabillé* gekleidet bist wie jetzt."

Der Herzog war verblüfft. „Wie bitte, *ma chérie?* Dieser Morgenmantel gefällt dir?"

„Oh, er gefällt mir sehr!" Antonia konnte ihre ernste Miene nicht lange beibehalten und sie beugte ihr Schultern vor, um ihn zu küssen. „Ich muss gestehen, wenn du so gekleidet bist, möchte ich mit meinen Händen über deinen ganzen Körper streichen und dich ausziehen!"

Ihr Geständnis war so ungekünstelt, dass der Herzog zu seinem Erstaunen fühlte, wie sein Gesicht heiß wurde. Antonia sah es ebenfalls und missverstand seine Reaktion.

„Ich habe dich in Verlegenheit gebracht."

„Nein, überhaupt nicht. Es ist nur - ich kann mich nicht daran erinnern, jemals errötet zu sein. Und doch hast du mich mit einem gezielten Schlag deiner fleischlichen Aufrichtigkeit dazu gebracht."

Sie schaute in seine dunklen Augen.

„Aber das ist die Wahrheit. Was du mit deinem Körper tust - bei mir und mit mir - und die Gefühle, die du in mir erweckst, das ist - das ist *au-delà du bonheur.* Ist es für dich genauso?"

„*Ma fée*, als ob du das fragen müsstest", antwortete er sanft und küsste ihre Stirn.

Antonia richtete sich auf und legte ihre Arme um seinen Hals. Sie schaute ihn unter ihren Wimpern hervor an, den Kopf leicht zur Seite gelegt, und fragte ihn mit trügerischer Süße: „*Monseigneur*, wäre es schrecklich verrucht, wenn wir uns hier auf diesem Fenstersitz lieben würden?"

„Nein. Es wäre ..." Der Herzog schmunzelte und zog sie an sich. „... *herrlich* verrucht."

ELF

D ER HERZOG UND die Herzogin ließen ihr Abendessen an dem kleinen Tisch am Kamin servieren, beide *en déshabillé* in seidene Morgenmäntel gekleidet, die feuchten, ungeordneten Locken, mit Seidenbändern zurückgebunden, um einen Anschein von Anstand zu erwecken. Doch als sie einander über das Tafelsilber hinweg anschauten, lächelte Antonia in ihre Serviette und der Herzog in sein Weinglas. Beiden kam der gleiche Gedanke - dass sie sich zuvor nicht besonders schicklich benommen hätten, als sie ihrem Verlangen nachgegeben, sich auf dem Fenstersitz geliebt und danach gemeinsam gebadet hatten. Und im Seifenschaum vor einem offenen Feuer hatten sie darüber diskutiert, was Antonia früher am Nachmittag über die unterschiedliche Haltung der Römer und der Katharger zum Imperium gelesen hatte, bis das Badewasser lauwarm geworden war.

Und nun taten sie ihr Bestes, mit einem formellen Diner ihre herzogliche Würde wiederzufinden, während die Diener mit den kulinarischen Köstlichkeiten hin und her eilten, die der berühmte Pariser Küchenchef des Herzogs, André, herstellte. Ihre Unterhaltung drehte sich größtenteils um die Briefe, die der Herzog aus England erhalten hatte, die offen neben seinem Teller lagen. Darunter war eine Nachricht, von der er wusste, dass sie Antonia ebenso erfreuen würde wie ihn. Sie war vom Hundeführer in Treat und betraf seine geliebten Whippets.

Er konnte ein Lächeln nicht unterdrücken, als er ihr erzählte: „Samuels teilt mir mit, dass Tan der stolze Vater von fünf gesunden Welpen geworden ist, zwei Rüden und zwei Hündinnen. Allen geht es sehr gut."

Antonia klatschte in die Hände. „*Cette nouvelle me rend très heureuse!* Oh! Renard! Das ist eine so wundervolle Nachricht! Heißt das, wir werden bald wieder mit Tan und Raf vereint sein?"

„Bald. Raf stehen noch ein paar Monate Ausbildung mit Tan bevor. Ihr Ausbilder - John? Ja, John - wird beide nach Paris begleiten. Vermutlich rechtzeitig zu Weihnachten."

„Das hoffe ich. Ich warte ungeduldig darauf, sie bei uns zu haben." Sie schaute zu den Briefen neben seinem Teller. „Dass Tan mit Raf eine neue Gefährtin gefunden hat, sollte ihm sicher helfen, sich vom Verlust von Gray zu erholen?"

„Ich denke schon."

„Und du, *mon cher*?", fragte sie sanft. „Hat es dir geholfen?"

Der Herzog zögerte einen Moment, das Glas auf halben Weg zum Mund. Dann nahm er einen Schluck, stellte das Glas hin und schaute zu Antonia hinüber, bis er ihren Blick einfing.

„Niemand erholt sich je ganz vom Verlust eines treuen Begleiters, besonders dann nicht, wenn dieser Begleiter ihm so grausam entrissen wird. Aber das weißt du. Du musst auch wissen, *mignonne*, dass ich nie vergessen oder vergeben werde, dass ich um ein Haar dich und Julian auch verloren hätte. Dies bleibt eine offene Wunde, eine, die nie verheilen kann, nicht, solange dieser bösartige Flecken auf unseren Leben noch nicht den letzten Atemzug getan hat."

Antonia nickte verständnisvoll, sie wusste, dieser bösartige Flecken war der Comte de Salvan, und sagte nichts weiter. Sie war durchaus darauf vorbereitet, dass er sie nach dem Besuch des Erben des Comte, des Chevalier Montbelliard, fragen würde, denn sie war sicher, dass er alles darüber wusste. Doch als er es nicht tat, war sie erleichtert. Und dann war der Augenblick vorüber, als ein Lakai kam, um zu fragen, wo sie es vorziehen würden, ihren Kaffee zu trinken.

Der Herzog wollte sich nach Antonia richten und sie entschied sich für ihr Wohnzimmer und den niedrigen Tisch, wo das Backgammonbrett bereits zum Spielen vorbereitet stand. Doch als der Lakai stehenblieb, wechselten der Herzog und die Herzogin einen Blick und der Herzog bedeutete dem Mann mit einer Handbewegung, dass er sprechen sollte.

„Jean-Camille bittet um Verzeihung und bedauert, *M'sieur le duc* mitteilen zu müssen, dass es heute Abend keine Makronen zum Kaffee geben wird."

„Keine Makronen?", fragte der Herzog und legte seine Serviette beiseite, um aufzustehen. „Keine ..."

„Das ist unwichtig", unterbrach Antonia lässig. „Wir brauchen nur den Kaffee."

Der Herzog betrachtete seine Frau überrascht. Allerdings rief ihre rasche Antwort ihm in Erinnerung, was sein zweiter Kammerdiener ihm vorhin über einen verbalen Flächenbrand in der Küche erzählt hatte, worin es um seinen Konditor gegangen war. Er beschloss, eine Hypothese zu überprüfen.

„Du bist nicht enttäuscht, dass es in unserem Haus an Makronen mangelt, *ma vie?*"

Sie ergriff seine Hand und führte ihm vom Tisch fort auf die *enfilade* zu.

„Ich versichere dir, *Monseigneur*, ich bin am Boden zerstört, aber wir können uns auf die Makronen morgen Abend freuen."

Roxton ließ sich bereitwillig von ihr durch den Raum und die *enfilade* entlang ins Wohnzimmer führen. Er schmunzelte innerlich, als er sie neckte und sich den Anschein gab, nichts über den Grund zu wissen, warum es zum Kaffee keine Süßigkeiten gab.

„Aber, *ma chérie* ... ich bezweifle nicht, dass Jean-Camille für morgen neue Makronen und andere süße Köstlichkeiten zum Kaffee bereiten wird. Es bleibt jedoch ein Rätsel, was mit der heutigen Produktion geschehen ist. Vielleicht sollte ich Madame Ballon rufen lassen ..."

„Nein. Das ist nicht nötig."

„Oh? Du meinst, unsere Haushälterin hat keine Ahnung, was ..."

Inzwischen waren sie im Wohnzimmer angekommen, Antonia ließ seine Hand los und sah ihn schmollend an.

„Du neckst mich nur! Und ich weiß, dass du mich neckst, weil du das Lachen in deiner Stimme nicht vor mir verbergen kannst. Ich höre die Betonung am Ende der Wörter, wenn du versuchst, deine Heiterkeit zu unterdrücken. Aber vor mir kannst du das nicht verstecken. Und da haben wir es", fügte sie mit einem leisen Grollen hinzu. „Ich habe dir mein Geheimnis verraten, wie ich erkenne, wann du nur neckst - obwohl ich weiß, dass Vallentine und Madame sich dessen nicht bewusst sind, was mich erstaunt - und jetzt habe ich meinen Vorteil aufgegeben. Wenn du es jetzt weißt, heißt das, du wirst es vielleicht nicht wieder tun ...“

Er zog sie in seine Arme. „Oh doch. Für dich. Ich *habe* dich geneckt. Und Vallentine und meine Schwester bleiben taub dafür, weil sie nicht du sind. Aber etwas anderes – oder jemand – macht dir Kummer ...?“

„Es tut mir leid, wenn ich schlechter Laune bin. Und du hast recht. Vallentine sagte etwas *über* mich – nicht *zu* mir. Es war dumm und es ist nicht Vallentines Schuld, also darfst du nicht mit ihm schimpfen. Lass uns Backgammon spielen, das wird meine Laune sicher verbessern.“

Sie löste sich aus seinen Armen und zog ihre seidenen Pantöffelchen aus, um sich in die Kissen zu kuscheln, während der Herzog das Backgammonbrett zwischen sie stellte. Sie waren schon weit in ihrer ersten Partie, als Antonia das zufriedene Schweigen zwischen ihnen brach, als sie ein Geständnis herausplatzte.

„Ich habe alle Makronen in die Wäscherei geschickt.“

Der Herzog hielt bei seinem nächsten Wurf der Würfel inne. Er schaute nicht von ihrem Spielbrett auf. „In die - äh - Wäscherei, *ma vie?*“

„Für die Wäscherinnen, die den ganzen Tag zwischen den Seifenlaugen verbringen.“

Der Herzog schlug einen der Steine Antonias und nahm ihn vom Brett. Er schaute auf.

„Du meinst, Unterkunft und Verpflegung, ganz zu schweigen von ihrem Lohn, den die Wäscherinnen erhalten, ist überaus mangelhaft und wir müssen sie auch noch mit unseren Makronen füttern?“

Antonia warf die Würfel und erhielt eine Kombination, die es ihr erlaubte, ihre verlorenen Steine wieder in die innere Reihe zurückzubekommen. Der Herzog warf eine doppelte Sechs und das Spiel ging weiter.

„Was das angeht, kann ich es nicht sagen“, bemerkte Antonia. „Aber du hast doch einen Verwalter und eine Haushälterin in jedem Haus, die könnten es dir sagen, oder?“

„Jedes unserer Häuser hat eine Haushälterin, aber ich beschäftige nur zwei Verwalter“, erklärte der Herzog. „Einen hier in Paris, und einen anderen auf dem Familiensitz in Treat. Es ist ihre Aufgabe, alles Notwendige zu tun, um für unsere Bequemlichkeit zu sorgen. Und ich bin glücklich, berichten zu können, dass sie das ausgezeichnet tun, sonst wären sie nicht in meinen Diensten. Die - äh - lästigen Kleinigkeiten, mit denen ich mich nicht beschäftigen muss, überlasse ich ihnen.“

„Und Makronen sind eine lästige Kleinigkeit, *Monseigneur?*"

„Ihre Herstellung, ja. Was ihre Verteilung angeht ...? Ich bin mir sicher, dass meine Haushälter und Verwalter mit mir übereinstimmen."

„Und wie?"

Antonias wissbegieriger Gesichtsausdruck zwang den Herzog, seine gesamte Willenskraft einzusetzen, um seine Züge ausdruckslos zu halten. „Ich würde davon abraten, den Wäscherinnen regelmäßig Makronen zu schicken. Man kann eine so lebenswichtige Arbeit nicht verrichten, wenn man nur auf Süßigkeiten angewiesen ist."

Antonia kicherte und sagte ohne Groll, während sie ihre Steine aus seiner Reichweite bewegte: „Du bist witzig! Ich habe die Makronen nicht als Mahlzeit geschickt, sondern aus einer Laune heraus. Es waren so viele Makronen übrig nach Vallentines Morgentee mit - weshalb ich die Makronen dorthin schickte, wo ich wusste, dass sie am meisten geschätzt werden würden", fuhr sie glatt fort und seufzte innerlich vor Erleichterung, weil sie wieder den Chevalier Montbelliard nicht erwähnt hatte. „Es war eine Geste - ich wollte sie wissen lassen, dass wir alles, was die Wäscherinnen für uns tun, nicht vergessen."

„Deine Rücksicht beschämt mich."

Antonia nahm ihre Würfel auf und schaute den Herzog an.

„Denk doch, Renard", sagte sie ernst. „Sie haben seit Julians Ankunft so viel mehr zu waschen und zu reinigen und zu bügeln."

„Ich möchte lieber nicht darüber nachdenken."

„Um ehrlich zu sein, es ist auch nichts, was ich gern tun möchte", gestand Antonia. „Aber ich muss, denn obwohl ich deine Herzogin bin, bin ich auch Julians Mutter. Und als seine Mutter bin ich sehr dankbar, dass ich nicht all das tun muss, was die Wäscherinnen und Kindermädchen tun, um unseren Sohn zu versorgen. Fragst du dich nicht manchmal, ob sie glücklich sind, es zu tun, denn ich frage mich das schon und ich weiß, ich wäre dabei keineswegs glücklich. Und du auch nicht."

Der Herzog zog eine Grimasse der Abscheu, die Antonia kichern ließ.

„Nein. Sicher nicht! Ich kann mir nicht vorstellen, dass jemand - äh - *glücklich* sein kann, wenn er hinter einem Säugling her putzt, geschweige denn, wenn er die Berge von Wäsche bewältigen muss, die so ein winziges Wesen jeden Tag erzeugt. Danke, dass du mich darauf aufmerksam gemacht hast, *ma chérie.*"

„Gern geschehen, *mon amour*", antwortete Antonia liebevoll.

Sie schaute zu, wie der Herzog seine letzten Steine setzte, um das erste Spiel zu gewinnen, und stellte dann eifrig die Steine neu auf, um Gelegenheit für eine Revanche zu bekommen.

„Es ist ja nicht nur wegen allem, was wirklich dazu gehört, Julians Wäsche zu säubern, weshalb ich über die Wäscherinnen nachgedacht habe", erklärte sie. „Sondern auch alle anderen, die für unsere Bequemlichkeit notwendig sind. Ich möchte keine unglücklichen Diener in unseren Häusern. Und ich meine nicht nur unsere persönliche Dienerschaft, Renard, sondern die, die ich - wir - gar nicht sehen."

„Alle glücklich sehen zu wollen, ist lobenswert, *mignonne*. Aber das ist vielleicht nicht möglich. Ich kann nur von der Erfahrung unseresgleichen sprechen, aber ich bin sicher, es ist dir klar, dass es auf der Welt Leute gibt, die, unabhängig von ihrer Situation, mit allem und jedem unzufrieden sind ..."

„*Grand-mère* ist ein solcher Mensch. Ich habe noch nie jemanden kennengelernt, der so unglücklich und gemein ist wie sie, ohne einen Grund zu haben. Ich war unglücklich, als ich bei ihr lebte, nur aus diesem Grund."

Der Herzog schaute vom Setzen seiner Steine auf. In seiner Stimme lag ein Hauch von Ärger, Ärger, der sich gegen sich selbst richtete. „Das war nicht allein ihre Schuld. Ich muss meinen Anteil daran übernehmen, was du unter ihrem Dach mitzumachen hattest."

„Dir tut es leid. Ihr tut nie etwas leid, egal was!" Antonias grünen Augen wurden groß. „*Monseigneur*, kannst du dir vorstellen, ein Diener in ihrem Haushalt zu sein!?"

„Das ist - äh – nicht, was ich mir vorstellen möchte ... Und du, *ma lutine*, kannst nicht die Sünden aller Dienstherrn auf deine Schultern nehmen."

„Du denkst, ich bin naiv."

„Nein. Was ich denke, ist, dass deine unendliche Fähigkeit, dich in die Lage anderer zu versetzen, dich gelegentlich - äh - in die Irre führt."

Antonia schüttelte ihren Kopf und runzelte nachdenklich die Stirn. „Vallentine sagte, da ich Herzogin bin, muss ich jetzt angemessenen Abstand zu den Dienern halten. Ich weiß, dass Madame es nicht gutheißt, dass ich ihre Räume aufsuche. Aber die Diener sind immer sehr freundlich. Aber da ich jetzt deine Herzogin bin, darf ich das nicht mehr tun? Und wenn nicht, wie soll ich dann wissen, was in den Dienstbotenräumen geschieht und ob unsere Diener in unseren Häusern glücklich sind - wenn ich es nicht selbst überprüfen darf?"

„Ich verstehe deine Überlegungen, *ma belle*, und ich kann dir helfen, es besser zu verstehen, indem ich es dir anders erkläre."

„Bitte tue das, denn ich bin von alledem sehr verwirrt."

Der Herzog unterdrückte das Bedürfnis zu lächeln und hielt sein Gesicht völlig ernst, denn er bewunderte ihre fleißige Sorge und wollte nicht, dass sie ihn für unaufrichtig hielt.

„Als du als Mlle Moran meine Küchenräume besucht hast, wurde es nicht als - äh - Eindringen betrachtet. Deine Besuche waren eine willkommene Ablenkung im Alltag meiner Diener, und sie waren zweifellos erfreut, dass du Interesse an ihrer Arbeit und an ihnen zeigtest. Ich würde auch zu behaupten wagen, dass jeder einen Besuch von dir begrüßen muss, da du ja Sonnenschein in jedermanns Tag bringst."

„Aha! Du machst mir die nettesten Komplimente, *Monseigneur*!", strahlte Antonia und griff nach seinen Fingern, um seinen Handrücken zu küssen. „Danke."

„Danke mir nicht, *ma vie*. Ich habe eine Tatsache festgestellt. Aber um die - äh - Bedenken meiner Schwester zu erklären ... Im Übrigen", sagte er, und zupfte liebevoll and einer ihrer langen Locken, die sich gelöst hatte und ihr über die Schulter hing. „Ich glaube nicht, dass Vallentine diese Angelegenheit auch nur eines Gedankens gewürdigt hätte, wenn es ihm allein überlassen bliebe ..."

„Aber er ist ein loyaler Ehemann. Und da Madame sich über meine Besuche in der Küche ärgert, möchte Vallentine nicht, dass seine Frau sich aufregt."

„Genau. Dafür gebührt ihm Lob. Doch es gibt Zeiten, wie diese, wenn es besser für ihn wäre, seine Ansichten für sich zu behalten. Es ist nicht seine Aufgabe, Bemerkungen zu machen über das, was, wann oder wo du es tust. Du bist meine Herzogin und daher geht diese Angelegenheit - jede Angelegenheit - niemanden etwas an, außer mich."

„Und daher würdest *du* es vorziehen, wenn ich nicht die Küchen besuche oder den Wäscherinnen Makronen schicke oder mit den Dienern spreche?"

„Es geht nicht darum, was ich will", antwortete der Herzog sanft, weil er den gekränkten Ton in ihrer Frage hörte.

„Aber - *Monseigneur*! Ich finde das schwer zu glauben. Sicher ist doch in deinem Leben, seit du die Nachfolge deines Großvaters angetreten hast, alles nach deinem Wunsch gegangen.“

Der Herzog blinzelte und stieß dann, wegen der schlichten Wahrheit in ihrer Bemerkung, unwillkürlich ein lautes Auflachen aus.

„Das ist sehr richtig, *ma fée*. Schließlich“, endete mit einem neckenden Näseln, „sind Herzöge durch die bloße Art ihrer Geburt und ihres Titels der Gegenstand von Respekt und - äh - Verehrung. Einige, wie ich, mehr als andere. Und so tun wir, was wir wollen und bekommen, was wir wollen, wann es uns gefällt.“

Antonia ignorierte seine Scherze und sah nichts Überraschendes in dem, was er sagte, weil sie dies von ihm glaubte. Doch sie glaubte es nicht von seinem Großvater.

„Aber der vierte Herzog verdiente doch nicht solchen Respekt, nicht wahr? Er war herzlos und grausam. Er hat dich deiner Mutter entrissen, als du nur ein Junge warst, ein Junge, der seinen Vater verloren hatte und nun gar keine Eltern mehr hatte, und ...“

„Liebe Güte!“, bemerkte Roxton gedehnt mit plötzlicher Röte auf den Wangen. „Ich brauche nicht zu raten, aus welcher Quelle diese Geschichten stammen.“

„Aber es sind doch keine bloßen Geschichten, oder?“, beharrte Antonia hartnäckig. „Es ist die Wahrheit. Es tut mir leid, Renard. Aber was dir als Junge geschah, bestürzt mich, und vielleicht noch mehr, als solche Geschichten es normalerweise tun würden - weil wir jetzt auch ein kleines Kind haben. Ich könnte mir Julian nicht eher entreißen lassen, als ich aufhören könnte zu atmen!“

„Komm her, *ma vie*“, lockte er sie und schob das Backgammonbrett beiseite, das zwischen ihnen stand. Und als sie sich an ihn kuschelte, hielt er sie in einer tröstlichen Umarmung gefangen. „Das ist ein Umstand, um den du dir nie Sorgen machen musst“, versicherte er ihr. „Was meine - äh - beklagenswerte Kindheit angeht ... irgendwann werde ich dir von diesen traurigen Ereignissen in der passenden Form erzählen.“

„Versprochen?“

„Ja, aber verderben wir uns nicht diesen schönen Abend allein mit Gerede über den vierten Herzog. Und wenn mich das zu einem selbstsüchtigen Herzog macht, dann soll es so sein.“

Antonia seufzte zufrieden. „Wir passen gut zueinander. Ich bin eine selbstsüchtige Herzogin. Ich liebe es, dich ganz für mich allein zu haben.“

Er küsste ihr Haar und sie blieben so auf der Chaiselongue, schweigend und ruhig, genossen den Augenblick und hofften, er würde ewig dauern. Er dauerte jedoch nicht mehr als fünf Minuten.

Ohne Vorwarnung und das übliche Auftauchen eines Lakaien, um in sanftem Ton eine Unterbrechung ihrer Einsamkeit anzukündigen, rauschte eine der Ammen aus dem Morvan unangemeldet und mit zwei Kindermädchen im Schlepptau in das Wohnzimmer. Erklärungen waren nicht erforderlich. Die lauten, energischen Schreie eines hungrigen Säuglings erzählte dem herzoglichen Paar alles, was es wissen musste.

Ohne ein Wort oder einen Blick verließ der Herzog die Chaiselongue und den Raum. Er wusste, wann es Zeit für einen Rückzug war. Doch er verließ Antonia nicht für lange. Er kam wenig später zurück, als es im Wohnzimmer wieder ruhig geworden war, einen Lakaien auf den Fersen, der ein Tablett mit frischem Kaffee und Geschirr trug. Er stellte das Backgammonbrett wieder auf die Chaiselongue und schaute seine Frau darüber hinweg lächelnd an.

„Wo waren wir?"

ZWÖLF

Antonia nahm die Tasse Kaffee an, die der Herzog für sie eingeschenkt hatte, und warf einen Blick auf ihr Kind, das zufrieden saugte und die molligen Finger in die Falten ihres seidenen Morgenrocks klammerte.

„Ich bin immer wieder erstaunt, welchen Unterschied ein paar Minuten für ihn machen", gestand Antonia. „In einer Minute ist er ein heulender roter Troll, und nun sieh ihn dir an! Das glücklichste Baby auf der ganzen Welt."

Der Herzog nippte an seinem Kaffee. „Das überrascht dich?", fragte er gedehnt und zog eine Augenbraue hoch. „Er befindet sich am glücklichsten Ort der Welt."

Antonia kicherte. Er lächelte und zwinkerte. Und sie tranken ihren Kaffee in kameradschaftlichem Schweigen, die Blicke auf ihr Kind gerichtet. Als der Herzog ihr die leere Tasse abnahm, sagte sie mit einem leichten Seufzer:

„*Monseigneur*, ich liebe ihn unbeschreiblich. Er ist das vollkommenste Kind der Welt …"

„Natürlich. Er ist unser Kind."

„… aber würde es dich schockieren, wenn ich gestehen würde, dass ich mich danach sehne, etwas zu tun, irgendetwas anderes, als hier so zu sitzen? Und dann fühle ich mich schuldig wegen meiner Ungeduld."

„Beides verständlich. Ich bin mir sehr sicher, dass sich alle Mütter wegen etwas, das mit ihren Sprösslingen zu tun hat, ständig schuldig fühlen. Und während er gefüttert wird, bis du sozusagen - äh - seine Gefangene, nicht wahr?"

Antonia dachte einen Augenblick darüber nach und nickte dann. „Das ist sehr wahr ... Glaubst du, dass es Mütter gibt, die einfach ihren Tag fortsetzen, und sich nicht schuldig fühlen, weil sie es eben tun müssen. Sie genießen nicht alle solchen Luxus wie ich, also sollte ich mich wirklich nicht beklagen, nicht wahr?"

„Beklagst du dich? Ich dachte, du würdest dich nur unnötig selbst beschuldigen. Ungerechtfertigt, noch dazu."

„Danke, dass du das sagst." Antonia betrachtete ihren Sohn mit einem sanften Lächeln, während sie vorsichtig seinen dunklen Schopf streichelte. „Vielleicht, wenn er mich lesen sieht, wird er auch gerne lesen?"

„Wie sollte er anders?"

Antonia sah den Herzog an. „Ich wusste das nicht, aber du vielleicht schon: Céleste, sie sagt mir, dass es Frauen gibt, die auf dem Feld arbeiten und ihr Kind füttern, während sie arbeiten."

„Du erstaunst mich."

„Es ist wahr ..."

„Ich glaube dir, *ma vie*. Ich bin nur erstaunt."

„Oh! Ich verstehe ... Diese Frauen auf dem Feld tragen eine Schlinge über ihren Körpern und legen ihr Kind in die Schlinge und an die Brust. Und dort bleiben sie zufrieden liegen, damit ihre Mütter tun können, was auch immer sie auf dem Feld zu tun haben."

„Welcher Säugling wäre nicht zufrieden, wenn er warm bei seiner Mutter liegt und Zugang zu dem hat, was er ständig begehrt? Du erzählst mir das, weil du das auch gern tun möchtest?", fragte der Herzog mit völlig ernstem Gesicht. „Meine einzige Frage ist: Welche - äh - Arbeit möchtest du auf dem Feld beginnen?"

„Renard, wenn ich ein Kissen zur Hand hätte, würde ich es nach dir werfen!"

Der Herzog schmunzelte. „Soll ich dir eins geben, *ma lupine*?"

Antonia schob die Unterlippe vor und täuschte brütenden Ärger vor. Und als der Herzog sie nachahmte, konnte sie ihre Täuschung nicht länger fortsetzen und kicherte. Er beugte sich vor und küsste sie auf die Stirn.

„Wenn wir über *lavoratori nel campo*, genauer gesagt, über *lavoratori in cucina* sprechen", sagte er im Plauderton, einen Arm auf die Rückenlehne der Chaiselongue gestützt. „Du hast vorhin gefragt, wie es mit deinen Besuchen in der Küche als *mia duchessa* wäre, warum das etwas anderes wäre, als deine Besuche als *Signorina Moran* und warum *mia sorella* es für nötig befunden hat, dir ihr Missfallen auszudrücken."

Antonia riss die Augen auf und ein Blick über ihre Schulter zeigte ihm, dass sie genau wusste, warum er es vorzog, die Unterhaltung auf Italienisch zu führen - einer Sprache, die beide gut beherrschten - und nicht in ihrer französischen Muttersprache. Die Amme und eines der Kindermädchen waren im Schatten an der Wand geblieben, um sich um seine kleine Lordschaft zu kümmern und ihn fürs Bett fertigzumachen, sobald er mit dem Trinken fertig wäre.

Dass der Herzog nicht wünschte, die Diener ihre fortgesetzte Unterhaltung verstehen zu lassen, machte Antonia sehr bewusst, dass sie tatsächlich ungeschriebene Gesetze des Haushalts verletzt haben musste. Und es war kein Wunder, dass seine Schwester und Vallentine verärgert über sie waren. Doch sie war auch philosophisch. Niemand hatte ihr diese Gesetze erklärt, woher sollte sie wissen, dass sie sie nicht brechen sollte?

Mit seinen nächsten Worten schien der Herzog ihre Gedanken gelesen zu haben. „Ich tadele mich selbst dafür, dass ich dir diese Dinge nicht früher erklärt habe. Aber wir waren mit der bevorstehenden Geburt beschäftigt, nicht wahr? Und was Estée stört, ist im Großen und Ganzen unseres Lebens unbedeutend und konnte bis nach der Ankunft unseres Sohnes warten."

„Und jetzt kann es nicht mehr länger warten, weil Madame noch immer unzufrieden mit mir ist, weil ich in die Küche gehe und jetzt stört es dich auch? Ich war bereit, mich von ihr belehren zu lassen. Es wäre trotzig von mir, nicht wahr, *monsignore*, das nicht zu tun, denn sie hat große Erfahrung mit solchen häuslichen Angelegenheiten und ich habe keine."

„Du bist zu hart zu dir selbst, *vita mia*. Außerdem", fügte er trocken hinzu und lehnte sich zurück, „ist es mir überhaupt nicht wichtig, ob Estées Gefühle verletzt sind. Es ist nicht ihre Aufgabe, zu kritisieren, wie du dich als Herzogin verhältst. Um ehrlich zu sein, es ist ihre unerträgliche Einmischung, die oft die Flammen der Unzufriedenheit im Untergeschoss geschürt hat. Das hat zu Unruhe unter den Dienstboten geführt und ist schon vor unserer Hochzeit zu einer unnötigen Last geworden."

„Ich verstehe deine Verärgerung, aber habe noch immer keine Ahnung, was Madame kränkt - und dich."

„Mich? Nichts, was du sagst oder tust, kränkt mich im geringsten, Antonia", antwortete er offen und fügte dann mit einem sanften Lächeln hinzu: „Außer, dass du denkst, ich wäre gekränkt."

„Gekränkt ist vielleicht ein zu starkes Wort. Aber ich kenne dich und ich weiß, dass es dich stört, dass ich unter die Treppe gehe, um deine Köche zu besuchen und um die Kekse und Saucen zu probieren. Du hast es selbst gesagt, dass meine Fähigkeit, mich in die Lage anderer zu versetzen, mich gelegentlich in die Irre geführt hat ..."

„Die *unendliche* Fähigkeit, *ma belle*."

„Doch ich frage dich, Renard, wie sonst soll ich lernen, eine gute Herzogin zu sein, wenn ich nicht weiß, wie unsere Haushalte geführt werden und was die Diener selbst in ihrem Alltag tun. Und wir haben nicht nur einen Haushalt, sondern *drei*. Vier, wenn du diese Villa zählen willst."

„Wir werden diese Villa von jetzt an mitzählen. Also vier."

„Gibt es noch einen Edelmann auf beiden Seiten des Kanals, der *vier* Häuser unterhält, mit genug Dienern darin und ringsum, sodass er es sich erlauben kann, an jedem beliebigen Tag anzukommen, als wäre er nie fort gewesen? Niemand außer dir."

Der Herzog hob eine Hand. „Aber, *gioia mia*, wie wir uns entscheiden zu leben, geht sicherlich niemanden außer uns etwas an?"

„Stimmt, aber wie diese beiden Haushalte geführt werden, geht dich doch sehr wohl etwas an, nicht wahr?"

„Ja", antwortete er und neigte den Kopf. „Aber alles kann warten, bis Julians Leben in festen Bahnen läuft und bis nach deiner Vorstellung bei Hofe ..."

„Nein, Monsignore", stellte Antonia energisch fest. „Dass wir ein Kind haben, ist keine Entschuldigung dafür, meine Pflichten zu vernachlässigen. Und ich bin nicht so hohlköpfig, dass ich nicht in der Lage wäre, mich auf nichts anderes außer meinem Sohn und auf meine Vorstellung beim König zu konzentrieren." Sie lächelte. „Ich liebe dich sehr dafür, dass du diese Entschuldigungen für mich vorbringst, doch es reicht."

Er nahm sich ein paar Minuten Zeit, bevor er antwortete, den Kopf auf die Faust gestützt, zufrieden damit, sie zu beobachten und über beide zu staunen. Doch am meisten staunte er über seine Frau, die sich, während sie ihren vierzehn Wochen alten Säugling stillte, wegen ihrer Pflichten als Herzogin sorgte. Was ihn an das Gespräch mit Vallentine erinnerte, dass, als er in ihrem Alter war, das Letzte, woran er gedacht hätte, seine Pflichten gewesen waren, herzogliche oder andere.

Über ihre Schulter hing ein kleines Handtuch und jetzt legte sie Julian darauf, um seinen Rücken in winzigen, kreisenden Bewegungen zu reiben, um seinen Bauch zu beruhigen. Und als er sich beruhigte, kuschelte er sich an ihren Hals und sank langsam in den Schlaf. Antonia spürte dies und sah über ihre Schulter, um der Amme und dem Dienstmädchen zu bedeuten, dass sie vortreten, und ihren Sohn für die Nacht abholen sollten. Bevor sie ihn ihrer Obhut übergab, küsste sie seine Wange und küsste ihn noch mehr, sagte ihm, wie sehr seine Mama und sein Papa ihn liebten, aber dass es jetzt Zeit würde, in seinem eigenen Bett zu schlafen. Und damit war er fort, sicher in den Armen seiner Amme, und aus dem Wohnzimmer, während Antonia ihm sehnsüchtig nachschaute.

Der Herzog wusste, dass Antonia, obwohl sie sich den neuen Regelungen für die nächtlichen Mahlzeiten ihres Sohnes fügte, die bestimmten, dass er die Nächte bei den Ammen in einer Wiege in der Kinderzimmer-Galerie verbrachte, damit sie ungestört schlafen konnte, doch immer noch bekümmert war. Dies war nur natürlich, doch er tat sein Bestes, um sie abzulenken.

„Ich habe nie die Küche besucht", gestand er und kehrte wieder zur französischen Sprache zurück. „Auch die Dienstbotenräume nicht. Würde ich mich dorthin wagen, würde ich mich sicher verirren."

„Machst du dich über mich lustig, *Monseigneur?*", fragte Antonia und wandte sich ihm zu, um ihn aufgeschreckt anzustarren. Als er den Kopf schüttelte, fügte sie, noch immer ungläubig, hinzu: „Du meinst, du warst in dieser Villa nie in diesen Räumen?"

„In keinem meiner Häuser, nicht als Herzog. Und wenn ich als Junge in der Küche des *hôtels* war, dann nur, als ich noch Röckchen trug. Daher habe ich keine Erinnerung an eine solche Gelegenheit."

„Ich verstehe das nicht. Du kannst doch gehen, wohin du willst."

„Ich darf, aber ich will nicht."

„Aber wie willst du wissen, was dort vor sich geht oder wie die Diener behandelt werden - nein! Das ist naiv von mir. Natürlich weißt du es. Andere erzählen es dir."

„Natürlich habe ich das Recht, zu gehen, wohin es mir gefällt. Aber ich tue es nicht. Jeder hat seinen Platz, auch meine geschätzte Person. Ich habe das Untergeschoss für diesen Herzog als verboten erklärt. Auf diese Weise können die, die dort arbeiten, ihren Tag und ihr Leben fortsetzen, ohne einen Besuch oder Einmischung durch mich befürchten zu müssen."

„Und Madame wagt sich auch nicht dort hinunter?"

„Nein."

Antonia dachte einen Moment darüber nach. „Ich verstehe, dass es für die Diener beunruhigend wäre, wenn du Besuche im Untergeschoss machen würdest. Viele würden die ganze Zeit über ihre Schulter schauen und sich fragen, ob du jeden Moment auftauchen könntest ..."

„... wie ein Geist?" Roxton lächelte, die Vorstellung gefiel ihm. „Vielleicht sollte ich meine eigenen Grundsätze noch einmal überdenken ..."

„Aber Madame hat ihr ganzes Leben im *hôtel* verbracht", fuhr Antonia fort und ignorierte seine beißende Lässigkeit. „Und daher kannte sie deinen Grundsatz, dass es sich für sie nicht gehört, die Dienerschaft aufzusuchen. Aber ich bin nicht sie und ich bin nicht du ..."

„*Mignonne*, siehst du nicht, dass du als meine Herzogin ein Stück von mir bist? Wohin du auch gehst, was immer du tust, wir sind von jetzt an für immer verbunden."

Antonia lächelte glücklich. „Das gefällt mir. Es bereitet mir Trost."

„Und mir große Freude. Doch für manche, die in unseren Diensten stehen, ist es, wenn du nach unten gehst, als ob ich selbst zu ihnen hinabgestiegen wäre."

Antonias Augen weiteten sich in neuem Verständnis. „Oh! Auf diese Weise hatte ich es nicht betrachtet."

„Und so nett und großzügig deine Geste war, Jean-Camilles Makronen in die Wäscherei zu schicken, er sieht es anders. Er, wie André und unsere Köche und Küchenchefs in England, sind sehr stolz darauf, ihrem herzoglichen Herrn zu dienen. Sie können prahlen und sich beklagen und einen großen Teil ihres Tages damit verbringen, ihre Untergebenen zu beschimpfen, weil sie mir dienen und im Schatten meiner Bedeutung stehen. Doch wenn ihre kulinarischen Kreationen in den Mündern der Wäscherinnen landen ..."

„... können sie sich nicht deiner Gunst rühmen?"

„Und deiner, *ma vie*."

Antonias Schultern sackten herab. „Dann war meine Freundlichkeit für die Wäscherinnen sehr peinlich für Jean-Camille?"

„Nicht unbedingt. Der größte Teil des Haushalts wird deine Geste so verstehen, wie sie gemeint war. Und mit denen, die das nicht tun, und die versuchen, Jean-Camille mit diesem anscheinenden Verlust unserer Gunst zu quälen, wird Duvalier kurzen Prozess machen. Und da dies das erste ...“

„... und letzte ...“

Der Herzog senkte den Kopf. „... und letzte Mal ist, dass Jean-Camille eine solche Demütigung erleben muss, wird die kleine Kränkung, die seinen Köstlichkeiten zugefügt wurden, bald vergessen sein.“

Antonia lächelte. „Ich werde seine Makronen morgen Abend loben und zwei davon essen.“

„Er wird überglücklich sein.“ Als Antonias Lächeln schwand und die Falte zwischen ihren Brauen wieder erschien, fragte er: „Was ist los, *ma fée*? Siehst du ein Problem bei diesem Plan, Jean-Camilles Stolz wiederherzustellen?“

Sie schüttelte den Kopf. „Nein. Es ist, wie du sagst. Nur, wenn ich nicht ins Untergeschoss gehen soll, wie soll ich - wie soll ich etwas über den Haushalt, und wie er läuft, erfahren?“

Der Herzog nahm ihre Hand. „Du hast dir die Antwort vorhin schon selbst gegeben. Andere erzählen es mir. Und diese anderen sind ebenso deine Augen und Ohren. Unsere Haushälterinnen und Butler und die obere Dienerschaft, alle, die wegen ihrer Fähigkeiten und Loyalität diese Positionen besetzen, sind da, um dir ihre Meinung und Hilfe anzubieten. Sie werden nur zu glücklich sein, von dir nicht übergangen zu werden.“

„Wirken meine Besuche in der Küche so auf sie? Dass ich sie übergehe?“

„Können sie es anders auffassen?“

Antonia spielte gedankenverloren mit der seidenen Schnur ihres Morgenrocks, dann gestand sie mit einem Blick auf den Herzog: „Ich gebe zu, dass mich diese Diener ein wenig einschüchtern. Sie sind geschickt bei dem, was sie tun, und haben viele Jahr Erfahrung, also wie sollen sie Anweisungen von jemandem wie mir entgegennehmen, die so jung ist und nichts weiß?“

„Nicht, dass ich glaube, dass dem so ist, aber nehmen wir einmal an, es wäre der Fall ... dass du nichts gewusst hättest, als du Mlle Moran warst; was hat sich in ein paar Monaten geändert?“

„Aber da ich jetzt eine Herzogin bin, ist es nicht mehr akzeptabel für mich, unwissend zu sein, ja?“ Sie lächelte zögernd mit einem Zwinkern in ihren Augen. „Als ich Mlle Moran war, wusste ich nicht, dass ich nicht wusste, was ich jetzt nicht weiß. *Tu comprends, mon cher mari?*"

Der Herzog nickte und legte sanft die Hände um ihr Gesicht. „Antonia, für mich ist nur wichtig, dass du als meine Herzogin glücklich bist. Alles andere kann gelernt oder überwunden werden. Und du kannst gerne deiner Stellung deinen eigenen Stempel aufdrücken. Es hat seit meiner Großmutter keine Herzogin von Roxton mehr gegeben, und sie starb vor etwa sechsunddreißig Jahren. Wenn du die niedere Dienerschaft für ihre Dienste belohnen willst, dann tue das. Aber du wirst einen Weg finden müssen, ohne die obere Dienerschaft in Verlegenheit zu bringen. Ich habe volles Vertrauen in dich, dass du das kannst. Doch ich kann nicht leugnen, dass es Zeiten geben wird, zu denen du deine Stellung lästig finden wirst, wenn viele Erwartungen von der Familie wie von der Dienerschaft auf dir ruhen werden. Leider wirst du dein Bestes tun müssen, das zu ertragen, für den Rest *meines* Lebens."

„Nichts davon ist eine Last, solange du bei mir bist", antwortete sie heftig und drehte ihr Gesicht in seinen Händen, um ihre Lippen auf seine Handfläche zu drücken. Mit einem Lächeln setzte sie sich auf. „Und du irrst dich so sehr, Renard. Ich werde Herzogin für *unser* ganzes Leben sein, in diesem Leben und im nächsten. Glaubst du das auch?"

„Ja", stellte er ohne zu zögern fest. „Von ganzem Herzen. Ich hätte es nicht für möglich gehalten, bevor du in mein Leben gewirbelt kamst, aber jetzt tue ich es."

Antonia warf ihre Arme um seinen Hals, und dabei rutschte ihr die Säuglingsdecke, die an ihrer Schulter lag, in den Schoß. Es weckte eine lebhafte Erinnerung an einen Augenblick früher am Tag, als sie am Galeriefenster gestanden, und vor dem König geknickst hatte. Sie schrak zurück und starrte den Herzog mit weit aufgerissenen Augen niedergeschlagen an.

„Renard! Mir fällt gerade etwas Schreckliches ein. Heute Morgen, als ich vor Louis knickste, hielt ich Julian in meinen Armen ... War er ..." Sie hielt die Decke des Babys hoch. „Er trug nur ein kurzes Hemd und hatte eines dieser Deckchen um sich gewickelt, weil er erst noch gewickelt und eingebunden werden musste. Ich habe ihn zum Fenster gedreht, damit du ihn sehen konntest und er dich, und er strampelte mit den Beinen und quietschte. Das kam davon, dass er die Aufregung des Haushalts darüber, dass Seine Majestät im Hof war, ausdrückte. Es war ein so entzückender

Laut, dass ich das Deckchen völlig vergaß ... ich glaube, er hat es zu Boden gestrampelt."

„Das würde es erklären."

„Was? Was erklärt es? Dass ich Julian hochhielt, damit du ihn sehen konntest und Seine Majestät dort war und dachte, ich würde ihm zeigen, dass hier der Beweis dafür wäre, dass ich die stolze Mutter eines Sohnes bin?"

Der Herzog konnte ein Grinsen nicht unterdrücken. „Genau das dachte er, *ma vie*."

Antonia sog überrascht die Luft ein. „Was hat er gesagt?"

„Seine Majestät bemerkte, dass er entzückt wäre, mit eigenen Augen zu sehen, dass die Gerüchte über deine große Schönheit der Wahrheit entsprächen."

Antonia wagte es, den König von Frankreich zu imitieren. „Roxton, Eure Herzogin ist wunderschön. Ich kann meinen königlichen Augen angesichts Eures Glücks kaum glauben..."

„Aber Euer Majestät", näselte der Herzog, als ob er zum König spräche, wobei seine Schultern jedoch vor Lachen bebten. „Ich versichere Euch, Glück hatte damit nichts zu tun..."

Antonia unterbrach ihn mit einem Kuss und dann hörte sie mit ihrer Darstellung auf, um empört zu sagen: „Es ist nicht wichtig, ob er mich für eine große Schönheit hält oder nicht, wenn er mich auch für einen großen Dummkopf halten muss, dass ich so etwas tue, wie Julian zu seiner Besichtigung hochzuhalten!"

„*Ma vie*, ich versichere dir, dass Seine Majestät deine Intelligenz nicht in Frage zu stellen brauchte. Weit davon entfernt. Er dachte tatsächlich das Gegenteil. Er war beeindruckt von deiner Klugheit."

Antonia lehnte sich stirnrunzelnd zurück. „Ich verstehe nicht, warum er denken sollte, dass das, was ich tat, etwas anderes war als die Handlung einer stolzen, aber sehr dummen Mutter."

„Du hast recht mit deiner Vermutung. Seine Majestät nahm an, dass du unser Kind hochhieltest, um ihn ihm, und damit der Welt, zu zeigen, als Beweis, dass du mir wirklich einen Erben geschenkt hast. Er war recht ernst und wusste den Moment zu schätzen. Und indem er seinen Hut vor dir zog, während seine Begleiter zuschauten, nahm er diesen Beweis entgegen und gewährte dir seine königliche Anerkennung."

„Warum sollte er sich die Mühe machen, das zu tun?"

„Weil wir - er und ich - Freunde sind.“

„Das steht ja wohl außer Frage? Und wenn es noch eine Frage dazu gegeben hätte, hat Seine Majestät dir immerhin die große Ehre zuteilwerden lassen, in den Hof zu reiten, um dich zu begrüßen. Und, wie du sagtest, während die Prinzen und Adligen vom Park aus zuschauten.“ Sie betrachtete den Herzog eifrig. „Da ist noch etwas - etwas, das du mir nicht erzählst.“

Roxton glättete eine imaginäre Falte auf seinem seidenbekleideten Knie. Sein Tonfall war ausdruckslos.

„Ja. Du weißt, dass ich mir im Laufe der Jahre - äh - Feinde gemacht habe. Infolgedessen gibt es Gerüchte über meine geschätzte Person, von denen einige wahr sind, andere schmutzig und absolut unbegründet. Ich mache mir meist keine Gedanken darüber, und du musst nichts davon hören. Doch eines wurde hartnäckig, und ich werde nicht erlauben, dass es Auswüchse annimmt. Ich erzähle es dir nur, weil es die Reaktion des Königs auf dein recht unschuldiges Handeln heute Morgen erklärt. Wir haben im Februar geheiratet und Julian wurde im Juli geboren. Es gibt eine Diskrepanz zwischen seiner Zeugung und seiner Geburt. Das hat dazu geführt, dass am Hofe eigenartige Fragen gestellt werden, eine davon ist, ob er wirklich mein Sohn wäre und nicht ...“

„Nein! Das ist zu dumm, um es auszusprechen!“, unterbrach Antonia empört und abwehrend. Und als sie von der Chaiselongue aufsprang, erhob auch er sich. „Jeder mit normalen Augen muss Julian nur anschauen, um zu wissen, dass du sein Vater bist.“

Das Stirnrunzeln des Herzogs glättete sich und er lächelte sie an. „Aber die meisten - äh - normalen Augen haben unseren Sohn nicht gesehen, *mignonne*. Daher das Gerücht. Und es wurde von einigen genau der Adligen verbreitet, die zuschauten, als Louis seinen Dreispitz hob.“

„Und jetzt haben sie selbst Julian ebenfalls gesehen“, ergänzte Antonia mit einem süßen, selbstgefälligen Lächeln. „Ich bin froh, dass du mir das nicht früher erzählt hast. Und ich bin Seiner Majestät dankbar für diese Geste der Anerkennung, doch das ist nicht meine größte Sorge bei alledem.“

„Was denn?“, fragte er, erfreut über ihre standhafte Reaktion.

„Was wird Julian von seiner *maman* denken, wenn er herausfindet ...“

„... dass er gezeugt wurde, bevor wir heirateten?“

„Nein." Antonia zog die Schultern hoch und legte einen Finger auf ihre Lippen. „Das bleibt unser kleines Geheimnis, ja?"

„Immer." Der Herzog hob sie auf die Arme, um sie zu ihrem Schlafzimmer zu tragen. „Wenn es nicht das ist, was dann?"

„Dass seine *maman* sich nicht besser als eine eingebildete spartanische Matriarchin benahm und ihn nackt zur Besichtigung und Anerkennung des französischen Königs und dessen Hofes hochhielt!"

„Aber du hast jedes Recht, eingebildet zu sein, *ma vie*. Wir haben einen schönen, gesunden Sohn."

„Ja. Und das freut mich sehr. Aber sicher wird es *ihn* nicht freuen, wenn er von seinem ersten öffentlichen Auftritt vor dem König erfährt?"

„Da er zu jung ist, um sich an diesen Vorfall zu erinnern, wird das bald zu einer Legende werden und du kannst entscheiden, ob du sie für wahr erklärst oder nicht. Während ich meinen ersten Auftritt vor einem König nie vergessen werde."

„Oh? Bitte, erzähle es mir!"

Der Herzog trug sie aus dem Zimmer. „Vielleicht am Morgen", neckte er. „Du bist müde."

„Wie kann ich schlafen, wenn ich neugierig bin!"

Er sah unter schweren Lidern auf sie herab und sagte leichthin: „Du wirst besser schlafen, wenn ich warte ..."

„Nein. Und das weißt du. Erzähle es mir."

„Selbst, wenn es dir eine schlaflose Nacht bereitet?"

„Aber warum sollte es das tun? Du neckst mich doch nur!"

„Denke daran, dass ich dich gewarnt hatte."

„Ja", versicherte sie und kuschelte sich wieder in seine Arme, den Kopf an seine Schulter gelehnt, als er sie in ihr gemeinsames Schlafzimmer trug. „Jetzt bitte, beginne mit deiner Gutenachtgeschichte."

„Eine Gutenachtgeschichte? Na gut ... Ich war fünf Jahre alt, als ich dem Sonnenkönig vorgestellt wurde", erzählte er ihr und schaute die Länge der *enfilade* entlang dorthin, wo zwei livrierte Diener zu beiden Seiten der mit Intarsien verzierten Flügeltüren standen, doch vor seinem geistigen Auge stieg jener Tag vor vielen Jahren auf. „In den Tagen vor meiner - äh - Vorstellung, hatte sich meine Mutter große Mühe gegeben, mir einzuprägen, welch große Ehre mit zuteilwürde. Dass ich vor dem König meine allerbeste Verbeugung machen müsste."

„Ich bezweifle nicht, dass du diese Verbeugung immer wieder geübt hast."

„Ja. Ich erinnere mich, dass ich mit mir selbst sehr zufrieden war. Wie schade, dass die Geschichte kein glückliches Ende hat."

„Nein?" Antonia war fasziniert.

Er stellte sie sanft auf dem dicken Teppich in ihrem Schlafzimmer ab. Ein Feuer knisterte im Kamin und das Blattgold auf Tapeten und Möbeln leuchtete, alles war in sanftes Kerzenlicht getaucht. Er fuhr mit seiner Erinnerung fort.

„Meine Eltern lebten in der Zeit, als Louis alle um ihn herum blendete. Und sie erwarteten, dass auch ich geblendet sein würde. Immerhin war er der Sonnenkönig, Herr über alles, seine Majestät, von Gottes Gnaden ... Aber ich war nicht - ähm - *geblendet*. Warum, glaubst du wohl?"

Antonias Antwort war eindeutig. „Du warst fünf. Kaum mehr als ein Kleinkind." Und sie nahm seine Hand und führte ihn zu dem Bett mit dem hohen Himmel und den seidenen Vorhängen. „Es überrascht mich, dass deine Eltern das Ergebnis dieses vielversprechenden Treffens zwischen ihrem fünfjährigen Sohn und dem Sonnenkönig nicht vorhersahen!"

Er hob sie auf und setzte sie auf den seidenen Bettüberwurf, um seine Hände zu beiden Seiten ihrer Oberschenkel abzustützen. „Was glaubst du, was geschehen ist? Tu mir den Gefallen."

Sie schaute ihn unter ihren Wimpern hervor mit einem verschmitzten kleinen Lächeln an. „Immer."

Er schmunzelte und beugte sich vor, um sie auf den Mund zu küssen. „Füchsin ... Verwöhnen wir einander ... Aber zuerst erzähle mir, wie diese Gutenachtgeschichte endet."

„In Ordnung."

Sie rutschte über die Seidendecke, um ihre Schultern an den Berg von Kissen vor dem gepolsterten Kopfteil zu lehnen. Er folgte ihr auf das Bett und legte sich auf die Matratze vor ihr, stützte sich auf einen Ellenbogen, ohne den Blick von ihrem Gesicht abzuwenden. Vor ihrem inneren Auge sah Antonia das Zusammentreffen stolzer Eltern und ihres Sohnes und Erben, mit Louis dem Vierzehnten. In ihre besten Seidenkleider gehüllt, inmitten der Umgebung aus majestätischem Marmor und Vergoldungen des Palastes von Versailles, verneigte und knickste das Paar vor dem berühmtesten und höchstverehrten Monarchen der ganzen Welt.

„Du warst ein kleiner Junge mit einem Kopf voller Erwartungen, einem wundersamen Wesen zu begegnen. Aber während deine Eltern das glaubten und alle am Hof den Sonnenkönig so sahen, hast *du* etwas ganz anderes gesehen, ja?"

Der Herzog wackelte sanft an ihrem bestrumpften Zeh. „Und was hat mein fünfjähriges Ich gesehen, *ma chérie?*"

„Der Sonnenkönig, er war zu der Zeit wie alt -?"

„Vierundsiebzig."

„Dann hast du keinen Sonnenkönig gesehen, sondern einen alten Mann, albern in Samt und Seide gekleidet, mit einer großen Perücke weiblicher Locken und hohen roten Absätzen. Und als *Sa Majesté* den Mund öffnete ...? *Ça alors!*" Sie riss die Augen auf. „Ich glaube, dass er keinen einzigen Zahn mehr im Mund hatte, ja?" Sie verzog das Gesicht. „Ein solcher Anblick ist nicht die Vorstellung, die ein kleiner Junge sich von einer strahlenden Majestät macht, nicht wahr?" Sie fügte in ehrfürchtiger Übertreibung hinzu, bestimmt für ihr aus einem Mann bestehendes Publikum: „Der König war einer der Oneiroi! Ein zum Leben erwachter Albtraum! Morpheus in menschlicher Form. Aber wie man es in deinen griechischen Sagen liest, vermutlich wirkte *Sa Majesté* wie ein makabrer Zirkusartist in seinen letzten Zügen. Doch die Beine des Königs über seinen roten Absätzen waren vermutlich der einzige Teil von ihm, der bis zum Ende seine Form behielt, denn der Rest verfaulte von innen heraus!"

Als der Herzog lachend rücklings auf die Matratze fiel, krabbelte Antonia heran, um sich neben ihn zu knien.

„Du lachst über mich, weil ich die wohlgeformten Beine des großen Sonnenkönigs und sein zahnloses Lächeln beschreibe", tadelte sie ihn liebevoll, während ihre langen Haare ihr Gesicht umrahmten. „Aber was bedeuteten diese Beine dir, einem verängstigten kleinen Jungen, wenn der Rest von ihm nur eine verfallende Masse war?"

„Ich lachte nicht über dich, *ma vie*, sondern über deine Beschreibung von *Sa Majesté*. Und ja, seine - äh - Beine! Du hast recht. Für mein fünfjähriges Ich spielten die Muskeln in seinen Waden keine Rolle. Ich sah ihn genau so, wie du ihn beschreibst - einen zahnlosen Zirkuskünstler mit zu viel Haar!"

Antonias Augen leuchteten vor Vorfreude. „Du hast geschrien?"

„Ja. Und durch meine Röckchen gegen das königliche Schienbein getreten."

Sie holte tief Luft. „*Parbleu, non*! Und deine Eltern waren furchtbar beschämt, kein Zweifel.“

„Unsäglich. Wir sind nie wieder dorthin zurückgekehrt ...“

„... in den Palast?“

„In diese Villa.“

Antonias Augen wurden groß und sie setzte sich auf ihre Beine. Sie war erstaunt. „*Dies* war die Villa deiner Eltern?“

Der Herzog stützte sich wieder auf einem Ellenbogen hoch. „Das schockiert dich mehr, als dass mein fünfjähriges Ich das wohlgeformte Bein des Sonnenkönigs getreten hat?“

„Wie, natürlich! Du lässt mich wählen, wo wir wohnen sollen, und ich wähle das Haus deiner Eltern? Wie ist das möglich?“

Er spielte mit einer langen Strähne ihrer honigfarbenen Locken, wickelte sie um einen Finger und sagte nachdenklich: „Um ganz genau zu sein, dieser Flügel war einmal die Villa meiner Eltern. Ich habe die Villa daneben vor vielen Jahren gekauft und beide zu einem Haus vereint ...“

„... in der Absicht, sie zu deinem Heim zu machen?“

„Um völlig ehrlich zu sein, ich bin nicht sicher, dass ich zu jener Zeit eine bestimmte - äh - Absicht hatte, *mignonne*. Ich wollte nur das Haus erhalten, das so viele glückliche Erinnerungen an meine Eltern beherbergte und, wie ich vermute, an mich, aus der Zeit, als ich noch Röckchen trug.“

Sie fragte schüchtern: „Was wäre, wenn ich mir eines der anderen Häuser ausgesucht hätte, die du mir gezeigt hast, und nicht dieses?“

„Dann hätten wir dieses Haus zu unserem Heim gemacht.“

„Danke, dass du mich hast wählen lassen.“

„Danke, dass du dieses Haus gewählt hast. Aber es wäre egal gewesen, wenn du ein anderes ausgesucht hättest“, fügte er sanft hinzu, „denn mein Heim ist, wo auch immer du bist, *ma vie*.“

Von Gefühlen überwältigt war Antonias Kehle wie zugeschnürt und ihre Augen füllten sich mit Tränen. Sie konnte nur nicken. Sie legte sich neben ihn und kuschelte sich an ihn. Sie lagen schweigend, ruhig und glücklich in den Armen des anderen, als sie mit einem Seufzer der Zufriedenheit sagte: „*Monseigneur*, dies war auch ein Wink des Schicksals.“

„Meinst du?“

„Ja. Das glaube ich. Du musst es auch glauben.“

Er legte leicht sein Kinn auf ihren Oberkopf. „Ich beginne, den Verdacht zu haben, dass du und die Moirai euch verschworen habt.“

Antonia kicherte. „Oh, ich hoffe es! Aber ich habe sie gewarnt, sich von unserem Schlafzimmer fernzuhalten. *M'sieur le ducs* besondere Aufmerksamkeit gehört einzig und allein mir. Wir sind für immer verbunden.“

Auf diese Worte hin rollte er mit ihr im Bett herum, bis sie unter ihm lag, während er sein Gewicht auf seine Unterarme stützte. Er schaute auf das mutwillige Funkeln in ihren grünen Augen und das dazu passende kecke Lächeln hinab, schmunzelte, dann murmelte er, bevor er sie leidenschaftlich küsste: „*M'sieur le duc* würde es nicht anders haben wollen ...“

DREIZEHN

Lord Vallentine verbrachte am nächsten Morgen eine angenehme Stunde bei Fechtübungen mit dem Herzog, ohne einen Gedanken an die Ereignisse des vorigen Tages. Keine Wolke stand am winterlichen Himmel. Die Sonne schien hell. Die Luft war frisch und kühl. Der verlassene Innenhof war gefegt und mit Sägemehl bestreut worden, um sicherzustellen, dass keine Rutschgefahr bestand. Und obwohl beide Edelleute müde waren - der Herzog hatte den vorigen Tag mit dem König auf der Jagd verbracht, während Vallentine in der *Grande Écurie* eine Vorführung im Fechten gegeben hatte - dämpfte dies nicht ihre Rivalität oder Entschlossenheit, den anderen zu besiegen, wenn nicht in Ausdauer, dann in Geschicklichkeit und Zielsicherheit.

Schließlich gaben beide zu, dass sie in diesem Kampf einander ebenbürtig waren, und legten ihre Klingen fort, um sich zu erfrischen; ihre weißen Hemden waren feucht, ihre eigenen Haare zerzaust, während leichter Staub die Politur ihrer schwarzen Lederreitstiefel bedeckte. Lakaien boten Becher mit leichtem Ale an, die schnell geleert waren, und Lord Vallentine schmatzte zufrieden mit den Lippen, als er seinen Becher zum Wiederauffüllen hinhielt.

Sie lehnten an einer halbhohen Mauer, die diesen Hof vom Gemüsegarten trennte, müde, aber entspannt, so entspannt, dass Vallentine sich einen Augenblick der Hybris erlaubte. Wie immer, wenn sie allein waren, sprachen die beiden besten Freunde Englisch. Was hieß, dass die Diener, die ihnen aufwarteten, keine Ahnung vom Inhalt ihres Gesprächs hatten.

„Vielleicht bin ich nicht mehr ganz so gewandt, wie ich es einmal war, aber mit dem hier oben", verkündete er und zeigte auf seine Schläfe, „ist noch alles in Ordnung, um mir einen schnellen Zug in einer *attaque au fer* auszudenken! Und so habe ich es diesen anmaßenden Welpen, die dachten, sie könnten mich in die Enge treiben und schlagen, gezeigt! Ha!"

„So vergeht ein weiterer Tag, an dem du deine Bezeichnung als größter Fechter in ganz Frankreich und England behauptest. Ich gratuliere dir, Lucian. Ich bezweifle nicht, dass auch die Schüler der *Grande Écurie* das anerkannten."

„Bis zum letzten Mann. Sie mussten einsehen, dass ich kein Schwächling bin - noch nicht!"

„Bravo. Kein Schwächling beim Fechten, aber vielleicht - bei deinen guten Diensten?"

Lord Vallentine war verwirrt. „Ich habe einer Gruppe vielversprechender junger Männer gute Ratschläge angeboten, und alle waren eifrig darauf bedacht, zu lernen, keiner schien meinen Rat für selbstverständlich zu erachten ..." Er schaute stirnrunzelnd in die dunklen Augen seines Freundes. „Worauf willst du hinaus?"

„Du hast meine - oder sollte ich sagen, Montbelliards - Visitenkarte gestern Abend auf deinem Kissen gefunden, sonst wärest du nicht pünktlich um acht Uhr heute Morgen hier gewesen."

Die Erwähnung des Chevalier Montbelliard ließ Vallentine verlegen lachend schnauben. Er versuchte, den Besuch des jungen Mannes abzutun.

„Oh, *das*. War noch nie in meinem Leben so überrascht, wie in dem Moment, als ich sah, dass der Junge an deiner Tür auftauchte. Verdammt! Ganz schön anmaßend! Wenn man sich vorstellt, dass er seine Karte schickte im Glauben, dass er mit offenen Armen als Familienmitglied willkommen geheißen würde!"

„Und, wurde er das?"

„Wurde er was?"

„Willkommen geheißen."

„Nicht von mir!", fauchte Vallentine und fügte schnell hinzu, als der Herzog eine fragende Augenbraue hob: „Das heißt nicht, dass ich unhöflich war. Aber ich habe ihn auch nicht mit offenen Armen empfangen. Und bevor du fragst, ich war der Einzige in deinem Haus, der seine Bekanntschaft machte.“

„Mit Kaffee und Makronen. Welch freundlicher und – äh – vorausschauender Gastgeber.“

„Äh?“

„Du wurdest von Montbelliards Besuch überrascht. Du hast ihn nicht willkommen geheißen. Doch kaum hatte der überraschende Besucher einen Fuß in mein Foyer gesetzt, wurden ihm Kaffee und Makronen angeboten. Die ihr beide genossen habt.“

„Er ist nicht länger als zehn Minuten geblieben“, stellte Vallentine fest und ignorierte die Unstimmigkeiten in seiner Erklärung. „Und ich habe ihn schnellstens hier fortgeschafft! Nun, sobald er eine Tasse Kaffee heruntergeschluckt hatte, ja. Aber ich dachte, die beste Möglichkeit, ihn hier wegzulocken wäre, wenn ich zustimme, ihn zur *Grande Écurie* zu begleiten. Ich war ohnehin auf dem Weg dorthin, daher war es keine Zumutung, ihn als Begleitung zu haben.“ Er runzelte die Stirn. „Aber ich habe ihm keine Versprechungen gemacht!“

„Wenn Versprechungen gemacht wurden, dann wohl lange bevor er sich hinsetzte, um mit dir Kaffee und Kuchen zu genießen.“

„Äh?“

Der Herzog atmete tief durch. Er konnte sehen, dass sein Freund aufrichtig verwirrt war, daher entschloss er sich zu fragen: „Wie kommt es, dass Montbelliard der falschen Überzeugung war, dass er gerne seine Visitenkarte an *meiner* Tür zeigen dürfte, der Tür des geschworenen Feindes seines nächsten Verwandten?“

Lord Vallentine zuckte die Achseln und war ehrlich. „Ich würde die Vermutung wagen, dass es etwas damit zu tun hatte, dass er einer aus einer Reihe von deinen Verwandten der Salvans war, der an einer Soiree im Salon meiner lieben Frau – deiner liebsten Schwester – teilgenommen hat. Wie ich mich erinnere, kam er in der Kutsche einer der uralten Tanten … welche war es noch gleich? Ach ja! Mme de Chavigny—*tante Victoire*. Sie brachte den Jungen mit und er ging auch wieder mit ihr. Er wurde mir als Cousin Hugh vorgestellt, ohne dass sein Familienname erwähnt wurde …“

„Ein gerissener Haufen, diese alten Tanten. Aber sie können recht nützlich sein.“ Der Herzog dachte an Antonias bevorstehende Vorstellung bei Hofe. Er hatte seine *tante Victoire* dazu gezwungen, aus ihrer Zurückgezogenheit zum Hof zurückzukehren, nur zu dem Zweck, als Schirmherrin seiner Frau aufzutreten. Dennoch konnte er einen verärgerten Seufzer nicht unterdrücken. „Nicht, dass der Familienname des Jungen, Montbelliard, dir etwas gesagt hätte, daher weiß ich nicht, warum meine Tanten Salvan es für nötig hielten zu versuchen, seine Verwandtschaft zu vertuschen. Ich habe dich unterbrochen. Was wolltest du sagen?"

Lord Vallentine zuckte die Achseln. „Dem ist nicht viel hinzuzufügen. Aber du hast recht. Ich hatte keine Ahnung, wer der Junge war oder wie er mit den Salvans verwandt war, außer dass er zu dieser Familie gehörte. Du hast so viele Verwandte auf der französischen Seite, dass er nur einfach irgendeiner davon war. Was mich nicht daran hinderte zu bemerken, dass er nicht sehr wie ein Salvan aussieht ..."

„... weil seine Mutter aus Guadeloupe war, die Enkelin eines Plantagenbesitzers und einer befreiten Sklavin?"

„Das wusste ich nicht, aber ja, das würde es erklären. Und du hättest mich mit einer Feder umwerfen können, als ich herausfand, dass der Junge Salvans Großneffe und jetzt sein Erbe ist! Doch es überrascht mich nicht, dass du es weißt, auch wenn du ihn nie kennengelernt hast."

Als der Herzog dazu nicht sofort etwas bemerkte, füllte Lord Vallentine die Stille damit, den Dienern Zeichen zu geben, dass er seinen Rock haben wollte. Ihm war plötzlich kalt, nicht länger warm von ihrem Training. Die Lakaien brachten beide Röcke und halfen den Edelleuten beim Anziehen. Der Herzog zupfte an den Manschetten seines weißen Hemdes und sagte mit bitterer Überzeugung:

„Meine französischen Verwandten täuschen sich, wenn sie auch nur einen Moment davon ausgehen, dass ich die Ereignisse, die sich früher in diesem Jahr in Treat abgespielt haben, vergessen oder vergeben würde."

„Das solltest du nicht! Ich würde es nicht!"

„Und dennoch", fügte der Herzog samtweich hinzu, „scheint es, dass sie es getan haben, indem sie den Chevailer Montbelliard so in ihr Herz geschlossen haben?"

Lord Vallentine war verlegen. „Einige würden anführen, dass der Junge, nur, weil er der nächste in der Erbfolge für Salvans verfluchten Titel ist, nicht notwendigerweise wie er sein muss. Und nach allem, was ich von ihm gesehen habe, scheint er diesem widerlichen Wiesel in Charakter und Aussehen so fremd zu sein wie nur möglich."

„Du konntest seinen -äh - Charakter und seine Motive durchschauen, nachdem du ihn bei drei Gelegenheiten beobachtet hast: In Estées Salon, gestern in meiner Villa bei Kaffee und Makronen. Ach ja! Und bei deinem Besuch in der *Grande Écurie*. Ich gratuliere dir zu deinem Scharfsinn, mein lieber Lucian."

Lord Vallentines Verlegenheit nahm zu. „Wenn man es so ausdrückt, ist es nicht viel, um sich ein Urteil zu bilden, nicht wahr? Du meinst, in dem Jungen steckt mehr, als auf den ersten Blick zu sehen ist?"

Der Herzog holte seine Schnupftabakdose aus Gold und Emaille hervor und klopfte mit einem langen Finger auf den Deckel, mit einem Seitenblick zu seinem besten Freund. „Er kann sehr wohl so sein, wie er sich gibt. Ich muss erst noch alles in Erfahrung bringen, was es über Hubert Gabriel Louis Hyazinth Salvan Montbelliard zu wissen gibt. Und das werde ich. Und dann werde ich einen Entschluss fassen, ob ich ihn in der Familie aufnehme oder ob ich ihn nicht aufnehme. Einstweilen kann ich nicht ausschließen, dass er sehr wohl eine Marionette sein könnte und seine Fäden von meinem abscheulichen Cousin gezogen werden. Oder, was das angeht, von irgendeiner Person, die sich an mir für das ein oder andere rächen möchte."

„Ha! Vor allem für das andere!", erwiderte Lord Vallentine mit einem Auflachen. „Es gibt vermutlich zu viele *Personen*, um sie zu zählen, mit gebrochenen Herzen und gekränkten Ehemännern, die gerne Rache an dir nehmen würden, und jedes ihnen zur Verfügung stehende Mittel dafür nutzen könnten!"

„Wie, Montbelliard für ihre Zwecke zu benutzen? Leichtgläubig oder nicht. Ja", bemerkte der Herzog gedehnt, ohne sich von Vallentines Andeutungen aus der Ruhe bringen zu lassen. „Vielleicht hast du recht. Sei versichert, dass ich weiter sehen werde, als nur bis zu meinen Verwandten Salvan oder dem Mann selbst, um sicherzugehen, dass ich ein genaues Bild von *Cousin Hugh* bekomme." Er schnippte den Deckel der Schnupftabakdose auf und bot Vallentine eine Prise des Pulvers an und nahm selbst etwas davon. „Er hat versucht, seine Karte der Herzogin aufzudrängen?"

„Ja. Das hat er. Doch sie war höflich und ließ sich entschuldigen."

Die Züge des Herzogs wurden weicher und er lächelte. „Das würde sie. Sie ist klug."

„Sie würde nie etwas tun, was deinen Wünschen oder deinem Wohlergehen entgegenliefe. Aber das weißt du."

„Ja.“

„Wenn du meine Meinung hören willst ...“

„Immer.“

„Es sind nicht nur deine Verwandten Salvan und die gebrochenen Herzen, denen du deine Aufmerksamkeit zuteilwerden lassen solltest. Ich würde auf die andere Seite des Kanals schauen, zu dem anderen Zweig der Familie, um einen Schuldigen unter deinen englischen Cousins, die dir mehr Böses als Gutes wünschen, zu finden, der vielleicht die Fäden zieht! Und zu einer, die vor eifersüchtiger Bosheit kocht.“

Der Herzog lächelte schief. „Du sprichst von Antonias Großmutter Augusta.“

„Ja. Und ich würde keine Märchen erzählen, wenn ich sage, dass diese Schlange einen Spion in deinem Haushalt hat.“

„Ich hatte den Verdacht ...“, grübelte der Herzog. Er sah Vallentine direkt an. „Antonia hat dir gesagt, dass sie glaubt, dass das der Fall ist?“

„Ja. Sie weiß noch nicht, wer es ist, aber sie ist überzeugt, dass es sich um eine Frau handelt.“

Roxton runzelte die Stirn und sprach seine Gedanken laut aus. „Ich frage mich, warum sie nicht erwähnt hat ...“

„Sie will dich nicht damit belasten. Sagt, du hättest genug Sorgen ...“ Jetzt war Vallentine an der Reihe, die Stirn zu runzeln. „Und damit erzähle ich dir etwas Vertrauliches, wovon ich lieber sehen würde, dass du es für dich behältst, weil sie nicht glücklich wäre, dass ich dir das erzählt habe.“ Er seufzte. „Aber es gibt viele Möglichkeiten, wie du das allein herausgefunden haben könntest, daher habe ich nicht das Gefühl, als hätte ich *ihr* Vertrauen missbraucht.“ Als der Herzog weiter schwieg, fügte er obenhin hinzu: „Also was willst du, dass ich wegen Montbelliard tun soll?“

„Tun? Mein lieber Lucien, nichts - noch nicht. Du kannst ihm gern so viel Lektionen in Beinarbeit und Stoßrichtung geben, wie es dir gefällt, in der Öffentlichkeit der *Grande Écurie*. Und ich ermutige dich sogar dazu ...“

„Damit ich dir über den Burschen Bericht erstatten kann?“

„Und mir deine ehrliche - äh - Meinung sagen kannst, ja. Und vielleicht wird er sich dir mit der Zeit anvertrauen. Er wäre vielleicht nicht geneigt, das bei seinen alten Tanten oder bei Estée zu tun. Ich möchte wissen, warum er so darauf bedacht ist, Antonias Bekanntschaft zu machen. Und bis ich nicht so oder so weiß, ob Salvan oder jemand anders zu Montbelliards Motiven beigetragen hat, wird er weder hier noch im *hôtel* willkommen sein. Ich werde ihm auch nicht erlauben, sich der Herzogin aus irgendeinem Grund zu nähern. Ich muss wissen, dass meine Frau und mein Sohn jederzeit sicher sind." Er lächelte dünn. „Estée wird auf das Vergnügen der Gesellschaft dieses speziellen Cousins in ihrem Salon oder sonst wo im *hôtel* verzichten müssen. Ich überlasse es dir, ihr diese Anweisung zu übermitteln ..."

„Betrachte es als erledigt!"

Der Herzog senkte den Kopf. „Ich weiß es zu schätzen, dass du mir etwas abnimmst, was ein -äh - lästiges Gespräch mit meiner Schwester gewesen wäre. Oh, und lass sie wissen, wenn sie weiter mit Montbelliard korrespondieren sollte, werde ich weiterhin diese Briefe abfangen und lesen."

Vallentine störte sich nicht an dieser unverhohlenen Verletzung der Privatsphäre seiner Frau. In der Tat bekundete er seine Unterstützung der hinterhältigen Methoden des Herzogs aus vollem Herzen, indem er ihm noch einen Rat gab. „Wenn du wissen willst, was Salvan vorhat, würde ich die Korrespondenz von Lady Strathsay mit der Herzogin abfangen. Die Frau hat ein Händchen dafür, das Mädel mit ihrem giftigen Geschwätz in seidenglatter Aufrichtigkeit zu verstören."

„Wie poetisch", scherzte der Herzog und gab den Lakaien ein Zeichen, dass sie entlassen waren. „Ich bin völlig deiner Meinung. Aber ich werde dich nicht fragen, woher du das weißt ..." Er erwiderte den Blick Seiner Lordschaft, ohne zu blinzeln. „Was ich dich aber wissen lassen möchte, ist, dass ich deine Korrespondenz niemals abgefangen oder gelesen habe. Deine Geheimnisse sind sicher." Er lächelte schmallippig. „Gott bewahre, dass ich beschuldigt würde, keine Grenzen zu kennen!"

Lord Vallentine schüttelte grinsend den Kopf.

„Das hättest du nicht zu sagen brauchen, aber danke. Nicht, dass in meinen Briefen irgendetwas stünde, was deines Interesses wert wäre. Und ganz sicher habe ich keine Geheimnisse! Ha! Wenn ich welche hätte, würde ich sie dir erzählen. Das weißt du auch, nicht wahr?"

„Ja." Jetzt seufzte der Herzog kurz und gestand weiter: „Ich fange auch die Korrespondenz meiner Frau nicht ab oder lese sie. Sie würde mir auch erzählen, wenn es etwas gäbe, was des Erzählens wert wäre ..."

„Natürlich würde sie das. Sie hat nur dein Bestes im Sinn, wie ich schon zuvor erwähnte."

Das ließ den Herzog leise lachen. Es war kein angenehmes Lachen.

„Das Herz! Darin liegt die Schwachstelle meiner Rüstung! Meine - äh - Achillesferse, wenn du so willst. Eine, von der ich dachte, dass ich sie nie kennenlernen würde. Das Schicksal verschwor sich, eine andere Richtung einzuschlagen. Aber so sei es." Er räusperte sich und sagte gleichmütig: „Als Ehemann werde ich nie versuchen, die Briefe meiner Frau ohne ihre Erlaubnis zu lesen. In einer Ehe muss Vertrauen ebenso herrschen wie Liebe, wenn sie gedeihen soll. Und dennoch, als Herzog kann ich mit Sicherheit vorhersagen, dass es gewissen Einzelheiten in ihrer Korrespondenz geben wird, die sie mir vorenthält, nicht, weil sie Geheimnisse hätte, sondern weil sie aufrichtig glaubt, wie du sagst, dass sie *nur mein Bestes im Sinn* hätte."

„Sie würde nie absichtlich …"

„Das weiß ich!", unterbrach Roxton ihn mit unterdrückter Aufregung. „Ich weiß auch, dass sie mit der Zeit mir gegenüber völlig offen sein wird; dass sie erkennen wird, dass es Gelegenheiten gibt, wenn es mehr schadet als nützt, wenn sie mich in Unwissenheit lässt, weil sie mich vor Unannehmlichkeiten bewahren möchte. Ich muss Geduld haben. Und ich vertraue dir dies nur an, weil ich weiß, dass sie dich ins Vertrauen ziehen wird im Bestreben mich - äh - zu schützen, wenn sie es nicht schon getan hat. Was dich in die nicht beneidenswerte Lage bringt, einen Weg zu finden, dein Wort *ihr* gegenüber zu halten, ohne *mir* gegenüber illoyal zu sein. Da du darin bereits bei deiner Frau geübt bist, denke ich nicht, dass das ein Problem werden wird, nicht wahr?"

Lord Vallentine schluckte und schüttelte langsam den Kopf. Doch selbst dies ließ ihn sich wie ein Verräter fühlen, als er an sein Versprechen an Antonia dachte, dem Herzog nichts über Salvans Brief zu erzählen, einen Brief, von dem er sicher war, dass darin eine versteckte Botschaft stand, die für das Glück und den Seelenfrieden seines Freundes von entscheidender Bedeutung war. Wie schade, dass Antonia ihn verbrannt hatte, und dennoch, er war froh darüber. Er war nicht in einer nicht beneidenswerten Lage. Er war in einer unmöglichen!

Sein Gesicht verriet seinen inneren Aufruhr, denn der Herzog gab ihm einen Schlag auf den Rücken, um ihn aus seinen Gedanken zu reißen, und sagte in völlig anderem Tonfall, als er auf den Kreuzgang zuging und Vallentine ihm unbewusst folgte: „Das Frühstück wartet. Du musst am

Verhungern sein. Selbst ich stelle fest, dass ich heute Morgen Appetit habe
…"

Auf der Terrasse hielt Vallentine den Herzog mit einer Hand auf dessen
Ärmel davon ab, nach drinnen zu gehen. Er hatte eine Idee, wie er sein
unmittelbareres Dilemma auflösen könnte.

„Meinst du, die Großmutter des Mädels behält Kopien all ihrer Korrespondenz? Würde sie zum Beispiel einen wichtigen Brief, den sie einem
anderen zu schicken gebeten wurde, zuerst kopieren? Damit sie auch eine
Kopie davon hätte?"

„Ich weiß mit Bestimmtheit, dass sie die Wachssiegel aller Briefe, die
Antonia mir geschrieben hatte, als ich in Paris zurückblieb und sie in
London war, vorsichtig ablösen und dann wieder hat anbringen lassen.
Augusta hatte jeden dieser Briefe akribisch kopieren lassen." Der Herzog
lächelte bitter. „Ungeachtet dessen, dass sie mir die Originale vorenthielt!
Aber ich habe jetzt auch diese Kopien."

„Daran habe ich keinen Zweifel! Dir entgeht nichts! Und ich bin froh,
das zu hören." Lord Vallentine ließ seine Hand sinken, doch seine blauen
Augen hingen immer noch am Gesicht seines Freundes. „Darf ich
vorschlagen, dass du, wie auch immer du die Methoden dieser Schlange
entdeckt hast, Antonias Korrespondenz in ihre Klauen zu bekommen, die
gleiche Strategie anwendest, um zu erfahren, welche anderen Briefe sie hat
kopieren lassen, die sich mit der Herzogin befassen." Er blinzelte und
schnaubte leicht ärgerlich. „Aber dieses Mal, schätze ich, wird sie diese
Korrespondenz nicht in ihrer obersten Schublade aufbewahren - wenn du
verstehst, worauf ich hinaus will …"

„Augusta dient als Mittelsmann und schickt Briefe an die Herzogin
weiter?"

„Das habe ich nicht gesagt. Sondern du."

Der Herzog zog langsam die Augenbrauen hoch. „Doch. Und ich
danke dir."

Seine Lordschaft schnaubte, als er seinem besten Freund in die Wärme
der Villa und weiter ins Frühstückszimmer folgte. „Kein Grund, mir zu
danken! Ich bin egoistisch. Ich möchte abends meinen Kopf auf mein Kissen
legen und das tun, was ich jeden Abend tue - einschlafen im Bewusstsein,
dass ich dir und ihr gegenüber alles richtig gemacht habe. Und daher schlafe
ich wie ein Baby - Was zum …!" Seine Lordschaft wirbelte herum und hob

sein gefurchtes Kinn nach oben zu der Stuckdecke angesichts des plötzlichen, unerklärlichen Gepolters von Schritten, das einer Kakophonie von Geheul vorausging. „Lieber Himmel! Was - was geht denn da oben vor sich?"

Ungerührt und ohne Überraschung ging der Herzog ruhig zur Anrichte und goss sich eine Schale Kaffee ein. „Dies, mein lieber Lucian, ist ein Vorgeschmack auf die Zukunft. Wer immer den unpassenden Vergleich *dormir comme un bébé* erfunden hat, sollte gehängt werden!"

VIERZEHN

Nach dem Frühstück verbrachte Antonia den größten Teil ihres Tages mit ihren Pariser Schneiderinnen und deren kleiner Armee von Gehilfinnen, um sich ihr Hofkleid anpassen zu lassen. Sie waren mit Ballen schwarzen Samts eingetroffen (denn der Hof trauerte noch immer um die Dauphine), mit weißem Seidentaft und durchsichtigem Leinen, Rollen von Seidenbändern und exquisiter, feiner Spitze. Bewaffnet mit Maßbändern, Scheren und Kreide sowie Hunderten von Stecknadeln machten sie sich daran, das luxuriöse Material zu drapieren, zuzuschneiden, zu stecken und zu nähen, damit es genau über das Korsett und die weiten Reifröcke passte, die für Hofkleider vorgeschrieben waren.

Nachdem seine Herzogin angemessen beschäftigt war, konnte der Herzog die bereits mit seiner Haushälterin gemachten Pläne für Antonias Geburtstagsfeier, die am nächsten Tag stattfinden sollte, in die Tat umsetzen.

Der kleine Salon neben dem großen Speisesaal wurde mit einer Fülle bunter Treibhausblüten in chinesischen Vasen und Porzellantöpfen auf verzierten Sockeln geschmückt. Ebenso der anschließende Speisesaal. Und als eines der Geburtstagsgeschenke für die Herzogin in einer hohen Holzkiste aus Paris eintraf, versicherte die Haushälterin ihrem Dienstherrn, dass alle Anstrengungen unternommen werden würden, um es vor ihr zu verstecken. Das Geschenk würde ausgepackt und in einer Ecke des Speisesaals gestellt werden, bedeckt mit einem Laken, dann sollten Wandschirme darum und ein oder zwei Blumenarrangements vor die Wandschirme gestellt werden. Auf diese Weise würden die Blumen, sollte die Herzogin den Raum zufällig vor ihrem Geburtstag betreten, genügend Ablenkung bieten und sie nichts von dem sorgfältig versteckten Geschenk ahnen lassen.

Im Speisesaal hatten der Kerzenmacher des Herzogs und seine Gehilfen den Kronleuchter herabgelassen und waren geschäftig dabei, das Kristall zu putzen und frische weiße Trudon-Kerzen aus Bienenwachs aufzustecken, während an dem langen Mahagonitisch zwei Platten herausgenommen worden waren, sodass vier Personen dort jetzt in bequemer Nähe sitzen konnten. Der Tisch war trotzdem noch groß genug, um Platz für einen zarten, silbernen Aufsatz und mehrere Körbe aus Sèvres-Porzellan zu bieten, die mit einer Fülle bunter Kunstblumenarrangements gefüllt waren, die der Konditor des Herzogs geschaffen hatte. Und an jedem Platz befand sich das übliche Silber, Kristall und Porzellan, das für eine üppige Speisenfolge erforderlich war.

Während diese Vorbereitungen unter dem fachmännischen Auge des zweiten Butlers stattfanden, schlenderte der Herzog durch die Räume, wirbelte sein Augenglas an der seidenen Schnur herum und hörte mit einem Auge auf den ständigen Strom von Lakaien und Dienstmädchen, die kamen und gingen, seiner Haushälterin zu. Zufrieden, dass die Arrangements seinen Erwartungen entsprachen, hatte er nur noch eine weitere Anweisung: dass die verzierte Wiege seines Sohnes auf ihrem Sockel neben dem Stuhl der Herzogin aufgestellt werden sollte, um es seiner kleinen Lordschaft zu erlauben, an den Feierlichkeiten teilzunehmen.

Danach zog sich der Herzog in die Bibliothek zurück, wo er Lord Vallentine gemütlich beim Lesen der englischen Zeitungen fand. Ihre Einsamkeit dauerte nur eine Stunde, bis sie von einem Lakaien gestört wurde, der vom Butler Anweisung erhalten hatte, ihren Herrn zu informieren, sobald die Kutsche aus Paris zurückgekehrt wäre.

Das tat der Lakai und als er gefragt wurde, berichtete er seinem Herrn, dass das große Gefährt voll besetzt gewesen wäre, und die Insassen unter der *porte-cochére* ausgestiegen wären: der Kammerdiener *M'sieur le ducs*, der erste Stellvertreter des Kammerdieners *M'sieur le ducs* und *M'sieur le ducs* Pariser Schneider mit zweien seiner Gehilfen. Direkt hinter der Kutsche wäre ein von einem Pferd gezogener Karren gefolgt, der ein Dutzend verschiedener Stoffballen beförderte, die von *M'sieur le ducs* Schneider benötigt würden, ebenso wie die Portmanteaux der Reisenden und zwei livrierte Diener, die völlig anders waren als alle Diener, die dieser Lakai je zuvor gesehen hatte.

Als Lord Vallentine ihn bat, das zu erklären, schnaubte der Diener nervös und riss seine Augen auf, als fürchtete er, dass man ihm nicht glauben würde. Er sagte, dass die beiden Männer so groß wären wie Zirkusbären im Käfig und ebenso wild dreinschauten und gekommen wären, um das zu bedienen, was sich in der großen Holzkiste befand, die schon zuvor eingetroffen war und jetzt unter einer Decke im Speisesaal stünde.

Lord Vallentine wollte nach weiteren Erklärungen fragen, als der Herzog den Lakaien fortwinkte, ohne Überraschung zu zeigen oder eine Bemerkung über das zu machen, was ihm berichtet worden war. Dann legte er seine Zeitung beiseite und erhob sich, wobei er Lord Vallentine um Verzeihung bat, ihm Umstände zu bereiten. Seine Lordschaft sollte die Bibliothek verlassen, weil der Herzog ein dringendes Gespräch mit seinem Kammerdiener führen musste. Vallentine entfaltete seine langen Beine aus seinem Sessel und verzog sich gnädig ohne weiteren Protest, wunderte sich aber insgeheim, was der Kammerdiener getan haben könnte, dass er es verdiente, in die Bibliothek gerufen zu werden. Er war nur froh, dass nicht er den Verweis erhielt - die Unterhaltung über den Chevalier Montbelliard war unangenehm genug gewesen - und empfand vollstes Mitgefühl für Ellicott.

Als der Herzog allein war, schickte er nach Kaffee. Während er auf die Ankunft seines Kammerdieners wartete, verbrachte er seine Zeit damit, den Stapel von Korrespondenz, der sich auf seinem Schreibtisch angesammelt hatte, zu lesen und zu beantworten.

MARTIN ELLICOTT BETRAT die Bibliothek eine Stunde nach seiner Rückkehr in die Villa aus dem Pariser Herrenhaus des Herzogs und sah weniger zerknittert aus, als zu dem Zeitpunkt, als er unter der *porte-cochère* aus der Kutsche gestiegen war. Er hatte es für notwendig gehalten, seine Kleider zu wechseln, sich kaltes Wasser ins Gesicht zu spritzen und sein Haar zu kämmen. Mit vier anderen Männern in einer Kutsche eingesperrt zu sein, hatte ihn ermüdet. Nicht, dass er die Gewohnheit gehabt hätte, müßige Konversation mit irgendjemandem zu betreiben, am allerwenigsten mit anderen Dienern und Kaufleuten. Und mit Sicherheit hatte er diesen Männern keine Erklärung dafür gegeben, warum der Herzog verlangte, dass sie ihn in die Villa begleiten sollten, schlicht, weil er selbst keine Ahnung hatte.

Er hatte sein völliges Unwissen in seinen Hinterkopf verbannt, während er noch im *hôtel* beschäftigt gewesen war. Doch jetzt, als er leise über den tiefen Teppich schritt und das rote, lederne *portefeuille* trug, das zu holen er ausgesandt worden war, verspürte er einen Anflug von Unruhe. Seine Nackenhaare stellen sich auf. Er konnte sich nicht daran erinnern, je in einen der öffentlichen Räume, die vom Herzog und dessen Familie und Gästen benutzt wurden, gerufen worden zu sein, in keinem seiner Häuser. Dies war das erste Mal und es beunruhigte ihn, sich außerhalb seiner gewohnten Umgebung wiederzufinden.

Und als der Herzog weiter seine Briefe schrieb, ohne aufzuschauen, sondern nur seine freie Hand hob, um auf eine Gruppe von Sesseln zu zeigen, nicht auf der anderen Seite seines Schreibtischs, sondern am Kamin, wusste der Kammerdiener nicht recht, ob er das *portefeuille* auf den Schreibtisch legen oder mitnehmen sollte. Nach mehreren Sekunden der Unentschlossenheit beschloss er, es bei sich zu behalten. Und dann stand er da, aufrecht und schweigend, das Gesicht geradeaus, und starrte in die Flammen, schaute sich nicht um, weder zum Herzog noch zum Schreibtisch oder zu einem der deckenhohen Bücherregale oder der Aussicht auf die mit Bäumen gesäumte Auffahrt hinter den Terassentüren.

Da er es gewöhnt war zu warten, zu schweigen und wachsam zu sein und nur zu sprechen, wenn er angesprochen wurde, kam es ihm nicht in den Sinn, sich zu setzen. Er bemerkte, dass auf einem Tisch in der Mitte dieser Sitzgruppe ein Tablett stand, auf dem sich ein Porzellankaffeeservice und daneben eine schwere silberne Kaffeekanne auf ihrem Ständer befanden. Doch er bemerkte auch, dass kein Diener anwesend war. Der Lakai, der ihm die Tür geöffnet hatte, war draußen im Gang geblieben. Und während der Butler offensichtlich woanders gebraucht wurde, war doch sonst immer ein zweiter Butler oder einer der oberen Lakaien anwesend, um sich um die Bedürfnisse seines Herrn zu kümmern. Martin Ellicott vermutete, dass diese beschränkte Anzahl von Dienstboten darauf zurückzuführen war, dass der Herzog und die Herzogin gegenwärtig in dieser

Villa wohnten und es einfach nicht genug Platz gab, um die übliche Armee von Hausangestellten zu beherbergen, die das *hôtel* und den Landsitz Treat in England bewohnten.

Und während er schweigend dastand und wartete, wurde ihm seine gegenwärtige Lage wie ein schmerzhafter Schlag in die Brust bewusst. Er war allein mit dem Herzog. Er fühlte sich dumm und verlegen wegen dieser Reaktion auf die neue Erfahrung, denn in seiner Stellung als Kammerdiener hatte er fast die gesamten letzten zwei Jahrzehnte oft allein und nahe seinem edlen Dienstherrn in der Vertrautheit des Ankleideraums und jedem anderen Raum der privaten Gemächer verbracht. Dort wurden seine Fähigkeiten und sein Wissen gebraucht und geschätzt. Doch allein mit ihm in einem der öffentlichen Räume zu sein war beispiellos und steigerte seine Unruhe, ironischerweise war dies für ihn ein weit persönlicherer und intimerer Raum als jeder der privaten Räume, die Teil seiner Domäne als engster Diener seines Herrn waren.

Wie sollte er sich verhalten? Was sollte er sagen? *Warum war er hier?*

Und dann sprach der Herzog, beendete seine Grübeleien und steigerte seine Besorgnis um das Zehnfache.

„Nimm Platz, Martin ... Kaffee?"

Der Kammerdiener wäre fast in Ohnmacht gefallen.

„Setz dich", befahl der Herzog, als Martin Ellicott nur weiter dort stand und ihn anblinzelte.

Als der Mann auf diesen Befehl hin tat, was ihm gesagt wurde, sich vorsichtig auf die Kante des Polsters des nächststehenden Sessels hockte, Absätze und Knie zusammengepresst, den Rücken kerzengerade, den Blick respektvoll auf den Boden gerichtet und das *portefeuille* im Schoß, seufzte Roxton innerlich. Nicht wegen des Verhaltens seines Kammerdieners - er hatte diese Reaktion erwartet und die Frage nach dem Kaffee war reiner Scherz gewesen - sondern weil er wusste, dass diese Unterhaltung schwierig werden würde, für sie beide.

Weshalb er sie vor sich her geschoben hatte. Aber er konnte das nicht länger tun, weil Antonia am nächsten Tag Geburtstag hatte und er entschlossen war, dass alles an diesen Tag für sie perfekt sein sollte. Und wenn es ein Erfolg werden sollte, hing das vom Ergebnis dieser Besprechung ab - halb Unterhaltung, halb Beichte - er wusste wirklich nicht, wie er es nennen sollte. Alles, was er mit Sicherheit wusste, war, dass sie es schaffen mussten, zu dem für alle Beteiligten gewünschten Ergebnis zu kommen. Doch was der Kammerdiener nicht wusste, dessen sich Herzog und Herzogin durchaus bewusst waren, war, dass von diesem Tag an Martin Ellicotts Leben nie wieder das gleiche sein würde.

In jeder Situation die Oberhand zu behalten war die Stärke des Herzogs.

So war es nicht gewesen, als er als Junge gewaltsam von seiner Mutter fortgerissen wurde, um bei seinem Großvater zu leben. Der vierte Herzog war zweifellos ein kaltherziges Monster gewesen, dessen Grausamkeit ihn gebrochen hatte. Der alte Mann hätte ihn auch fast um den Verstand gebracht - *fast*, wenn nicht der Junge gewesen wäre, der sein eigenes Leben riskiert hatte, um im Schutze der Dunkelheit in sein Zimmer zu schleichen. Dieser Junge war nett zu ihm und freundete sich mit ihm an und war in jenem ersten Jahr, das er eingesperrt in England auf dem Land verbrachte, sein einziger menschlicher Kontakt zur Außenwelt - zu einem Land und einem Volk, die ihm so fremd waren wie mögliche Bewohner des Mondes.

Dieser Junge war Martin Ellicott gewesen und der Herzog wusste, dass er ohne Martin in einen Zustand der Düsternis gefallen wäre, von dem er sich vielleicht nie wieder erholt hätte. Mit Sicherheit hätte er jeden Rest von Menschlichkeit verloren, der ihm aus seinem früheren Leben mit seinen liebevollen Eltern geblieben gewesen war. Allein dafür stand er in seiner Schuld. Und es gab noch eine größere Schuld, denn es war Martin gewesen, der sich selbst in Gefahr gebracht hatte, um Antonia und ihr ungeborenes Kind vor einem Irren zu retten.

Sich an seinen herzoglichen Großvater und jene Jahre unter dessen tyrannischer Herrschaft zu erinnern, verstörte ihn. Und daher hatte er sein Leben seit dem Tod des alten Mannes damit verbracht, überhaupt nicht mehr an ihn zu denken. Was die Bedrohung des Lebens von Antonia und Julian anging, dieses unvorstellbare Grauen, war sie noch frisch genug, dass er kaum darüber sprechen konnte. Jetzt muss er über beides sprechen, um Martin Ellicotts willen. Und selbstsüchtig hoffte er um seiner selbst willen, dass dies seine Dämonen endlich zur Ruhe bringen würde.

Aber es war seiner Frau überlassen geblieben, ihm zu zeigen, wie diese Schulden zurückgezahlt werden sollten.

Dies waren seine Gedanken, als er Kaffee in zwei Schalen goss, in deren eine er Zucker gab. Diese Schale hielt er Martin hin, der sie ansah, aber nicht entgegennahm, weil er nicht wusste, was er damit hätte tun sollen. Er hatte noch nie in Gegenwart seines Herrn gegessen oder den Tropfen irgendeines Getränks genossen.

„Schwarz mit einem Stück Zucker, so magst du deinen Kaffee doch am liebsten, nicht wahr?", fragte der Herzog in auf Englisch. Als sein Kammerdiener nur nicken konnte, die Finger so fest um das *portefeuille* geklammert, dass seine Fingerknöchel weiß wurden, stellte der Herzog die Schale auf ihrer Untertasse auf den kleinen Tisch neben dem Ellenbogen des Mannes. „Dann wirst du ihn genießen."

Er hob die Schöße seines samtenen Fracks und setzte sich Martin gegenüber. Er warf ihm einen Blick über seine Kaffeeschale hinweg zu und fragte sich, ob es ein Fehler gewesen war, den Mann so plötzlich aus seiner Umgebung zu reißen. Er wirkte wie ein Fisch auf dem Trockenen, vor Unsicherheit und Zweifel nach Luft schnappend. Doch er wusste, wenn Martin Ellicott in der dünnen Luft, in der Mitglieder und Freunde der Familie Roxton sich bewegten, frei atmen sollte, dann würde er sich am besten so bald wie möglich an die Veränderungen und all ihre Folgen gewöhnen müssen.

Dennoch konnte er der Versuchung nicht widerstehen, ihn ein wenig zu necken. Schließlich hatte der Mann keine Ahnung davon, was vor ihm lag und hielt sich noch immer für den Kammerdiener. Und wenn Martin sich unwohl fühlte, nur, weil er in dieser Bibliothek war, konnte der Herzog es kaum erwarten zu sehen, wie er mit dem umgehen würde, was er ihm zugedacht hatte. Daher stellte er ihm die eine Frage, von der er wusste, dass sie ihm Martins volle Aufmerksamkeit einbringen würde und dafür sorgen, dass dieser seine Umgebung vergäße.

„Du hast George Geraghty mitgebracht?", fragte er obenhin und stellte seine Schale auf den Unterteller.

Martin Ellicotts Finger lösten sich von der roten Ledermappe und er setzte sich etwas gerader auf, wenn das möglich war. „Ja, Euer Gnaden."

„Und hat sich Geraghty deiner Meinung nach seiner Stelle als dein Stellvertreter als würdig erwiesen?"

„Ja, Euer Gnaden. Er hat meine Erwartungen übertroffen. Er wird einen sehr guter Diener für eine hochgestellte Persönlichkeit abgeben."

Der Herzog täuschte Besorgnis vor. „Aber du scheinst - äh - unzufrieden mit ihm?"

„Überhaupt nicht, Euer Gnaden."

Der Herzog lachte leise. „Aha! Verstehe. Nicht unzufrieden mit *ihm*, sondern mit *mir*, weil ich *dich* angewiesen habe, ihn hierher zu bringen."

„Euer Gnaden, ich ..."

„Das wird dir bald alles klar werden. Im Moment musst du noch ein wenig länger schmoren." Der Herzog nippte an seiner Schale und sagte dann mit einem dünnen Lächeln: „Ich bin erfreut, dass deine Einschätzung von Geraghty mit meiner eigenen übereinstimmt. Er hat auch meine Erwartungen übertroffen. Was ein Zeugnis deiner Sorgfalt und Ausbildung ist, wie du ihn auf seine Zukunft als Kammerdiener einer - äh - *hochgestellten Persönlichkeit* vorbereitet hast."

„Ich freue mich, das zu hören, Euer Gnaden."

„Es ist überaus angenehm, dass Geraghty wie du auch nicht viel Aufhebens macht."

„So ist es, Euer Gnaden."

„Und die anderen, die mit dir in der Kutsche saßen - sind sie ohne - äh - Gejammer mit dir gekommen?"

„Natürlich. Wenn *M'sieur le duc de Roxton* die Dienste seines Schneiders benötigt, gehorcht dieser, ohne zu fragen."

Der Herzog lächelte. „Natürlich. Und jetzt fragst du dich nicht nur, warum George Geraghty hier ist, sondern du möchtest mich auch fragen, warum ich meinen Schneider und seine Gehilfen brauche, nachdem du mich doch mit einer mehr als angemessenen Garderobe aus meinem Ankleidezimmer im *hôtel* versorgt hast? Auch das wird dir zu gegebener Zeit klar werden. Und Madame, hat sie dir - äh - einen Stapel Briefe in die Hand gedrückt?"

„Wie Ihr vorhergesagt hattet, Euer Gnaden. Nicht einen, sondern zwei. Und sie wurden mir vor die Brust gedrückt mit Drohungen gegen meine Person, sollte ich sie nicht wie angewiesen übergeben. Ich habe mir erlaubt, sie in das *portefeuille* zu legen."

„Was ich dir im Namen des häuslichen Friedens doch antue!"

Der Herzog stellte seine Kaffeeschale ab und streckte die Hand nach der Mappe aus. Er legte sie auf seine Knie und öffnete sie. „Du hast dir natürlich nicht die - äh - Freiheit genommen, einen Blick auf den Inhalt zu werfen?"

Als darauf Schweigen folgte, schaute er auf und ertappte Martin, wie dieser die Lippen spitzte. Er lächelte schief. „Das hast du natürlich nicht, sonst würdest du nicht hier sitzen und dich fragen, was vor sich geht und deinen Kaffee kalt werden lassen." Und mit dieser kryptischen Bemerkung nahm er die beiden Bündel Briefe heraus, die mit rosa Bändern zusammengebunden waren, und ließ sie neben seinem Stuhl zu seinen Füßen fallen. „Ich würde sie am liebsten in den Kamin werfen. Aber ich werde mich beherrschen ... Erinnere mich übermorgen - ich werde nicht den Geburtstag der Herzogin verderben - dass Briefe von meiner Schwester eingetroffen sind, dann werden wir uns beide angemessen überrascht zeigen."

„Ja, Euer Gnaden. Ich werde es nicht vergessen."

„Das weiß ich", kam die Antwort und dieses Mal ohne Künstlichkeit und begleitet von einem seltenen, echten Lächeln. Als das den Kammerdiener nach seiner Kaffeeschale greifen ließ, lachte der Herzog leise. „Liebe Güte, Martin. War ich immer ein so harter Herr, dass ein freundliches Wort und ein Lächeln ausreichen, um dich zu verunsichern?"

Martin schüttelte heftig den Kopf. „Nein, nein, Euer Gnaden. Es ist nur - ich habe keine Ahnung, warum ich hier bin oder was Ihr von mir wollt oder was ich getan haben könnte, um - um Euch zu missfallen. Deshalb bin ich - bin ich *beunruhigt*."

„Das bezweifle ich nicht", antwortete der Herzog. Er kramte in der Mappe und, zufriedengestellt, dass alles in Ordnung war, schloss sie wieder und klemmte sie zwischen die gepolsterte Armlehne und seinen Oberschenkel. Dann lehnte er sich mit einem schwer durchschaubaren Gesichtsausdruck zurück. Was er als Nächstes sagte, überraschte den Kammerdiener nicht nur, sondern verunsicherte ihn noch mehr. „Erinnerst du dich daran, wie ich neu nach Treat gekommen bin?"

„Bitte um Verzeihung, Euer Gnaden?"

„Du hast richtig gehört. Ich habe geschworen, nie über diese Zeit zu sprechen, aber ..." Er hob seufzend die Hand. „Aber da sind wir nun. Erinnerst du dich oder nicht?"

„Oh ja, Euer Gnaden. Als wäre es gestern gewesen."

Das überrascht den Herzog doch. „Wirklich? Warum?"

„Warum ich mich so genau daran erinnere?"

„Ja. Ich dachte, du würdest es ebenso wie ich zu verstörend finden, um es in Erinnerung zu behalten."

Martin Ellicott lächelte schüchtern. Er konnte nicht anders. „Darf ich offen sprechen, Euer Gnaden?"

„Ich wäre enttäuscht, wenn du es nicht tust."

„Ich verstehe, warum *Ihr* diesen Tag vergessen möchtet - tatsächlich, warum Ihr diese Jahre vergessen möchtet... Aber ich ...? Euer Eintreffen auf dem Landsitz war das bedeutendste Ereignis in meinem bis dahin kurzen Leben. Ich war erst acht Jahre alt. Und daher ist es in mein Gedächtnis eingraviert."

„Es tut mir leid, das zu hören ..."

„Bitte um Verzeihung, Euer Gnaden. Da ist nichts, wofür man sich entschuldigen müsste. Ich meinte nicht, dass es bedeutend war, weil es verstörend war. Das war es nicht - nicht für mich."

„Das wusste ich nicht ... Andererseits habe ich dich nie nach diesem Tag oder dieser Zeit gefragt, nicht wahr? Das war ein Versäumnis meinerseits. Würdest du meine Neugier befriedigen und mir sagen, warum es so - äh - bedeutend für dich war?"

Der Kammerdiener erlaubte seinem Blick, kurz dem aus den dunklen Augen des Herzogs zu begegnen. „Ich hatte noch nie jemanden wie Euch getroffen. Und ich habe auch seither niemanden kennengelernt, der Euch ebenbürtig wäre. Ich hoffe, dieses Geständnis kränkt Euch nicht."

„Keineswegs." Der Herzog schnaubte. „Aber das erklärt nicht den welterschütternden Eindruck, den meine Ankunft auf dich gemacht zu haben scheint. Es sei denn, weil es das erste Mal war, dass du je ein Kind sahst, das mehr wie ein wildes, verwundetes Tier als ein Junge war - ungezähmt, ungepflegt und unfähig, sein Entsetzen zu beherrschen?" Er versuchte, gleichgültig zu wirken. „Zweifellos waren meine - äh - schreienden Wutanfälle aus höchster Lungenkraft in meiner Muttersprache - äh - unvergesslich."

Martin Ellicott blieb ernst und blickte auf die mit Diamanten besetzte Schuhschnalle des rechten Schuhs seines Meisters, als er diesen Tag vor seinem geistigen Auge wieder aufsteigen ließ.

„Ich war das einzige Kind im Haus. Und da ich das Gelände des Landsitzes nicht verlassen durfte und Kinder ihn nicht betreten durften, sah ich Kinder, wenn überhaupt, nur aus der Ferne." Er hob den Blick wieder zum Gesicht des Herzogs und wagte es, sich ein Lächeln zu erlauben. „Daher, ganz gleich, wie Ihr Euch bei Eurer Ankunft präsentiertet oder wie erschreckend Ihr zuerst wirktet, war ich überglücklich, weil Ihr gekommen wart."

Der Herzog rutschte unbehaglich in seinem Sessel herum. „Und dennoch habe ich dich gar nicht gut behandelt."

„Ihr habt mich genauso behandelt, wie erwartet - mit Misstrauen. Warum solltet Ihr bedenkenlos Freundlichkeit eines Fremden annehmen, wenn Euer eigenes Fleisch und Blut - Euer Großvater - Euch abscheulich behandelte?"

Einen Moment herrschte Stille, nur das Ticken der Kaminuhr war zu hören, dann sprach der Herzog, und in einem Ton, den Martin selten gehört hatte; der mühsam beherrschte Zorn ließ seine eigene Kehle trocken werden.

„Der alte Herzog - mein Großvater - war ein erbarmungsloser, elender alter Mann, der - der großer Grausamkeit fähig war ... Das zu tun, was er einem Jungen von nicht einmal zwölf Jahren antat ... ich hätte es nicht für möglich gehalten, wäre ich nicht selbst dieser Junge gewesen."

„Euer Gnaden, verzeiht meine Offenheit, aber der alte Herzog behandelte seine Pferde und seine Hunde besser, als er Euch behandelte!", stellte der Kammerdiener hitzig fest. „In jenem ersten Jahr dachten wir, er könnte es schaffen, Euch zu töten."

Dies ließ den Herzog den Kopf schütteln und schief lächeln. Sein vorheriges Verhalten kehrte zurück.

„Mich töten? Nein. Er war entschlossen, mich - äh - leiden zu lassen. Aber er wollte nicht, dass ich sterbe. Durch den frühen Tod meines Vaters war ich sein Erbe geworden. Wäre ich auch gestorben, wäre dies das Ende des Herzogtums Roxton gewesen. Und der alte Mann hatte zu viel seines Reichtums in diesen Monolith von einem Haus gestopft, um zu erleben, wie er unter entfernten Verwandten verschwand. Aber er hat sein Bestes getan, um das französische Blut aus mir herauszuprügeln, als ich mich weigerte, etwas anderes als meine Muttersprache zu sprechen ..."

„Wie konntet Ihr etwas anderes sprechen, wenn Ihr doch kein Englisch konntet?"

„Hast du das gedacht? Nein. Ich verstand die Sprache. Mein Vater sprach mit mir auf Englisch. Ich war nur widerspenstig." Er runzelte verwirrt die Stirn. „Aber du warst Franzose. Oder zumindest war es deine Mutter. Wie kam es, dass der alte Herzog das nicht wusste?"

„Es waren die Eltern meiner Mutter, die Franzosen waren. Mein Vater ließ sie versprechen, dass sie nur in unseren Räumen mit mir in ihrer Muttersprache sprechen würde. Er kannte den Hass des alten Herzogs auf alles Französische, der darauf beruhte, dass Seine Lordschaft, Euer Vater, in Paris geblieben war und sich weigerte, nach England zurückzukehren. Daher verheimlichten wir unsere französischen Verbindungen."

„Und doch hast du es riskiert, entdeckt zu werden, nicht nur, weil du durch das Priesterversteck in mein abgeschlossenes Zimmer geschlichen bist, sondern auch, weil du mit mir auf Französisch gesprochen hast. Das war mutig von dir und deinen Eltern. Hätte man dich entdeckt, habe ich keinen Zweifel, dass der alte Mann euch alle drei hinaus in die Kälte geworfen hätte und ohne die nötigen Zeugnisse, um anderswo eine Stellung zu finden."

Martin Ellicott lächelte. „Hätte ich gewusst, dass Ihr Englisch versteht, hätte ich meine Französischkenntnisse vielleicht auch vor Euch geheim gehalten. Aber das tat ich nicht. Ich dachte, wenn ich in Eurer Muttersprache mit Euch spräche, würdet Ihr mich eher für einen Freund als für einen Feind halten."

Der Herzog wischte sich eine eingebildete Fussel von seinem samtbedeckten Knie und sagte, wieder mit belegter Stimme: „Ich erinnere mich - ich erinnere mich, dass du dein Bestes versuchtest, dich mit mir anzufreunden und mich zu - zu trösten ... Ich war ein äußerst undankbarer, mürrischer Kerl. Ich wollte mich lieber weiter elend fühlen."

„Euer Vater war erst vor Kurzem gestorben und man hatte Euch Eurer Mutter einfach entrissen. Und Euer Großvater schloss Euch ein und zeigte nie auch nur einen Hauch von Mitgefühl. Euer Kummer und Eure Furcht waren verständlich."

„Woran ich mich besonders erinnere, ist, wie du darauf beharrtest, dass ich vorgeben müsste, den Forderungen meines Großvaters nachzukommen. Dass mein Leben, wenn ich so täte, als träte ich auf einer Bühne auf, eine Wendung zum Besseren sehen würde."

„Ich habe wiederholt, was meine Eltern mir gesagt hatten, das ich Euch raten sollte. Ich verstand nicht genau, was sie meinten."

„Ich hatte für deinen Vorschlag nur Spott übrig. Ich, vom Blute der Salvans, der Sohn des Marquis von Alston, sollte mich auf das Niveau eines - ähm - gewöhnlichen Schauspielers herablassen - das eines Mannes, der seinen Lebensunterhalt durch Lügen verdiente? Selbst damals, als bloßes Bürschchen und in meinem großen Kummer, war ich so verdammt arrogant! Doch ich erinnere mich auch an das, was du sagtest, was mich schließlich für deinen Vorschlag empfänglich machte."

„Und das war?"

„Dass der alte Herzog es nicht wert wäre, meine wahren Gefühle und Gedanken zu erfahren. Dass ich ihm sagen sollte, was er hören wollte, und nichts darüber hinaus."

„Auch das war der Rat meiner Eltern. Meine Mutter ließ es mich mehrere Male wiederholen, damit sie sicher wäre, dass ich Euch Wort für Wort sagen würde, was sie mir erklärt hatte."

„Deine Mutter war eine weise Frau. Das war der Wendepunkt für mich."

„Um Schauspieler zu werden, Euer Gnaden?"

„Ein sehr guter Schauspieler, Martin. Meine Gedanken und Gefühle vor der Welt zu verbergen, wurde meine Lebensweise, eine Methode, um das Elend meiner Existenz zu überleben. Ich war so gut darin, dass ich mit der Zeit kaum noch wusste, wann ich mich nicht verstellen sollte. Und seither habe ich zum Teil immer - äh - eine Rolle gespielt." Der Herzog lächelte über einen geheimen Gedanken. „Die Herzogin sagt mir, dass ich mich so wunderbar hinter einer Fassade versteckt hätte, dass ich es geschafft hätte, meine Gefühle vor mir selbst zu verbergen! Sie hat ganz recht." Sein Lächeln verblasste und er begegnete Martin Ellicotts Blick. „Ich habe meiner Dankbarkeit dir oder deinen Eltern gegenüber nie Ausdruck verliehen - für das, was ihr getan habt um meine - meine Einsamkeit und mein - mein Leid zu mindern, in jenem ersten Jahr, nachdem ich nach England gekommen war."

„Vielleicht nicht in Worten, Euer Gnaden. Doch durch Euer Handeln habt Ihr es getan."

„Wie das?"

„Ihr erinnert Euch nicht an das Versprechen, das Ihr mir nach einigen Monaten Eurer Gefangenschaft gabt, das Versprechen, mich eines Tages zu Eurem Kammerdiener zu machen?"

„Als ich noch eingesperrt war? Ich dachte, ich hätte dieses Versprechen viel später gegeben, bevor ich mit Lord Vallentine nach Oxford ging."

„Es war, als Ihr von Eurem Studium an der Universität zurückkamt, dass ich Euer Kammerdiener wurde, das stimmt. Aber das Versprechen habt Ihr mir viel früher gegeben."

„Ich würde gerne hören, wie es zu diesem Versprechen kam."

Martin Ellicott neigte zum Zeichen seiner Zustimmung leicht den Kopf.

„Es war am Ende Eurer ersten sechs Monate auf dem Landsitz und als Ihr für Euer gutes Benehmen, dass Ihr endlich Englisch mit Euren Bewachern spracht, warmes Wasser und saubere Wäsche bekamt. Es war die letzte Nacht in Eurem alten Zimmer. Am nächsten Tag solltet Ihr in Eure eigenen Räume auf der anderen Seite des Hauses umziehen. Was hieß, keine Besuche mehr von mir durch das Priesterversteck. Meine Mutter hatte uns ein besonderes Abendessen zubereitet. Und an dessen Ende hieltet Ihr eine förmliche Rede ...“

Der Diener schmunzelte und schüttelte bei der Erinnerung den Kopf, um dann fortzufahren, mit einem Blick auf den Herzog, der ihm mit gebannter Aufmerksamkeit lauschte.

„Ihr sagtet, dass Ihr mich für meine Dienste für den Marquis d'Alston, der, wie Ihr mir sagtet, Ihr wäret - obwohl ich das bereits wusste, da alle den Befehl hatten, Euch Alston zu nennen - und für meinen weisen Rat, wie Ihr erklärtet, wenn Ihr erst *M'sieur le duc de Roxton* würdet - darauf beriefet Ihr Euch selbst damals schon - zu Eurem Kammerdiener erheben würdet ...“

„*Erheben*? Ich meinte doch sicher ernennen?“

„Doch. Aber das war mir gleich. Erhoben oder ernannt, ich war angemessen beeindruckt. Zumal Ihr diese Erklärung abgabt - wenn Ihr es mir glauben wollt, aber es ist wahr - während Ihr auf einem Fußschemel standet, ich mit gesenktem Kopf vor Euch kniete und ihr als Ersatz für Euer Schwert einen Besenstil auf meine Schulter legtet ...“

Der Herzog brach in Gelächter aus. „Habe ich das, bei Gott! Was für eine überhebliche Tapferkeit für den schmutzigen kleinen Kerl mit verfilzten Haaren und in Fetzen! Ich kann es von mir glauben, daher glaube ich dir. Ich wünschte nur, ich hätte eine Erinnerung daran.“

Martin war unerschrocken. „Die gesamte Zeremonie machte offensichtlich auf mich einen tieferen Eindruck als auf Euch, Euer Gnaden. Besonders der Teil, als Ihr mir verspracht, dass Ihr, wenn Ihr aus Treat entkämet, eines Tages zurückkommen würdet, um mich zu retten ...“

„... wie ein Ritter aus alter Zeit? Sollte ich mit einer Armee verschworener Anhänger im Rücken zurückkehren?“

„Ihr habt zu Eurem Wort gestanden. Ihr kamt zurück, aber nicht mit einer Armee, sondern mit einem loyalen Anhänger - Lord Vallentine. Und Ihr habt mich zu Eurem Kammerdiener gemacht. Mich, den Sohn einer

Haushälterin und eines Butlers, der es nicht weiter gebracht hatte als bis zu einem unteren Lakaien."

„Ich habe dich zu meinem persönlichen Diener gemacht, Martin. Das war kaum eine Rettung."

„Verzeihung, Euer Gnaden. Aber für mich war es eine Rettung. Ich wurde zum Kammerdiener eines Herzogs gemacht, und nicht irgendeines Herzogs, sondern des ersten Herzogs von England. Das ist eine große Ehre. Und seitdem habe ich mir nichts anderes mehr gewünscht. Ich bin mit Euch durch ganz Europa, die Levante und noch darüber hinaus gereist. Ich habe Euer Vertrauen und das ist ebenfalls eine Ehre, denn Ihr vertraut nicht vielen. Ich habe ein verzaubertes Leben geführt. Ich möchte keinen Tag davon ändern. Nicht einen einzigen. Es war immer ein Privileg und ein Vergnügen, Euch nicht nur zu dienen, Euer Gnaden, sondern Euch auch zu kennen."

„Ich verdiene deine Hingabe kaum, Martin", antwortete der Herzog mit einem verlegenen Schnauben ob solcher Verehrung. „Aber es freut mich, dass du nichts bereust. Obwohl es mir das, was ich dir aufzwingen werde, noch schwieriger durchzuführen macht." Er seufzte, stellte seine Beine beide auf den Boden und zog das *portefeuille* wieder auf seinen Schoß. „Das hätte ich schon vor langer Zeit tun sollen. Um die Wahrheit zu gestehen - und du weißt das besser als jeder andere - bin ich ein egoistisches Wesen und hänge an meinen Gewohnheiten. Ich kann mir nicht vorstellen, einen anderen deinen Platz einnehmen zu lassen. Aber unsere Welt, so wie wir sie kannten, wurde vor fast genau einem Jahr auf den Kopf gestellt, nicht wahr? Und unser Leben war seither nicht mehr dasselbe." Er erlaubte sich, sanft zu lächeln. „Ich hätte es nicht anders haben wollen. Ich bin sicher, dass du das Gleiche empfindest ..."

„Von ganzem Herzen, Eure Gnade!", unterbrach Martin begeistert und ließ unbewusst einen Seufzer der Zufriedenheit hören. „Die Herzogin hat Sonnenschein in unser ganzes Leben gebracht, und seine kleine Lordschaft hat die Sterne hinzugefügt."

„Genau", murmelte der Herzog, überhaupt nicht überrascht bei dieser hochfreudigen Antwort und seltsam davon berührt. So sehr, dass er einen Augenblick brauchte, um sich zu sammeln, in der Mappe herumsuchte und verschiedene Papiere herausnahm, die er oben auf das *portefeuille* legte, bevor er ruhig sagte: „Die Herzogin hatte zu ihrem Geburtstag nur einen Wunsch. Und ich bin fest entschlossen, dass dieser heute in Erfüllung gehen wird.“

Er legte seine Hand flach auf die Papiere und sah zu seinem Kammerdiener hinüber, der immer noch lächelte. Er wusste, dass seine nächsten Worte dieses Lächeln wegwischen würden, aber sie mussten gesagt werden.

„Martin, es ist an der Zeit, dass du als mein Kammerdiener zurücktrittst.“

FÜNFZEHN

MARTIN ELLICOTTS LÄCHELN löste sich auf und sein Gesicht verlor jede Farbe. Er schluckte und bemühte sich, ruhig zu bleiben.

„George Geraghty - Geraghty ist hier, um mich zu ersetzen!?"

„Als mein Kammerdiener? Ja. Aber ..."

Martin Ellicott sprang auf. „Ich verstehe." Er neigte förmlich den Kopf und wappnete sich, um dem Herzog ins Gesicht zu sehen. „Ihr müsst kein weiteres Wort sagen, Euer Gnaden. Ich ..."

„Du verstehst nicht ..."

„... werde die Erinnerung an meine Jahre bei Euch in Ehren halten ..."

„Du willst mich verlassen?"

„Wie - nein! Ja! Wenn es das ist, was Ihr wünscht ..."

„Warum sollte ich das wünschen?"

Martin Ellicott runzelte die Stirn. „Aber - Euer Gnaden! Ihr habt mich durch George Geraghty ersetzt."

„Ja. Aber das beantwortet nicht die Frage, warum du mich verlassen willst."

„Ich muss doch! Ich kann nicht bleiben!"

„Warum nicht?"

Martin Ellicott fragte sich, warum der Herzog ihn so quälte, über das Erträgliche hinaus. In einer Minute hatten sie sich an ihre gemeinsamen

Erfahrungen in ihrer Kindheit erinnert und im nächsten Atemzug wurde ihm mitgeteilt, dass er als Kammerdiener ersetzt würde. Und jetzt wurde er gefragt, warum er seine Stellung verlassen wollte. Was das Letzte war, das zu tun er je geträumt hätte. Er fühlte sich völlig verloren.

„Bitte erlaubt mir, mich zurückzuziehen, solange mir noch etwas Würde bleibt ...“

„Aber ich will nicht, dass du gehst, Martin. Mit oder ohne deine Würde.“

„Wollt Ihr nicht? Das - das verstehe ich nicht. Ich dachte, es wäre, weil ich für Euch peinlich geworden wäre.“

„Peinlich?“ Der Herzog zeigte sich interessiert. Er lehnte sich zurück und verlangte: „Erkläre mir das.“

Der Kammerdiener schluckte und rieb seine Hände aneinander. Als er bemerkte, dass seine Handflächen feucht geworden waren, wischte er sie hinter seinem Rücken ab und hob den Kopf.

„Ihr wisst, dass es nicht zu meinen Gewohnheiten gehört, den Klatsch aus den Dienstbotenquartieren zu bemerken oder zu kommentieren, es sei denn, dass Euer Gnaden das von mir ausdrücklich verlangt. Und ich habe immer Abstand zum Haushalt gehalten, wie es für jemanden in meiner Position angemessen ist. Ich habe dies auch George Geraghty eindrücklich ans Herz gelegt. Und ich kann Euch versichern, Euer Gnaden, dass Geraghty nicht nur ein guter Kammerdiener ist, sondern auch ein außergewöhnlich umsichtiger Mensch, der für sich bleibt. Ihr könnt Euch auf seine völlige Diskretion und uneingeschränkte Loyalität verlassen.“

„Aus deinem Mund ist das allerdings ein hohes Lob. Ich hätte ihn sonst nicht dazu ernannt.“

Martin Ellicotts Nasenflügel bebten. „Er weiß es?“

„Er weiß es tatsächlich.“ Der Herzog konnte ein schiefes Lächeln nicht unterdrücken. „Ein kleiner Test ... Und du wirst dich freuen, dass dein Schüler dich nicht enttäuscht hat ...“

„... weil er mir nicht verraten hat, dass Ihr mich durch ihn ersetzen wolltet?“

Der Herzog senkte den Kopf. „Ich musste sichergehen, dass er meinen und - äh - deinen Erwartungen entspricht. Aber du wolltest mir etwas über deine Verlegenheit erzählen ...“

„Ich bitte um Verzeihung. Es geht weniger um meine Verlegenheit als um Eure, Euer Gnaden. Es gibt einige unter der oberen Dienerschaft, die es missbilligen, dass ich die Ehre habe, der Pate seiner kleinen Lordschaft zu sein.“

„Wieso sollte das für einen von uns peinlich sein?“

Martin Ellicott konnte sich ein ironisches Lächeln nicht verkneifen. „Ich kenne keinen anderen Diener auf beiden Seiten des Kanals, der die hohe Ehre hat, zum Paten des Sohnes eines Adligen ausersehen zu werden, geschweige denn des Erben eines Herzogtums, nicht wahr?“

„Na und? Ich gebe keinen Penny darauf, was andere denken. Das weißt du besser als jeder andere.“

„Lord Vallentine als Pate, das ist verständlich. Er ist Euer bester Freund und Euer Schwager. Er ist auch Erbe eines Earls und ein großartiger Fechter. Während ich - ich bin von bescheidener Familie und - und Kammerdiener und ich ...“

„Ich glaube, es war Cicero, der sagte - und ich bin mir des genauen Wortlauts nicht sicher - dass unser Charakter nicht durch das Blut unserer Vorfahren, sondern durch die Umstände, die unsere Gewohnheiten bestimmten, geformt wird, und durch die wir wachsen und leben.“ Der Herzog hob die Hand. „Du wurdest auf unserem Landsitz geboren. Deine Eltern waren fleißig und ehrenwert, und gingen mit gutem Beispiel voran. Ich möchte, dass mein Sohn von einem solchen Beispiel lernen kann. Du hast mir fast zwanzig Jahre mit äußerster Treue gedient. Du hast das Leben meiner Frau und meines Sohnes gerettet und dich dabei selbst in Gefahr gebracht. Du bist der beste aller Männer, Martin. Soweit es die Herzogin und mich angeht, bist du dadurch hervorragend zum Paten Julians geeignet.“

„Vielen - vielen Dank, Euer Gnaden“, murmelte Martin Ellicott, so überwältigt, dass seine Unterlippe zitterte und er seinen Blick auf den Teppich senken musste, weil er durch die plötzlich aufsteigenden Tränen nicht sehen konnte. Er seufzte tief und versuchte, sich zu retten, bevor er völlig zusammenbrach. „Wenn Ihr - wenn Ihr mich entschuldigen wollt, Euer Gnaden. Ich - ich muss packen ...“

„Packen?“

„Ihr werdet wünschen, dass ich meine persönlichen Habseligkeiten mitnehme und mein Zimmer sobald wie möglich räume, damit Geraghty ...“

„Das ist unwichtig. Wichtig ist ...“

„Aber ich will nicht im Weg sein, wenn er ...“

„Martin. Ich habe dir gesagt, dass ich nicht will, dass du gehst.“

„Es tut mir leid, Euer Gnaden. Ich muss. Ich kann nicht bleiben. Ich habe keine Stellung in Eurem Haushalt mehr. Und in diesem Moment muss ich - muss ich - ich muss eine Entscheidung treffen, was und wohin ich - ich muss allein sein, um ...“

Das Gesicht des Herzogs wurde hart. „*Setz dich.*“

Augenblicklich landete Martin Ellicotts Gesäß wieder auf dem Polster des Sessels. Doch er konnte sein Kinn nicht von seiner Brust heben.

„Warum nimmst du sofort an, dass du gehen musst? Oder dass ich dich ersetzen möchte?“, fragte der Herzog mit einem verzweifelten Seufzer.

Der Kammerdiener blinzelte, Tränen tropften auf seine schwarzen Wollhosen und er tupfte sich rasch mit einem sauberen Leinentaschentuch die Augen trocken. „Aber - aber Ihr habt mich ersetzt, Euer Gnaden.“

Der Blick des Herzogs schoss zu der reich verzierten Stuckdecke hinauf und er schluckte eine Erwiderung hinunter. Er holte tief Luft und befahl Martin Ellicott, ihn anzusehen. Und als der Kammerdiener dies tat, schaute der Herzog ihm in die glasigen Augen und sagte mit eisiger Zurückhaltung: „Glaube nicht, dass mir dieses Gespräch leicht fällt ... Wie ich vorhin sagte, schiebe ich es seit Monaten vor mir her. Aber hier sind wir. Und der Weg in unsere Zukunft ist bereits bestimmt. Also ist die Zeit für Widersprüche längst vorbei. Wir müssen jetzt weitermachen, damit wir alle zu einem Anschein von Normalität zurückkehren können. Ganz offen, dieses hin und her Geplänkel ist ermüdend. Daher wirst du mir die Höflichkeit erweisen, mich anzuhören, ohne mich zu unterbrechen. Wenn ich fertig bin, wirst du Gelegenheit haben, so offen zu sprechen, wie es dir beliebt und ohne dich zu entschuldigen. Schließlich bist du nicht länger mein Diener, sondern ein - ähm - freier Mann ...“

Als der Herzog innehielt und auf Martin Ellicotts Zustimmung wartete, wusste der Kammerdiener nicht, ob er die Erlaubnis hatte zu sprechen oder nicht. Er hielt seine Lippen zusammengepresst und nickte heftig.

„Ab heute übernimmt Geraghty die Stellung des Kammerdieners“, erklärte der Herzog. „Dies ist eine kleine - äh - Erschütterung in der häuslichen Harmonie meines Hauses und eine, die, wie Geraghty mich versicherte, nur minimale Störungen für alle Beteiligten, vor allem für mich, verursachen wird.“ Der Herzog lächelte schief. „Angesichts der gewaltigen Veränderungen, die ich in den letzten zwölf Monaten erlebt habe, ist das so gut wie nichts. Aber für dich? Dein Leben, Martin, steht davor, völlig auf den Kopf gestellt zu werden. Sei versichert - während du als mein Kammerdiener ersetzt werden konntest, kannst *du* nicht ersetzt werden. Die Herzogin erklärte mir, du wärest *unersetzlich*. Ich stimme ihr zu."

Martin Ellicotts Augen weiteten sich und sein Unterkiefer fiel herunter.

„Gut. Sprachlos *und* mit weit offenen Ohren!", scherzte der Herzog. „Dann muss ich mich nicht wiederholen. Ich habe keinen Zweifel, dass du einige Zeit brauchen wirst, um das, was ich dir gleich sagen werde, völlig zu begreifen. Dies sind Kopien von Dokumenten, die bei meinen Anwälten liegen und von mir unterschrieben wurden", fügte er hinzu und legte seine schlanken Finger auf die Ledermappe. „Sie sind für dich und du kannst sie später in Muße lesen. Darin sind alle Bestimmungen für deine Ausstattung - in Ermangelung eines besseren Ausdrucks - enthalten. Es sind keine - äh - Bedingungen daran geknüpft. Alles, was von dir erwartet wird, ist, dass du dieses neue Leben gnädig annimmst und - wenn ich das sagen darf - genießt." Er lächelte schmallippig. „Ich bin sicher, dass du dich fragst, warum ich dir das gerade jetzt eröffne? Ganz einfach? Weil morgen der Geburtstag der Herzogin ist und dieses neue Leben, das vor dir liegt, das einzige Geschenk ist, das sie sich von mir erbeten hat.

„Daher ist es mir ein Anliegen, dir in den stärksten Worten zu raten, dass du dieses neue Leben annimmst, wenn du nicht *sie* enttäuschen willst." Der Herzog schmunzelte und schüttelte den Kopf bei einer Erinnerung, bevor er in seine Faust hüstelte und fortfuhr. „Die Herzogin hat ihren metaphorischen Spiegel hochgehalten und mich einen Blick auf das werfen lassen, was an meinem Leben eigentlich offensichtlich war. Dass du seit meinem zwölften Lebensjahr die einzige Konstante in meinem Leben warst, die Person, der ich mehr als jeder anderen vertrauen konnte. Sie zitierte Montaignes Worte, dass nur wenige Männer von ihren Dienern bewundert werden. Die Tatsache, dass ich von *dir*, einem Mann von Prinzipien und Wert, der seit fast der Hälfte meines Lebens mein Diener ist, immer noch hoch geschätzt werde, ist eine Ehre, die *mir* zuteilwurde ... Hartnäckig und immer ehrlich, Martin. Das ist die Herzogin." Er schnaubte gutmütig. „Und es geht uns dadurch allen besser, nicht wahr? Also lass mich dir sagen, was in diesen Dokumenten steht ... Ach! Aber zuerst würde eine weitere Schale Kaffee dir vielleicht helfen, wieder etwas Farbe zu bekommen?"

Martin Ellicott schoss aus dem Sessel in der Absicht, den Kaffee für den Herzog einzugießen, doch ihm war so schwindelig, dass er fast vornüber gefallen wäre. Er griff rasch nach der Rückenlehne des Sessels und schloss die Augen, um einen langen Atemzug zu tun. Bis er aufrecht stehen konnte, war der Herzog schon bei der silbernen Kanne und goss zwei saubere Schalen voll.

Der Herzog stellte eine Schale auf ihren Unterteller neben Martin Ellicotts Sessel und befahl ihm, sich zu setzen und auszutrinken. Er trank seinen Kaffee neben der Kanne, ein Auge auf Martin gerichtet, und kehrte dann zu seinem Sessel zurück. Das *portefeuille* und die Dokumente hatte er an ein Stuhlbein gelehnt. Er kannte sie fast wörtlich auswendig, nachdem er sie mehrfach mit seinen Anwälten, seinem Verwalter und mit Antonia durchgesehen hatte. Nun musste er nur noch Martin Ellicott informieren.

Er wartete, bis Martin seine leere Schale beiseite gestellt hatte und in seiner gewöhnlichen Haltung auf dem Polster saß; er fürchtete, hätte er gesprochen, solange der Mann noch trank, hätte dieser durchaus Kaffee auf seine makellose Leinenweste verspritzen können in der Überraschung über das, was ihm jetzt zugedacht wurde. Der Herzog kam sofort auf den Punkt.

„Martin, ich habe dich zu einem Gentleman mit eigenem Vermögen gemacht. Du wirst tausend Pfund pro Jahr auf Lebenszeit bekommen, ebenso wie Kleidergeld und in jedem meiner Häuser die Nutzung einer kleinen Suite, die groß genug für dich und einen Diener ist. Und wenn du das Bedürfnis hast, dich von der Familie zu erholen, stelle ich dir Moran Hall zur Verfügung. Das ist ein malerisches Herrenhaus aus der Zeit Queen Annes, am Rande von Bath in Somersetshire. Es wird für eine symbolische Miete auf Lebenszeit an dich übergeben. Das Haus wird derzeit renoviert und mit neuen Möbeln ausgestattet. Zu dem Anwesen gehören Pächter, und ihre Pachten und Erträge reichen für den Unterhalt des Hauses, des Gartens und des Parks, in dem es steht. Man sagte mir, das Haus böte eine schöne Aussicht auf die Hügel und Wälder. Alle größeren Reparaturen werden von meinem Herzogtum getragen und mein Verwalter wird zweimal jährlich einen Beauftragten schicken, um das Grundstück zu überprüfen.

„Es gibt noch weitere Einzelheiten über die Hall und ebenso über die finanziellen Arrangements über die Zahlung der Leibrente, aber ich muss jetzt nicht darauf eingehen. Lies dir diese Dokumente durch und wenn du etwas findest, das nicht in Ordnung ist, brauchst du es mir nur zu sagen. Ach ja! Bevor ich es vergesse. Während mein Schneider hier ist, um mir einen Traueranzug für den Hof anzumessen, habe ich ihn auch angewiesen, bei dir für mehrere Anzüge und ein Dutzend Hemden Maß zu nehmen, und für alles andere, was du sonst brauchen könntest. M'sieur kommt dem nur zu gern nach. Natürlich wird keines dieser Meisterstücke der Schneiderkunst rechtzeitig zur Geburtstagsfeier der Herzogin fertig sein. Aber ich bezweifle nicht, dass du mindestens einen eleganten Rock in deinem Schrank hast, den du zum Diner tragen kannst.“

Als Martin Ellicott den Herzog wie betäubt anstarrte, unfähig, etwas zu sagen, unfähig, sich zu bewegen, unfähig, völlig zu verstehen, was ihm da zugedacht wurde, lächelte der Herzog verständnisvoll.

„Das ist eine Menge, die da zu verarbeiten ist, nicht wahr? Zweifellos wirst du erst einmal darüber - äh - schlafen müssen. Und solltest du dann glauben, dass deine veränderten Umstände etwas wären, das einem wirren Traum entsprungen sei, schlage ich vor, diese Dokumente bei der Hand zu haben. Und sei versichert, was auch immer du mit dem Rest deines Lebens als Gentleman mit eigenem Vermögen anzufangen gedenkst - ob du ein Teil meiner Familie bleiben oder hier fortgehen und ein Leben anderswo führen möchtest - du kannst immer gern zurückkehren und uns besuchen. Und solltest du uns verlassen, würde ich wenigstens eine regelmäßige Korrespondenz erwarten. Antonia würde dir nie vergeben, wenn du nicht gelegentlich einen Brief schicktest, um nach deinem Patensohn zu fragen. Aber es liegt ganz bei dir ...“

„Bleiben!“, platzte Martin nach Luft schnappend heraus. Er schluckte. Sein Lächeln war zittrig. „Euer Gnaden, ich möchte - Euer Gnaden, ich möchte - ich möchte *so gern* bleiben. Ihr - die - die Herzogin - seine kleine Lordschaft - ja, selbst Lord Vallentine und Madame - verzeiht die Anmaßung, aber ich habe Euch alle immer als - als meine *Familie* betrachtet.“

Der Herzog hob die Dokumente und das *portefeuille* auf und erhob sich. „Dann ist das beschlossen. Du wirst bleiben, als anerkanntes Mitglied meiner Familie. Die Herzogin wird überglücklich sein.“

Martin Ellicot kam so weit zu sich, dass er aufstehen konnte. „Ich weiß nicht - weiß nicht, was ich sagen soll - Wie - wie ich Euch danken ...“

Der Herzog hielt ihm die Dokumente mit einem ironischen Lächeln hin. „Vielleicht solltest du mit deinem Dank warten, bis du dich an die neuen Umstände gewöhnt hast. Und ich bezweifle nicht, dass auf beiden

Seiten einige Anpassung nötig sein wird. Vielleicht wirst du mich eher verfluchen, als mir zu danken?"

Martin blinzelte. „Bitte um Verzeihung, Euer Gnaden. Ich verstehe nicht, wie das sein könnte."

Der Herzog lachte schnaubend. „Natürlich nicht! Wie könntest du das? Du hast dein Leben lang im Dienst gestanden, hattest eine bezahlte Stellung. Und jetzt habe ich dir gerade den metaphorischen Teppich unter den Füßen weggezogen und dich zu einem Gentleman gemacht! Du wirst dich jetzt dem Gleichen stellen müssen, wie wir alle, und was mit Sicherheit die Last ist, die die meisten, wenn nicht alle, meine Standesgenossen zu tragen haben."

„Und das wäre, Euer Gnaden?"

„Ohne Beruf, ohne die Notwendigkeit, dein Brot zu verdienen und mit den Mitteln, andere anzustellen, um selbst die kleinsten Dinge zu erledigen, wirst du jetzt mehr Zeit haben, als du je auszufüllen wissen wirst. Was wirst du mit deinen Tagen anfangen?"

Martin hatte keine Ahnung. Es war ihm nie in den Sinn gekommen, weil er nie erwartet hatte, sich jemals in dieser Position zu befinden. Der Herzog hatte recht. Er hatte immer eine Aufgabe zu erledigen gehabt, und die Tage hatten nie genug Stunden gehabt. Er wollte etwas dazu bemerken, als die Aufmerksamkeit des Herzogs vom Öffnen der Tür in den Regalen abgelenkt wurde, die zu den privaten Räumen darüber führte.

Die Herzogin streckte ihren Kopf aus dem Treppenhaus in die Bibliothek.

⚜

ALS ANTONIA SAH, dass der Herzog und Martin Ellicott allein waren, erwiderte sie das Lächeln ihres Mannes, bevor sie wieder in der Nische verschwand. Im nächsten Augenblick öffnete ein Dienstmädchen die Tür weiter und die Herzogin trat heraus, in Lagen schwarzen Samt gehüllt, die auf ein weit ausgeschnittenes Mieder über einem dünnen Baumwollhemd und schwarzen Seidenunterröcken gesteckt waren; das Ganze wurde von Heftstichen und einer Vielzahl Stecknadeln zusammengehalten, die im Kerzenlicht wie hundert winzige Lichtpunkte glänzten.

Sie ging in Strümpfen auf Zehenspitzen über den Teppich, ihre Kammerfrau und eine der Näherinnen folgten dicht hinter ihrem Rücken und trugen etwas zwischen sich, was wie eine schwarze Wolke aussah. Sie taten ihr Bestes, die langen Bahnen der samtenen Schleppe vom Boden fernzuhalten und blieben so dicht bei der Herzogin, wie sie es irgend vermochten, damit die Heftstiche und die Stecknadeln sich nicht aus dem Material losrissen. Beide Frauen waren so angespannt von ihrer Aufgabe, dass sie keine Ahnung hatten, welche Grimassen sie unter dem Gewicht der Erwartungen der Schneiderin trugen, die ihr Leben bedroht hatte, sollte auch nur eine Nadel sich aus der mühsamen Arbeit von Stunden lösen.

All dessen war Antonia sich nicht bewusst, oder wenn doch, hielt sie es nicht für wichtig genug, um es zu beachten. Für sie war nur wichtig, das Ergebnis des Gesprächs zwischen dem Herzog und Martin zu erfahren.

Martin, der ein Leben lang diskret gewesen war und wusste, wie er den Augenblick zu verstehen hatte, war ein wenig weiter in der Bibliothek weggegangen, sobald Antonia aus dem Treppenhaus erschienen war, was es ihr erlaubte, vertraulich mit ihrem Mann zu sprechen.

„Bevor du es sagst", verkündete sie und fiel dem Herzog in die Arme, „ich weiß es! Ich bin nicht angekleidet und meine Haare sind völlig zerzaust von all dem An- und Ausziehen. Ich sage es dir, Renard! Ich hoffe, dies ist die einzige Vorstellung bei Hofe, die ich in meinem Leben mitmachen muss! Die Reifen sind so absurd weit, dass ich keine Ahnung habe, wie ich überhaupt in eine Kutsche steigen soll, um in den Palast zu fahren. Was das wieder Aussteigen angeht ...! Aber ich bin sicher, das hast du alles schon geplant. Also werde ich mir keine Sorgen machen. Einstweilen habe ich meine Frauen die Reifen entfernen lassen, denn wie hätte ich sonst die Treppe benutzen können?" Sie lächelte ihn verschmitzt an und sagte leise: „Ich glaube, Mme Claude ist mir böse, weil ich sie mitten im Anpassen stehen gelassen habe. Also wirst du ihr vielleicht ein wenig mehr zahlen müssen, um ihre Laune zu heben."

„Wenn es nötig ist, werde ich das tun. Aber Madame wird mehr als angemessen dadurch entschädigt, dass sie *Mme la duchesse de Roxton* zur Kundin hat. Und wenn der Hof dich erst in deinem anziehenden Kleid sieht, wird sie mehr Aufträge bekommen, als sie je abzuarbeiten hoffen könnte." Sein Blick huschte über den Teil des Korsetts unmittelbar unter ihrem Busen. „Ich nehme an, dass das Dekolleté ein wenig höher kommt, wenn das Vorsteckmieder an Ort und Stelle ist, *mignonne*?"

Antonia schaute nach unten, um ihre Brüste zu begutachten, die aus dem tief ausgeschnittenen Korsett hervorquollen, dann sah sie zu ihm auf und zuckte mit den Schultern. „Mme Claude sagt, es sei jetzt Mode bei den Damen am Hof, ihre Brüste praktisch nackt zu zeigen ..."

„Das werden deine sein, wenn du darin einen Knicks machst!"

Antonia kicherte und der Herzog zwinkerte ihr zu, dann hatten sie den gleichen Gedanken und schwiegen angesichts der Erkenntnis, dass sie nicht völlig allein waren. Denn während sie erwarten konnten, dass ihre Bediensteten sich taub stellen würden, wenn sie in der Vertrautheit ihrer eigenen Räume miteinander scherzten, konnten sie nicht das Gleiche von ihren Freunden und Familienmitgliedern erwarten, und verhielten sich in deren Gesellschaft eher zurückhaltend. Und während der Herzog einen Anflug von Unbeholfenheit verspürte, war Antonias Reaktion völlig anders, denn das konnte nur eines bedeuten.

Sie sah mit einem strahlenden, erwartungsvollen Lächeln zu Martin hinüber und dann wieder den Herzog an. „Du hast es ihm gesagt und Martin hat ja gesagt?"

„Das habe ich - und er auch, *ma vie*."

„*Bon*." Sie winkte Martin herbei und flüsterte dem Herzog zu, als er auf sie zu kam: „Aber er sieht gar nicht erfreut aus."

„Er kann sich noch nicht freuen. Er ist fassungslos. Du hast seine Welt auf den Kopf gestellt, *ma belle*."

Ihre grünen Augen funkelten und sie lächelte liebevoll. „Das ist mein spezielles Talent, nicht wahr?"

Der Herzog küsste sie zärtlich auf die Schläfe. „Ja, das ist es."

Antonia löste sich aus der Umarmung des Herzogs und ging Martin entgegen, als er auf sie zukam, während die beiden Frauen hinter ihrem Rücken hinter ihr her schlurften.

„Ich kam so schnell ich konnte, nachdem ich erfuhr, dass du aus dem *hôtel* zurückgekehrt warst. Wie hätte ich noch einen Augenblick warten können, um zu sehen, ob du und *M'sieur le duc* miteinander gesprochen hattet! Aber diese Anprobe ist sehr anstrengend und daher bin ich halb angekleidet hier, wofür ich mich entschuldige, denn dies ist ein besonderer Anlass für uns alle, nicht wahr?"

Martin Ellicott starrte sie an und war nicht in der Lage, einen einzigen zusammenhängenden Satz von sich zu geben, der seinen Gefühlen und dem Anlass angemessen Ausdruck verliehen hätte. Seine Schultern zuckten überwältigt und er fuhr sich mit der Hand über den Mund, bevor er sie fest darauflegte, aus Furcht, er könnte zu weinen beginnen.

Antonia küsste ihn impulsiv auf die Wange. „Ich bin sehr sicher, dass *Monseigneur* dir alles gesagt hat, was gesagt werden musste, aber ich möchte dir sagen, wie glücklich ich bin - wie glücklich *du* uns beide gemacht hast."

Antonias Kuss ließ Martin sich von seinem Schock erholen. Er lächelte schüchtern, dann ergriff er die Hände, die sie ihm entgegenstreckte. „*Mme la duchesse*, ich weiß nicht - ich könnte nie sagen, wie ..." Er schaute den Herzog an, bevor er in die schönen Augen der Herzogin blickte und nach einem tiefen Atemzug sagte: „Ich werde die Tiefe meiner Liebe und Dankbarkeit für Euch und den Herzog nie ausreichend in Worte fassen können - was es für mich bedeutet, als Familienmitglied anerkannt zu werden ist - ist einfach unbeschreiblich."

„Aber Martin", antwortete Antonia, „du bist doch der Pate meines Sohnes, *n'est-ce pas*? Nach seinem Vater und seinem Onkel gibt es keinen besseren Mann, der meinem Sohn Schutz und Führung bieten könnte, als du." Sie küsste ihn zuerst auf die eine, dann auf die andere Wange. „Willkommen in der Familie, *mon très cher ami*." Dann ließ sie seine Hände los, um wieder in die Arme des Herzogs zurückzutreten. Sie sah lächelnd zu ihrem Mann auf. „Danke, dass du meinen Geburtstagswunsch erfüllt hast, *mon amour.*" Schließlich zog sie entzückt die Schultern hoch und klatschte in die Hände, als sie beiden glücklich verkündete: „Jetzt können wir uns morgen alle prächtig amüsieren!"

SECHZEHN

Der Morgen von Antonias Geburtstag begann friedlich, Herzog und Herzogin nahmen ein spätes Frühstück in ihren Räumen ein. Sie nippten in ihrem Bett an heißer Schokolade, während ihr kleiner Sohn fest zwischen ihnen schlief.

Die Nacht zuvor war nicht so friedlich gewesen. In den frühen Morgenstunden war der Säugling weinend aufgewacht und nichts, was die Ammen aus dem Morvan oder die Kindermädchen versuchten, konnte ihn beruhigen. Es kam zu einem Streit zwischen den Ammen und dem obersten Kindermädchen und es bildeten sich Parteien. Das oberste Kindermädchen beschuldigte eine der Morvan-Ammen, beim Abendessen zu viel Kohl gegessen zu haben und die andere, dass sie zu viel Kaffee getrunken hätte, was ihre Milch beeinträchtigte und daher dem edlen Kind Koliken verursachte. War es erstaunlich, dass seine kleine Lordschaft unaufhörlich weinte? Beide Ammen waren über solche Anschuldigungen empört und beschuldigten das obere Kindermädchen der Eifersucht. Sie, eine Pariserin, war nie mit den Provinzlerinnen aus dem Morvan einverstanden gewesen und hatte alles in ihrer Macht Stehende versucht, um ihnen und ihren Kindern das Leben schwer zu machen.

Ihr Streit weckte weitere Säuglinge und kleine Kinder und bald ließ das Weinen und Schreien den Nachtwache habenden Lakaien zur Kinderzimmer-Galerie eilen, da er dachte, es müsste mindestens ein Feuer oder ein

Einbruch oder eine ähnliche Katastrophe vorliegen, um einen solchen Lärm zu verursachen. Dann kam die Haushälterin hinzu, gefolgt vom Butler, beide in Nachtmütze und mit verschlafenen Augen, und ihre Sorge verwandelte sich rasch in Zorn.

Schließlich stolperte Lord Vallentine in die Mitte dieses Kinderzimmergefechts, in Nachthemd und marokkanischen Pantoffeln, die Nachtmütze zur Seite gerutscht. Er blinzelte im trüben Licht, hielt einen Kerzenhalter hoch, um besser sehen zu können, und forderte erst, dann brüllte er nach Stille. Alle im Raum hielten inne, außer den Säuglingen und den kleinen Kindern, die weiter jammerten und weinten. Was hieß, dass Seine Lordschaft gezwungen war, zu schreien, um sich Gehör zu verschaffen.

Er befahl, dass sein schreiender Neffe sofort zu seiner *maman* zu bringen sei. Eindeutig war die einzige Person, die diesen Albtraum beenden konnte, *Mme la duchesse*. Es war ihm egal, wer das herzogliche Paar um drei Uhr morgens aufwecken würde, aber er würde es nicht sein. Dann überließ er es dem Butler, den Frieden im Haus wiederherzustellen und stapfte davon, fluchte in sich hinein und murmelte, wenn seine Nächte ununterbrochenen Schlafes gezählt wären, würde er jede einzelne davon genießen - schlafend.

Und jetzt, während die Sonne des späten Vormittags über den Teppich des Schlafzimmers strömte, trank Antonia ihre heiße Schokolade und beobachtete ihren Sohn, der mit rosigen Wangen wie ein Engelchen schlief. Aber sie dachte heute nicht an ihren Sohn oder ihren Geburtstag, sondern an ihren Geburtstag im Jahr zuvor. Sie seufzte zufrieden.

„Zu dieser Stunde im letzten Jahr war ich schon seit einiger Zeit wach, angezogen und wartete darauf, dass du von deinem Ausritt zurückkehren würdest, damit du mich auf unseren Ausflug mitnehmen könntest. Erinnerst du dich?" Sie hob ihren Blick von ihrem Sohn, um dem Herzog ihre leere Schale zu geben, und sah zu, wie er durch den Raum ging und das Tablett mit dem Schokoladengeschirr auf der Fensterbank abstellte. „Wir haben ein Fest besucht und dort eine Gruppe älterer venezianischer Herren getroffen."

„Ich wusste nicht, dass du früh aufgestanden bist und gewartet hast, *ma petite*. Aber ja, ich erinnere mich an das Fest und die Venezianer. Wir haben mit ihnen in ihrer eigenen Sprache gesprochen, was sie sehr beeindruckt hat. Ich weiß, dass sie alle sehr von dir eingenommen waren, *ma vie*. Wir hatten einen sehr angenehmen Tag, nicht wahr?"

„Es war der schönste Geburtstag, den ich je gefeiert habe - bis heute."

Er kam zurück zum Bett und lächelte sie an. „Dann muss ich dafür sorgen, dass der heutige deine Erwartungen erfüllt."

Sie streckte ihre Hand nach ihm aus und er hob sie, um ihre Finger zu küssen.

„Aber wie kann der heutige Tag anders als perfekt sein, wenn ich dich habe und wir Julian haben?"

„Vielleicht hätten ein paar Stunden ununterbrochenen Schlafes ihn noch besser gemacht", scherzte der Herzog mit einem Blick zu seinem Erben. „Ob wir es wagen können, ihn zu bewegen?"

Antonia kicherte. „Unser neuer Plan hat sich letzte Nacht in Luft aufgelöst, nicht wahr?"

„Oh ja. Und ich weiß aus bester Quelle, wer dafür verantwortlich ist. Es wird nicht wieder vorkommen ... Jetzt muss ich mich ankleiden. Ich muss mich um ein paar Dinge kümmern, bevor ich den Rest des Tages mit dir verbringen kann."

⚰

DER HERZOG SIEGELTE den zweiten von zwei Briefen, ein Lakai stand an seiner Seite, als ein Aufruhr vor der Tür der Bibliothek ihn innehalten ließ, während das herzogliche Siegel noch über einem Kreis heißen, roten Wachses schwebte. Als die Flügeltüren geschlossen blieben, drückte er sein Wappen in das Wachs und legte dann das goldene Siegel beiseite. Danach wedelte er mit dem gesiegelten Brief wie mit dem Fächer einer Lady, und als er überzeugt war, dass das Wachs getrocknet war, reichte er die Korrespondenz dem Lakaien.

„Der Brief an Lord Shrewsbury soll durch meinen vertrauenswürdigsten Kurier überbracht werden. Der an Lady Strathsay kann auf die übliche Weise versandt werden."

Er winkte den Lakaien fort und sah mit einem selbstzufriedenen Lächeln zu, wie die Tür sich schloss. In seinem Brief an Edward, Lord Shrewsbury - dem Herrn der Spione in England und ein alter Schulfreund aus ihren Tagen in Eton - hatte er seine Cousine Augusta Strathsay so gut wie beschuldigt, Spionin der Franzosen zu sein. Er erwähnte ihre

Korrespondenz mit dem Comte de Salvan und spielte vage auf ihre regelmäßige Korrespondenz mit Personen innerhalb der französischen Regierung an. Das würde ausreichen, um Shrewsbury dazu zu bringen, seine Hunde auf sie zu hetzen! Es würde dafür sorgen, dass jeder Brief, den sie schickte oder erhielt, geöffnet, gelesen, kopiert und wieder versiegelt würde, bevor er weitergeleitet wurde, was ihre Post erheblich verzögern würde.

Und sie würde wissen, dass ihre Briefe vom Büro des Herrn der Spione geöffnet und gelesen würden, denn im Geiste der Fairness und weil er sie in Wut bringen wollte, hatte er ihr in seinem Brief genau erzählt, was er getan hatte.

Das geschah ihr recht dafür, dass sie sich in seinen Haushalt einmischte und ihr Bestes tat, um Zwietracht zu säen. Jetzt musste er nur noch herausfinden, wer unter seinen Dienstboten in ihrem Sold stand, um ihr Auge und Ohr zu sein. Er war dabei, über mögliche Verdächtige nachzudenken, als die beiden Flügeltüren so heftig aufgestoßen wurden, dass sie gegen die Regale knallten und ihn aus seinen Überlegungen rissen.

Er blieb hinter seinem Schreibtisch sitzen und sah mit Interesse zu, wie zwei Lakaien unter der Führung des Portiers sich bemühten, einen jungen Mann mit einem Schopf fester, schwarzer Locken unter Kontrolle zu behalten, der sein Bestes tat, um sich loszureißen, ohne jedoch übermäßige Gewalt anzuwenden. Der Herzog erriet die Identität des Fremden, sah jedoch tatenlos zu und wartete ab, wie die Szene sich entwickelte.

Die Lakaien brachten den jungen Mann schließlich unter Kontrolle, indem sie ihn fest unter den Achseln packten und anhoben. Sie hätten ihn umgedreht und aus dem Raum gezerrt, hätte der Herzog seinem Portier nicht ein fast unmerkliches Zeichen gegeben. Mit einem Fingerschnippen und einem Wort wies der Portier die beiden Lakaien an, den Eindringling absetzen und zurücktreten.

Der junge Mann schaute sich um und erkannte, dass er nicht länger festgehalten wurde, glättete die Ärmel seines wollenen Rocks und zupfte an seiner zerknitterten Krawatte, bevor er sich selbstbewusst dem Schreibtisch näherte und vor dem Herzog eine prächtige Verbeugung ausführte.

„Ich wollte Euch nicht stören, *M'sieur le Duc* -"

Der Herzog unterbrach ihn.

„Ihr - äh - stört mich nicht, M'sieur de Montbelliard. Doch Ihr habt meinen Haushalt gestört. Dies ist die Schuld meiner unfähigen Dienerschaft, die Euch bereits an der *porte-cochére* hätte abfangen sollen. Hinaus", knurrte er den Portier an.

Roxton war sich nicht sicher, warum er zuließ, dass sein Zorn ihn überwältigte; vielleicht war es der Mangel an Schlaf nach einer mit einem unruhigen Säugling verbrachten Nacht. Oder es lag möglicherweise daran, dass er noch nicht mehr darüber wusste, warum dieser junge Mann beschlossen hatte, um sein Haus herumzuschleichen und genauer, warum er so darauf bedacht war, sich mit der Herzogin bekannt zu machen. Er zog es vor, in jeder Situation die Oberhand zu haben. Und dieses Mal hatte er das nicht. Er hatte keine Ahnung, was Montbelliards Motive sein mochten, ob tatsächlich etwas Finsteres hinter seinen Handlungen steckte, und es war ihm weiter unklar, ob sein Cousin Salvan diesen jungen Mann irgendwie beeinflusste. Beides beunruhigte ihn mehr, als es sollte. Doch heute, an Antonias Geburtstag, war nicht der Tag, darüber oder über irgendetwas anderes zu spekulieren. Also würde er das nicht tun. Er würde sich an einem anderen Tag mit dem tieferen Geheimnis befassen. Im Moment wollte er nur Montbelliard loswerden, bevor die Möglichkeit bestünde, dass seine Frau ihm zufällig begegnete.

Er bot dem jungen Mann keinen Platz an und blieb hinter seinem Schreibtisch sitzen.

„Ich bin für Besucher nicht zu sprechen. Aber da Ihr es bis in meine Bibliothek geschafft habt, will ich so höflich sein, Euch zu erlauben, Euer Anliegen vorzutragen."

„Danke, *M'sieur le duc*. Ich frage mich, ob ich Eure Erlaubnis habe, an einem Tag zurückzukommen, wenn Ihr Besuche empfangt ...“

„Eine Frage, die mein Portier Euch hätte beantworten können, ohne dass Ihr einen Aufstand verursacht, indem Ihr Euch den Weg bis hier herein erzwingt."

„Verzeihung, *M'sieur le Duc*, ich wollte keine Störung verursachen. Aber Euer Portier wollte meine einfache Bitte nicht einmal anhören ...“

„Erspart mir die lästigen Einzelheiten", näselte der Herzog. „Glaubt Ihr etwa, weil wir eine - äh - familiäre Verbindung haben, dass Ihr das Recht habt, mein Haus zu betreten und mich aufzusuchen?"

„Nein, *M'sieur le Duc*. Ich würde mich Euch um nichts in der Welt aufzwingen wollen. Und während ich geehrt bin, Eure Bekanntschaft zu machen, ganz gleich, wie kurz dieses Gespräch ist, bin ich doch an diesem speziellen Tag nicht Euretwegen hier."

„M'sieur Vallentine ist heute ebenfalls für Besucher nicht zu sprechen."

„Der Grund, warum ich hier bin, ist, dass heute der Geburtstag von *Mme la duchesse de Roxton* ist."

Der Herzog setzte sich erstaunt auf. „Ihr wisst, dass meine Frau heute Geburtstag hat?"

„Ja, *M'sieur le duc*." Der Chevalier steckte eine Hand in eine tiefe Innentasche seines Rocks und zog nach einem leichten Kampf ein kleines Päckchen heraus, das mit einem Satinband zusammengebunden war. Er näherte sich dem Schreibtisch. „Ich habe ein kleines Geburtstagsgeschenk für *Mme la duchesse*."

Der Herzog war entsetzt. Er starrte das Päckchen an, als wäre es eine Giftflasche und ihm würde befohlen, sie auszutrinken. „Ich weigere mich, es anzunehmen! Nehmt es sofort weg!"

Er wusste, dass das irrational war, dass die damit einhergehende plötzliche Leere in seinem Bauch lächerlich war, doch zum ersten Mal in seinem Leben fühlte er sich *verletzlich*. Er brauchte nur einen Moment, um zu erkennen, woher diese Reaktion kam. Wie viele Male hatte er das Gleiche getan wie Montbelliard - war im Hause eines anderen Mannes aufgetaucht mit einem Geschenk für die niedergeschlagene Frau - als Teil seines Rituals der Verführung.

Doch er war nie so naiv, oder so dumm oder unhöflich gewesen, sich mit dem Geschenk dem Ehemann zu nähern! Seine Affären waren immer mit Ehefrauen, die seine Avancen begrüßten. Frauen mit Ehemännern, die gleichgültig waren und deren Ehen lieblose Vereinigungen zum politischen und finanziellen Nutzen ihrer Familien waren. Jede Partei eines solchen Arrangements kannte die damit verbundenen Spielregeln. Doch seine Ehe war etwas völlig anderes, etwas so Fremdes für die meisten seiner Standesgenossen, dass selbst jetzt, zehn Monate, nachdem Antonia und er die Ehegelübde gesprochen hatten, viele noch unter Schock standen und nicht fassen konnten, dass er aus einem einzigen Grund geheiratet hatte - aus Liebe. Das war unbezweifelbar.

Sicher wusste Montbelliard das, oder dachte er vielleicht, weil *M'sieur le Duc* in seine Frau verliebt war, hatte er seinen Scharfsinn verloren und infolgedessen in seiner Wachsamkeit nachgelassen? Oder vielleicht hatte jemand anders - Salvan - ihn das glauben lassen. Was auch immer die Gedanken und Motivationen des Chevaliers waren und ob der Comte de Salvan darin verwickelt war oder nicht, Roxton war nicht bereit, ihn oder dieses Geschenk mit etwas anderem als mit Verachtung zu behandeln.

Der Herzog stand auf, und die beiden Lakaien kamen von der zweiflügligen Tür heran. „M'sieur, dieses Gespräch ist zu Ende."

Der Chevalier schien die ursprüngliche Einschätzung des Herzogs von seiner Person zu bestätigen, als er sich nicht sofort entschuldigte und mit einer tiefen Verbeugung zurückzog. Er blieb, wo er war, mit einem Lakaien an jeder Seite.

„Ich bitte tausendmal um Verzeihung, *M'sieur le duc*, aber Mme de Chavigny bat mich, *Mme la duchesse de Roxton* dieses Geschenk zu überbringen."

Bei der Erwähnung seiner Tante hielt der Herzog die Lakaien zurück.

„Das Geschenk ist - von ihr?"

„Das weiß ich nicht, *M'sieur le duc*."

„Also sagte sie nicht, dass das Geschenk von ihr wäre?"

„Nein, *M'sieur le duc*."

„Fahrt fort."

„Es gibt wenig mehr zu sagen. Als ich bei Mme de Chavigny erwähnte, dass ich nach Versailles zurückkehren wollte, in der Hoffnung auf ein Gespräch mit den Meistern der *Grande Ecurié*, bat sie mich, ihr diesen kleinen Dienst zu erweisen - das Päckchen hier bei *Mme la duchesse* an ihrem Geburtstag abzugeben. Es war das Mindeste, was ich angesichts ihrer großen Freundlichkeit mir gegenüber tun konnte."

Die Erklärung des Chevaliers war plausibel, und obwohl sie das Herz des Herzogs wieder langsamer schlagen ließ, weil das Geschenk nicht persönlich von dem Chevalier stammte, zerstreute das nicht seinen Verdacht, dass der Comte de Salvan irgendwie damit zu tun hatte. Schließlich war Mme de Chavigny sowohl seine wie auch die Tante des Comte, und die alte Bigotte ließ sich leicht beeinflussen. Ungeachtet des abscheulichen Verhaltens des Comte gegenüber Antonia und seiner anschließenden Verbannung auf seine Güter war er immer noch das Oberhaupt der Familie Salvan. Und das bedeutete für die alten Tanten sehr viel. Er wusste, dass, wenn sein Cousin, der Comte, ihnen sagte, sie sollten springen, sie dies tun würden, und das, ohne zu fragen.

Roxton wusste auch mit bitterer Gewissheit, dass er Mme de Chavigny - seine *tante Victoire* - gegenwärtig mehr brauchte als sie ihn. Die Hofetikette verlangte, dass nur eine Adlige von untadeliger Tugend eine Dame, die offiziell Ihren Majestäten vorgestellt werden sollte, bei Hofe einführen konnte. Und die Tante des Herzogs war eine dieser seltenen Frauen, eine fromme Katholikin, die eine hingebungsvolle Ehefrau und Mutter von mehr als einem Dutzend Kinder gewesen war, von denen zwei Bischöfe geworden waren; eine weitere, eine Nonne, leitete einen Konvent mit Schule für adlige junge Damen. Und eine weitere Tochter hatte die hohe Ehre, Hofdame der jetzigen Königin zu sein.

Der Tag von Antonias Vorstellung bei Hofe konnte nicht schnell genug herankommen. Wenn diese absurde Zeremonie hinter ihnen läge, würden Antonia und er ihr Leben fortsetzen können, ohne Einmischung oder Zustimmung seiner Verwandten, den Salvans, angefangen von seinen alten Tanten bis zu diesem selbstbewussten Jüngling, der hier vor ihm stand. Der junge Mann sagte vermutlich die Wahrheit, aber es war noch immer etwas an ihm, das den Herzog misstrauisch machte.

„Ihr könnt Mme de Chavigny mitteilen, dass Ihr Eure Pflicht erfüllt habt", stellte er fest und entließ mit einem Nicken zu seinen Lakaien den Chevalier, indem er einen der Briefe auf seiner Schreibunterlage aufnahm. „Legt das Päckchen auf meinen Schreibtisch."

„Ich bitte um Verzeihung, *M'sieur le duc*, aber - aber da ist noch etwas. Mme de Chavigny hat mir ausdrückliche Anweisungen für die Überreichung des Geburtstagsgeschenks erteilt." Als der Herzog seinen Blick von dem Brief hob, aber nichts sagte, schluckte der Chevalier. „Mme de Chavigny bestand eindringlich darauf, und ließ mich ihr versprechen, dass ich das Geschenk selbst in die Hände von *Mme la duchesse de Roxton* übergeben würde."

Die Reaktion des Herzogs war unerwartet. Ein leises Lachen entrang sich seiner Kehle. Er legte den Brief fort und schaute zu dem Chevalier hinüber, ohne jede Spur von Humor. „Ihr habt Euer Unwissen entlarvt, M'sieur. Ihr kennt Mme de Chavigny nicht so gut, wie Ihr glaubt, oder Ihr würdet wissen, dass meine Tante niemals - äh - eindringlich ist."

„Aber *M'sieur le duc*, ich möchte Euch nicht widersprechen, aber Mme de Chavigny hat darauf bestanden - Ja! Darauf bestanden, dass ich dieses Geschenk persönlich überreiche. Sie war diejenige, die ..."

„*Genug.* Wisset: Solltet Ihr Euch jemals wieder meinem Haus oder einem Mitglied meiner Familie nähern, werde ich Euch dorthin schicken lassen, woher Ihr gekommen seid, ohne dass Ihr jemals zurückkehren könntet. Guten Tag, M'sieur."

Der Herzog nickte seinen Lakaien zu. Sie wussten, was sie zu tun hatten.

Der Chevalier sah nach rechts und nach links, seine Augen weiteten sich vor Schrecken, als er an den Ellenbogen hochgehoben wurde. Er starrte zum Herzog hinüber, der ihm den Rücken gekehrt hatte und zu einer Wand mit Bücherregalen ging. Er zog ein bestimmtes Buch heraus, das das geheime Treppenhaus öffnete. Der Herzog verließ auf diese Weise den Raum ohne ein weiteres Wort und ohne sich umzudrehen, um zu sehen, ob seine Diener den unerwünschten Besucher fortgeschafft hatten.

Die Lakaien zerrten den Chevalier zwischen sich rückwärts aus der Bibliothek und aus der Villa, dann ließen sie ihn kurzerhand auf die Pflastersteine der Allee fallen. Er rappelte sich auf und bürstete Strümpfe und Hosen ab. Erst da wurde ihm klar, dass er das mit einem Satinband zusammengebundene Geburtstagsgeschenk nicht mehr in der Hand hatte. Er fluchte in sich hinein. Als er von seinen Füßen gerissen worden war, musste einer der Lakaien es ihm aus der Hand gerissen und hinüber auf den Schreibtisch geworfen haben.

❦

Das Geschenk für die Herzogin, in dessen Verpackung ein Brief verborgen war, hatte die Bibliothek in der Tasche des Herzogs verlassen.

SIEBZEHN

Dᴇʀ Hᴇʀᴢᴏɢ ᴜɴᴅ die Herzogin kleideten sich mit außergewöhnlicher Sorgfalt für Antonias Geburtstagsdiner an, da sie füreinander besonders gut aussehen wollten.

Roxton trug ein Ensemble aus schwarzem Samt mit silbernen Schnüren an den Manschetten, am Kragen und an den Klappen der tiefen Taschen, während seine weiße Seidenweste auf den Vorderteilen und Taschen mit silbernen Fäden und Pailletten fein bestickt war. Die Schnallen an seinen Knien und auf seinen schwarzen Lederschuhen waren mit Diamanten besetzt. Sein einziger Schmuck, abgesehen von dem herzoglichen Smaragdring, war eine kleine, herzförmige Hemdnadel mit Diamanten und Smaragden - Antonias Geschenk zu seinem Geburtstag.

Antonias *robe à la française* mit passendem Unterkleid war von zartestem Muschelrosa mit Stickerei aus Silberfäden. Das Vorsteckmieder und die Vorderseite des Kleides waren mit gewundenen Rüschen besetzt und die stufigen *engageantes* an den Ellbogen ihrer eng anliegenden Ärmel waren aus feinster Brüsseler Spitze. Ihre mit Absätzen versehenen Schuhe waren mit der gleichen rosa Seide bezogen wie ihr Kleid und ebenso mit silbernen Fäden bestickt. Sie trug die Halskette aus Smaragden und Diamanten, die der Herzog ihr zu ihrem vorigen Geburtstag geschenkt hatte und ein Paar dazu passender Ohrringe und ein Armband, sein Geschenk für sie an ihrem Hochzeitstag. Ihr nach oben frisiertes honiggoldenes Haar war geflochten, aufgewickelt und mit rosa Seidenbändern durchflochten, in ihm war eine zarte Federagraffe in einem goldenen, mit Dutzenden Diamanten besetzen Halter befestigt - ein Geschenk ihres Liebsten zur Geburt ihres Sohnes.

Sie wählte einen bemalten Gouache-Fächer, der zu ihrem Kleid passte. Als sie mit ihrem Bild in dem hohen Spiegel in einer Ecke ihres Ankleide-zimmers zufrieden war, dankte sie ihren Zofen, nahm den Fächer und lief durch die Räume, die *enfilade* entlang, auf der Suche nach dem Herzog. Aber er war nicht in seinen Zimmern. Der neue Kammerdiener Geraghty begrüßte sie mit der Nachricht, dass sie *M'sieur le duc* sie in dem Salon neben dem Speisesaal erwartete.

Sie fand ihn dort; er stand an den Terrassentüren im Gespräch mit Martin Ellicott. Sie so zusammen zu sehen, ließ ihr plötzliche Tränen des Glücks in die Augen steigen, die sie schnell wegblinzelte, bevor sie mit einem strahlenden Lächeln auf die beiden zu rauschte.

„Es tut mir leid, dass ich so spät komme, aber Gabrielle konnte die Haarspange nicht finden", sagte Antonia zu ihnen und berührte unbewusst die Agraffe. Sie riss die Augen weit auf und schüttelte den Kopf. „Aber sie lag die ganze Zeit auf dem Frisiertisch!" Sie legte ihre Finger auf den Arm des Herzogs und sagte zu Martin: „Wie hast du deinen ersten Morgen der Freiheit verbracht, Martin?"

„Freiheit? Du tust ja so, als wäre Martin ein befreiter Sklave des Reiches, *ma belle*."

Antonia warf ihm einen verschmitzten Blick zu und sagte dann mit einem süßen Lächeln und erhobenen Augenbrauen zu Martin: „Wie kann Martin etwas anderes sein, wenn du doch ein Kaiser bist?" Als der Herzog schmunzelte, flüsterte sie: „Du bist mein Augustus, obwohl ich keine Livia bin ..."

„Wenn ich dein Augustus bin, dann bist du meine Livia", scherzte der Herzog. „Und das werde ich ertragen, so gut ich kann."

Antonia seufzte und nickte und wirkte tief betrübt. „Und du kannst dich glücklich schätzen, dass diese Livia nicht in unsere Ehe kam mit einem verstoßenen ersten Ehemann und zwei fertigen Söhnen, um die du dir Sorgen machen müsstest."

„Solche Hindernisse konnten Augustus nicht aufhalten, und hätten mit Sicherheit auch mich nicht aufgehalten", gab der Herzog zurück und fügte mit einem leisen Lächeln an sie gewandt hinzu: „Ich hätte dich trotzdem geheiratet, *ma vie*.“

„Das macht mich sehr glücklich! Aber ich bin auch froh, keinen abgelegten ersten Ehemann zu haben, weil mir die Idee, jemanden traurig zu machen, nicht gefällt. Und er wäre sehr traurig gewesen, nicht wahr? Man stelle sich vor, in dem Wissen leben zu müssen, dass seine Frau - *ich* - sobald sie *dich* sah, keinen Gedanken mehr an ihn verschwendete! Genau so war es mit Livia und Augustus.“

Der Herzog lachte laut auf und Martin ebenfalls, was den Letzteren so sehr überraschte, dass er die Hand vor den Mund schlug. Antonia beugte sich zu Martin und sagte mit leuchtenden Augen: „Es tut mir leid, aber du wirst unsere Albernheit ertragen müssen. Wir sind in der Familie nicht so förmlich. Nicht wahr, *Monseigneur*?“

„Ich glaube, Martin ist sich unserer - äh - Albernheit schon seit einiger Zeit bewusst, *ma fée*. Und er ist äußerst gut darin, wann er - äh - seine Augen und Ohren verschließen muss.“ Als Antonia die Augen aufriss und ihr Mund ein „Oh“ formte, zwinkerte er ihr zu. „Genau das, *mignonne*.“

„Der Zeitpunkt, den *Monseigneur* gewählt hat, um aus dir einen Gentleman mit eigenem Vermögen zu machen, hätte nicht besser gewählt sein können“, bemerkte vertraulich zu Martin. „Denn letzte Nacht wurde Julian mitten in der Nacht zu uns gebracht, und es ging ihm so schlecht, dass seine Schreie all unsere Diener aufgeweckt hatten. *Monseigneurs* erster Gedanke war, dass das Haus in Flammen stünde! Ich kann mich nicht an die Hälfte von allem erinnern, weil ich nur an *mon pauvre petit garçon* denken konnte. Doch *Monseigneur* sagte, alle hätten die Augen weit aufgerissen und halb wach gezittert, und so halb angezogen, dass es komisch war. Aber der arme Juju wollte nicht aufhören zu schreien. Und dann, gerade als ich am Ende meiner Weisheit war, hatte *Monseigneur* die großartige Idee, dass ich unserem Sohn etwas vorsingen sollte. Und das tat ich dann, auf Italienisch.“

„Und hat das geholfen, *Mme la duchesse*?“, fragte Martin höflich und warf einen Blick auf den Herzog, der seinen Blick zur Decke gerichtet hatte.

Antonia sah den Blick und kicherte. „Nein. Aber ich denke, es hat geholfen, seinen verzweifelten Papa abzulenken.“

„Du hast eine schöne Singstimme, *ma vie*. Das habe ich immer gesagt.“

„Ja, wenn du mir zuhörst!“, gab Antonia zurück. „Aber es half mir auch. Zu singen. Weil es mich ein wenig ablenkte. Und dann löste sich das Problem von selbst, denn Julian hörte auf zu schreien." Sie schnippte mit den Fingern. „Einfach so."

„Wie das, *Mme la duchesse*?", fragte Martin wirklich interessiert.

„Was von weit größerem Interesse ist", bemerkte der Herzog gedehnt, in der Hoffnung, das Gesprächsthema zu ändern, „ist die Antwort auf die Frage, die du Martin zuvor gestellt hast, nämlich, wie er seinen ersten Morgen der - äh - Freiheit verbracht hat."

Antonia und Martin ignorierten ihn.

„Es ist passiert, als *Monseigneur* mit Julian an der Schulter in unserem Schlafzimmer auf und ab ging", vertraute Antonia Martin an. Sie legte nachdenklich den Kopf schief und tippte mit den geschlossenen Stäbchen ihres Fächers an ihr Kinn. „Ich glaube, weil er ihn aufrecht hielt und dann die Bewegung beim Herumgehen und wie er ihm den Rücken gerieben hat, das alles zusammen hat geholfen." Sie ergriff Martins Ärmel und sagte mit einem Lächeln atemloser Bewunderung: „Mein Sohn hat den lautesten Rülpser von sich gegeben, den ich in meinem Leben gehört habe! Ich sage die Wahrheit. Ich hätte es nicht für möglich gehalten, dass ein so kleines Wesen ein solches Geräusch erzeugen könnte, wenn ich es nicht mit meinen eigenen Ohren gehört hätte, aber er tat es!"

„Martin hat vielleicht keine Erfahrung mit Säuglingen, *mignonne*, aber das braucht man nicht, um zu wissen, dass sie zu den - äh - erstaunlichsten Emissionen fähig sind. Und ich habe keinen Zweifel, dass Martin mit der Zeit, wenn er Glück hat, Zeuge aller bemerkenswerten Entwicklungen unseres Sohnes sein wird. Und er wird genauso davon fasziniert sein, wie wir es sind."

„Darauf könnt Ihr Euch verlassen, Euer Gnaden", antwortete Martin mit aller ihm möglicher Würde, während er versuchte, ein Kichern zu unterdrücken bei dem vor seinem inneren Auge aufsteigenden Bild, wie dieser hochernste Edelmann mit einem rülpsenden Säugling auf der Schulter herumlief.

Der Herzog neigte den Kopf und formte mit seinen Lippen das Wort „Danke", dann gab er einem Lakaien mit einem Tablett ein Zeichen, heranzukommen und ihnen Gläser mit Champagner anzubieten. Diese wurden erfreut angenommen und der Herzog schlug einen Trinkspruch vor.

„Wir werden offiziell auf den Geburtstag anstoßen, wenn wir beim

Essen sind", sagte der Herzog. „Aber ich konnte die Gelegenheit nicht versäumen, dass wir drei zusammen sind, um unsere Gläser zu erheben, und zwar auf dich, Martin."

„Danke, Euer Gnaden", antwortete Martin schüchtern. „Ich muss gestehen, noch immer unter Schock zu stehen ..."

„Und du bist nicht der Einzige!", scherzte der Herzog.

„Ihr sprecht vom ganzen Haushalt, Euer Gnaden?", fragte Martin. „Ich muss zugeben, dass es etwas seltsam war, mich hinter die grüne Tür zu wagen, um mich zu verabschieden, aber die Umstände erleichterten es mir. Alle waren damit beschäftigt, die heutige Feier vorzubereiten, sodass ich diese Emsigkeit nicht stören wollte. Und niemand war mehr beschäftigt als Jean-Camille, der mit der Hilfe mehrerer Küchenangestellten Dutzende von Makronen in Schachteln packte, um sie ins *hôtel* zu schicken ..."

„*Monseigneur*, du hast Makronen nach Paris geschickt?", unterbrach Antonia verwundert. „Für den ganzen Haushalt?"

„Ja. Ich dachte, es wäre eine nette Geste, wenn nicht nur meine Schwester, sondern der gesamte Haushalt im *hôtel* und hier zu Ehren deines Geburtstags Makronen erhielte." Der Herzog nippte an seinem Glas, sehr zufrieden mit sich selbst. „Ich kann das Lob für die ursprüngliche Idee nicht beanspruchen, muss aber zugeben, dass ich eine jährliche Tradition begonnen habe, zur Feier des Geburtstages von *Mme la duchesse de Roxton* Makronen unter meinen Dienern und meiner Familie verteilen zu lassen ..."

„Oh, mir gefällt diese Idee einer Tradition sehr!", verkündete Antonia und klatschte vor Freude in die Hände. „Du hast mir den Tag mit doppelter Freude gefüllt, *Monseigneur*! Danke! Es ist, als würden mir zwei Wünsche erfüllt, wo ich doch nur einen ausgesprochen habe. Aber bitte, Martin, was hast du heute Morgen in deiner eigenen Wohnung gemacht?"

„Ich kann mir nicht vorstellen, dass du lange schlafen konntest, um ein paar Stunden herumzubringen", witzelte der Herzog.

„Nachdem ich zwei Jahrzehnte lang mit der Sonne aufgestanden bin, Euer Gnaden?" Martin schüttelte den Kopf. „Aber es gab mir Zeit, vor dem Frühstück verschiedene Briefe zu schreiben, und mein Termin mit dem Schneider - ich habe einen Brief geschrieben an - Verzeihung ..."

Als er sich einen Moment Zeit nahm, um an seinem Champagner zu nippen, weil ihm plötzlich die Kehle eng wurde, und Tränen in seine Augen stiegen, tauschten der Herzog und die Herzogin ein verständnisvolles Lächeln. Um die unbeholfene Stille zu füllen, die sie Martin auf keinen Fall spüren lassen wollte, wollte Antonia den Herzog schon fragen, wo Lord Vallentine sich wohl aufhielte, der offensichtlich zu spät zu ihrer Feier kam, als Martin seine Stimme schon wiederfand und fortfuhr.

„Die erste Person, an die ich schrieb, war meine Mutter."

Der Herzog war verblüfft. „Mrs. Ellicott ist ..." Er wollte sagen, noch am Leben, änderte den Satz jedoch rasch. „Es geht ihr gut?"

„Es geht ihr sehr gut, in der Tat, Euer Gnaden", antwortete Martin lächelnd. „Sie lebt am Ende eines Eurer Dörfer bei Alston, in einem hübschen Haus mit Blick auf den Fluss."

„Und das Haus gehört *Monseigneur*?", fragte Antonia.

„Das ganze Dorf gehört mir, *ma belle*", sagte der Herzog gedehnt. Er runzelte die Stirn und fragte Martin: „Ich habe eine vage Erinnerung daran, dass Ellicott wegen des Zustands dieser Häuser zu mir kam ..."

„Mein Vater wandte sich nicht lange nach dem Tod des vierten Herzogs an Euer Gnaden, weil die Situation sehr schlimm war. Er informierte Euch über die üble Vernachlässigung des Dorfes und vieler der Pächterhäuser. Ich bin sicher, dass Ihr Euch seiner Bitte nicht erinnert, vor allem, weil wir - Ihr, Lord Vallentine und ich sowie einige andere Bedienstete, mit der Organisation unserer Abreise in die Italienischen Staaten und die griechischen Inseln beschäftigt waren."

„Und *Monseigneur* hat natürlich alle Häuser reparieren lassen", stellte Antonia vertrauensvoll fest.

„Allerdings, *Mme la duchesse*", bestätigte Martin. „Innen wie außen, dazu bekam jedes ein neues Dach und einen neuen Schornstein. Und die Dorfbrücke wurde neu aufgebaut, sodass die am linken Ufer Wohnenden einfach herüberkommen konnten und nicht erst zwei Meilen zu der Steinfurt am Wehr gehen mussten."

Antonia lächelte den Herzog wissend an. „Sagte nicht mein Vater, dass dein schwarzes Äußeres eine Vielzahl guter Eigenschaften verberge? *Voici la preuve!*"

„Dein unerschütterlicher Glaube in mich ist eine beruhigende und - äh - ständige Freude, *ma chère épouse*", antwortete der Herzog mit einem selbstironischen Lächeln. „Aber ich glaube - insbesondere was das Dorf Alston anbetrifft - dass ich, wenn ich tatsächlich alle Häuser reparieren und die Brücke neu bauen ließ, das nicht aus rein altruistischen Gründen getan haben dürfte. Ich hätte eher reagiert als agiert, nur, weil dies das Letzte gewesen wäre, das mein Großvater gewünscht hätte. Er war ein tyranni-scher Pfennigfuchser." Roxton hob sein Glas und schmunzelte. „Wofür ich ihm täglich dankbar bin, denn er hat mir ein enormes Vermögen hinterlassen ...“

„Welches du dazu benutzt hast, um anderen zu helfen“, stellte Antonia nachdrücklich fest. „Und widersprich mir nicht, denn ich weiß, dass es so ist!“ Sie sagte zu Martin, bevor der Herzog antworten konnte: „Wenn wir nach Treat zurückkehren, würde ich sehr gerne deine Mutter kennenler-nen. Ich werde sie besuchen. Wenn es recht ist?“

„Sie würde sich geehrt fühlen, *Mme la duchesse*. Vielleicht können wir ... können wir zusammen hingehen ...?“

„Ja! Das ist eine wunderbare Idee, Martin.“

Der Herzog verzog das Gesicht und hob den Kopf. „Glaube nicht, dass ich nicht merke, was hier zwischen euch beiden vor sich geht! Du wirst, kaum dass du dich zu Tee und Kuchen niedergelassen hast, Mrs. Ellicott über mich als Jungen ausfragen - nein! Versuche gar nicht erst, das zu leugnen!“

Antonia blickte ihn mit großen, unschuldigen Augen an. „Aber, *Monseigneur*! Ich wollte nichts dergleichen tun. Sondern es ist genau das, was ich vorhabe.“

Der Herzog und Martin Ellicott sahen sie an, dann einander, und brachen in Gelächter aus. Genau in diesem Moment kam Lord Vallentine in den Salon geschlendert. Doch was das Lachen ersterben, und Erstaunen sich deutlich auf den Gesichtern der Herzogin und Martin Ellicotts abzeichnen ließ, war, dass Vallentine den Stolz und die Freude des Herzogs und der Herzogin in den Armen hielt. Der Herzog hingegen war nicht völlig überrascht. Er hob sein Augenglas, um seinen besten Freund von den Schuhschnallen bis zur gepuderten Perücke mit einem sehr zufriedenen Lächeln zu mustern. Seine Befehle waren wortwörtlich ausgeführt worden.

Hinter Seiner Lordschaft folgte eine Schar von Kindermädchen und Lakaien, die verschiedene Dinge für den Säugling trugen. Und als Lord Vallentine durch den Raum ging, setzte diese Schar ihren Weg in den Speisesaal fort, um das Weidenkörbchen für das Baby, Decken, Kissen, Kinderkleidung und Lätzchen, dazu eine Auswahl von Rasseln, abzulegen, außerdem blieben zwei der erfahrensten Kindermädchen zurück, um während des Diners mit dem herzoglichen Säugling zu helfen, wenn es nötig sein sollte.

Lord Vallentine hatte noch nicht mehr als ein paar Schritte über den Teppich zurückgelegt, als Antonia schon in einem Rascheln aus Seide und mit breitem Lächeln für ihr Kind auf ihn zugeeilt kam, und das kleine Gesicht verzog sich zu einem Strahlen, als es das geliebte Gesicht der Mutter erblickte. Sie sprach zu ihm in der Stimme, die sie nur bei ihm benutzte, kitzelte ihn unter dem molligen Kinn, drückte Küsse auf seine Faust und fragte ihn, ob er bei seinem *oncle et parrain* auch sein bestes Benehmen gezeigt hätte.

Lord Vallentine war sehr dafür, seinen Neffen abzugeben, doch da Antonia noch immer ihr Champagnerglas hielt und der Herzog herangekommen war, ohne anzubieten, ihm seinen Sohn abzunehmen, behielt er das herzogliche Bündel der Freude weiter auf dem Arm und verkündete mit Befriedigung:

„Er wurde gefüttert, gewaschen und verpackt. Und bereits zum zweiten Mal, denn er war bereits gewaschen und angekleidet, als es ein Missgeschick gab. Daher trägt er sein zweitbestes Kleidchen. Und was für eine Prozedur! Verdammt!" Er verdrehte die Augen und schnaubte. „Habe nie gewusst, dass so viel aus einem so kleinen Kerl hoch- und herauskommen könnte, noch dazu in dieser Geschwindigkeit!"

„Und jetzt weißt du es", neckte der Herzog ihn.

„Mein armer kleiner Liebling. Ich hoffe, jetzt geht es deinem Bäuchlein besser", sagte Antonia zu ihrem Kind, bevor sie misstrauisch von ihrem Schwager zu ihrem Mann und wieder zurück schaute. „Ich bin sehr glücklich zu sehen, dass du Zeit mit unserem Sohn verbracht hast, Lucian, aber warum musstest du diese Dinge gerade heute entdecken?"

Als sie dem Herzog ihr Champagnerglas aufdrängte, um ihren Sohn zu nehmen, reichte Vallentine ihn ihr und sagte lässig, ohne ihre Frage zu beantworten: „Man hat mir aufgetragen, euch beiden zu versichern, dass seine kleine Lordschaft ein Polster und dreifache Windeln unter seiner Wollhülle trüge. Was zum Teufel das auch alles heißen soll! Aber ich bin sicher, dass ihr es wisst und damit zufrieden sein werdet. Das oberste Kindermädchen sagte, das würdet ihr."

Antonia küsste ihren Sohn, bevor sie ihn mit großen Augen und einem breiten Lächeln über sich hob, was ihn vor Entzücken quietschen ließ. „Das heißt, wir sollten während unserer Mahlzeit keine kleinen Unfälle haben und der Geburtstag seiner *maman* wird im Trockenen stattfinden." Sie ließ ihn wieder herunter, um ihn auf ihre Hüfte zu setzen, und schaute zu Vallentine. „Aber ich verstehe dein plötzliches Interesse an solchen Details immer noch nicht und bin sehr sicher, dass du, wie *Monseigneur*, sie lieber denen überlässt, die - wie *Monseigneur* sagt - darin Experten sind.“

„Ich habe keinen Zweifel, dass Vallentines Aufenthalt im Kinderzimmer in vieler Hinsicht - äh - lehrreich war, *ma vie*“, warf der Herzog ein, noch immer in diesem neckenden Tonfall, der Antonia wachsam bleiben ließ. „Und dass er jetzt aufrichtige Bewunderung für die Abläufe hat, die wir unser Bestes tun, einzuhalten, damit unser Sohn und wir ein - äh - harmonischeres Dasein führen können.“

„Und ob! Ich habe das ein oder andere über Säuglinge gelernt, und mehr, als ich je wissen wollte“, verriet Vallentine und schnitt eine Grimasse, die Antonia zum Kichern brachte. Er warf seinem besten Freund einen schiefen Blick zu. „Und du musst mich nicht zweimal belehren. Deine Botschaft wurde so laut und deutlich übermittelt wie von den Glocken der *Paroisse Notre-Dame*.“ Er nahm sich ein Glas Champagner, das ihm von einem herumstehenden Diener angeboten wurde und goss die Hälfte der Flüssigkeit herunter, bevor er mit einem tiefen Seufzer hinzufügte, wobei er das Glas in Richtung des Herzogs hob: „Es hat mir die perfekte Ausrede verschafft, mit Estée deutlich über unsere eigenen - wie nennst du es? - Abläufe zu reden. Ich werde das kostbare Kind um drei Uhr morgens denen überlassen, die am meisten davon verstehen, das kann ich dir versichern!“

„Ich bin erfreut, das zu hören“, antwortete der Herzog. „Und dass dein Besuch im Kinderzimmer dir ein größeres Verständnis für das Bedürfnis nach ununterbrochenem Schlaf verschafft hat.“

Plötzlich verstand Antonia und trat mit einem ungehaltenen Blick auf Vallentine zu. „Du warst es also, der Julian in den frühen Morgenstunden gestört hat!“

„Ich? Ihn - *ihn* gestört?“, wiederholte Vallentine in ungläubigem Tonfall. „Er hat das Haus zusammengebrüllt, lange bevor ich ins Kinderzimmer kommen und die Sache in Ordnung bringen konnte.“

„Aber du hast sie nicht in Ordnung gebracht, nicht wahr, Lucian?“, entgegnete Antonia. „Und jetzt verstehe ich, warum du den Morgen im Kinderzimmer verbracht hast, nicht, weil du es wolltest, sondern weil *Monseigneur* dich zur Strafe dorthin geschickt hat. Aber das ist egal, *mon petit homme chéri*“, gurrte sie ihrem Säugling zu. „Es ist gut, dass du zwei

Paten hast, denn ich weiß, dass der andere sich wirklich um dich sorgt …"

„He! Das ist aber nicht gerecht", grummelte Vallentine.

„Es ist zu spät, um Interesse an meinem Sohn vorzutäuschen", unterbrach ihn Antonia scherzhaft und drehte sich um, als die zweiflüglige Tür in den Speisesaal von zwei Lakaien weit aufgerissen wurde und der Butler vortrat, um zu melden, dass das Diner bereit wäre.

Antonia warf einen Blick in den mit Blumen gefüllten Speisesaal und schnappte nach Luft. An den Wänden standen Kübel mit bunten Blumen, genau wie im Salon, doch was sie die Augen aufreißen ließ, war der mit Silber, Kristall und Porzellan gedeckte Esstisch und die zarten, bunten Gebäckblumen in geflochtenen Körbchen. Und das alles unter hell funkelndem Kerzenlicht, mit einem Lakaien hinter jedem Stuhl und den Kindermädchen neben der verzierten Wiege. Sie drehte sich unter Tränen lächelnd zu dem Herzog.

„Ach, Renard! Er ist - *Il est parfait*! *Dies* ist der schönste Geburtstag!" Und ihrem Sohn flüsterte sie ins Ohr: „Und du, *mon ange*, hast den besten Papa auf der Welt."

ACHTZEHN

„**D**A HAST DU dich ganz schön in Schwierigkeiten gebracht, das weißt du, oder?", neckte Vallentine den Herzog, als sie Antonia in den Speisesaal folgten. „Im nächsten Jahr wird sie bei dieser Gelegenheit etwas noch Aufwendigeres erwarten, mit noch mehr Blumen und Kinkerlitzchen und wer weiß was noch! Ha! Ha!"

„Willst du andeuten, dass ich nicht in der Lage wäre, für meine Frau und ihr Glück zu sorgen, Lucian?", näselte Roxton, der sehr zufrieden war, dass seine Anweisungen genauestens ausgeführt worden waren und Antonia angemessen überrascht und entzückt war.

Lord Vallentine war zu müde, um sich darum zu kümmern, ob sein Freund scherzte oder nicht. Obwohl er ersteres annahm. Er hob eine Hand.

„Verdammt! Fang du nicht auch noch an! Ich hatte dank dir einen anstrengenden Morgen. Lehrreich, aber anstrengend, und was ich jetzt brauche, ist ein Glas deines besten Rotweins und ..."

Er fuhr auf und blieb stocksteif stehen, bevor er seinen Stuhl erreicht hatte.

Der Herzog nahm seinen Platz am Kopfe der Tafel ein. Antonia saß am Fuße des Tisches und legte ihren Sohn mit Hilfe der Kindermädchen in die Wiege. Das herzogliche Kind wurde mit Kissen so gestützt, dass er bequem und sicher saß mit einem guten Blick auf die Vorgänge, insbesondere auf seine Mutter, in deren Reichweite die Wiege stand. Er bekam eine Rassel in die Finger gedrückt und wedelte damit herum, was die kleinen Silberglöckchen klingeln ließ und er zur Reaktion entzückt gurgelte.

Doch es war der vierte Anwesende bei diesem Diner, der Lord Vallentine wie am Parkett angewurzelt stehen bleiben ließ. Martin Ellicott erfasste den Wink des Herzogs und setzte sich zu dessen linker Seite, direkt gegenüber dem Platz, den Lord Vallentine besetzen sollte. Es war ein gemütliches Arrangement, wo die Speisenden so nahe beieinander saßen, dass die Unterhaltung von allen gehört werden konnte. Die Vielzahl der angebotenen Gerichte konnte leicht herumgereicht werden, ohne dass das Eingreifen eines Dieners nötig gewesen wäre, obwohl Lakaien mit Schüsseln würden kommen und gehen müssen, da wegen der Verkleinerung des Tisches nicht alles auf einmal serviert werden konnte, wie es gewöhnlich der Brauch war.

Wenn Seine Lordschaft im Salon Martin Ellicott an der Seite des Herzogs hatte stehen sehen, war das keiner Bemerkung wert gewesen. Schließlich erschien der Kammerdiener gelegentlich an der Seite seines Herrn und es gehörte sich schlicht nicht, einen Diener zu bemerken, es sei denn, dass es notwendig wäre oder man dazu aufgefordert wurde. Und daher hatte er sich bei Ellicotts Anwesenheit nichts gedacht. Der Herzog hatte offensichtlich seine Gründe dafür, dass der Kammerdiener anwesend war, die ihn nichts angingen. Doch als sie jetzt in den Speisesaal weitergingen, war auch der Kammerdiener mitgekommen, und er hatte nicht nur am Tisch Platz genommen - dort, wo die Ehefrau Seiner Lordschaft gesessen hätte, wenn es ihr gut genug gegangen wäre, um hier sein zu können - sondern er bekam auch von einem Lakaien das Glas gefüllt und eine gefaltete Serviette auf sein linkes Knie gelegt, als hätte er jedes Recht, am Tisch seines Herrn zu sitzen.

Lord Vallentine konnte sich das nicht zusammenreimen und entschied, dass man sich mit ihm einen Scherz erlaubte. Er ging hastig zu seinem Platz und ließ sich darauf fallen, zog die Serviette über seine seidenbekleideten Knie, bevor er die Ellenbogen auf den Tisch stützte und sein Glas ergriff, das jetzt mit Rotwein gefüllt war. Er hob den Kopf' und warf Martin Ellicott einen Seitenblick zu, bevor er sich an den Herzog wandte:

„Na schön. Ich habe meine Strafe erhalten, weil ich nicht dem klugen Rat eurer Kindermädchen gefolgt bin und euch das schreiende Kind um drei Uhr morgens aufgedrängt habe, aber jetzt bin ich sprachlos. Was ist das für ein Streich, he?"

„Bitte um Verzeihung, Lucian. Streich?"

Vallentine riss die Augen auf und deutete mit dem Kopf auf Martin Ellicott, der sich als Antwort auf etwas, was die Herzogin gesagt hatte, zu ihr wandte, nachdem sie jetzt ihren Platz am Tisch eingenommen hatte. „Das hier", flüsterte er laut. „Das ist Estées Platz. Und du weißt, wer dort sitzt!"

„Ja. Wenn meine Schwester hier ist. Aber sie ist nicht hier. Und wenn sie wieder hier ist, werden die Stühle - äh - entsprechend angeordnet werden."

„Du weißt, dass ich nicht das gemeint habe!", polterte Seine Lordschaft in einem lauten Zischen in seine Richtung. Er richtete sich auf und schnalzte mit der Zunge. „Na schön. Wie ihr wollt. Verdammt! Ich mache alles mit, was auch immer, denn ich vermute, dass es nicht deine Idee war, also trifft dich keine Schuld. Schließlich ist es ihr Geburtstag."

„Da gibt es keine Schuld, Vallentine", unterbrach ihn Antonia.

Sie hatte ihn gehört und wusste in dem Moment, dass etwas nicht in Ordnung war, als Martin den Kopf sinken ließ und seinen Blick auf den Teller richtete. Er hatte es auch gehört. Sie schaute zum Herzog hinüber und als er sie ermutigend anlächelte, erwiderte sie sein Lächeln und fuhr fort.

„Ich habe an meinem Geburtstag die Menschen um mich herum, die mir auf der Welt am meisten bedeuten. Wenn es Madame gut genug gegangen wäre, um anwesend sein zu können, wäre das Diner perfekt. Aber alle Männer sind hier: Mein Ehemann, mein Sohn, mein Schwager und Onkel meines Sohnes und die Paten meines Sohnes. Die zufällig auch unsere engsten Freunde sind." Sie wandte sich an Martin und sagte liebevoll: „Ich glaube, du bist Seiner Lordschaft nicht offiziell vorgestellt worden, Martin. Lord Vallentine ist *M'sieur le ducs* bester Freund, und er ist der Ehemann meiner Schwägerin, *Monseigneurs* Schwester. Er ist auch der Onkel meines Sohnes und sein Pate, genau wie du. Er ist der beste Fechter in ganz Frankreich und England, das heißt, er ist sehr tapfer und furchtlos. Und, Lucian", fuhr sie fort, indem sie sich an Lord Vallentine wandte, „Ich möchte, dass du M'sieur Ellicott kennenlernst, einen unabhängigen Gentleman, der ebenfalls der Pate meines Sohnes ist und ein besonderer Freund *M'sieur le ducs*. Sie kennen einander, seit sie Kinder waren." Sie schaute mit Tränen in den Augen Martin an. „Martin hat mein Leben und das Leben meines Sohnes gerettet, daher ist auch er tapfer und furchtlos. Das habt ihr gemeinsam ... Es ist mein Wunsch und auch *Monseigneurs*, dass ihr gute Freunde werden sollt."

Ein paar Sekunden herrschte Stille, dann schob Martin seinen Stuhl zurück und erhob sich. Er verbeugte sich vor Vallentine, aber es war keine unterwürfige Verbeugung, sondern eine höfliche, wie wenn zwei ebenbürtige Fremde einander auf der Straße begrüßten. Und dann legte Lord Vallentine seine Serviette beiseite und stand auf. Er schaute Martin direkt an, dann verneigte auch er sich, auf die gleiche Art und Weise, wie ein Mann, der einen Fremden kennenlernt, den er für ebenbürtig hält. Und dann tat er noch etwas, etwas, das die Zuneigung seiner Gastgeber zu ihm noch vertiefte, und alle sich wohler fühlen ließ. Er streckte seine Hand über den Tisch aus.

„Es ist mir eine Ehre, Eure Bekanntschaft zu machen, M'sieur."

„Die Ehre ist ganz meinerseits, Mylord", antwortete Martin.

Sie gaben sich die Hand, nahmen wieder Platz und legten sich ihre Servietten erneut auf den Schoß.

Antonia hätte sich keinen besseren Ausgang wünschen können, um ihren Geburtstag noch mehr zu etwas Besonderem zu machen. Doch dann überraschte der Herzog sie. Er gab einem Lakaien ein Zeichen, der herbeikam und ein silbernes Tablett vor die Herzogin stellte, auf dem mehrere eingewickelte Päckchen lagen, mit verschiedenfarbigen Bändern verschlossen. Antonia starrte den Herzog an.

„Für mich? Aber du hast mir doch meinen Geburtstagswunsch schon erfüllt, *Monseigneur*!"

„Wer hat denn sonst heute Geburtstag, wie?", verkündete Lord Vallentine und verdrehte die Augen zu der Stuckdecke, bevor er sich vorbeugte und mit dem Finger auf das silberne Tablett zeigte. „Und nicht nur schütteln, so wie du es letztes Jahr getan hast! Du bist jetzt Herzogin und musst ein bisschen Anstand zeigen ..."

„Als Herzogin kann ich dir sagen, Vallentine, dass du aufhören sollst, dich so verknöchert zu benehmen!" Antonia hob eines der Päckchen auf und zeigte es ihrem Sohn. „Was glaubst du, Juju, was in diesem Päckchen für deine *maman* ist?"

„Er kann dir das nicht sagen!", erklärte Vallentine spöttisch.

Antonia ignorierte Seine Lordschaft und sagte zu dem Herzog: „Vielleicht sollten wir zuerst essen und ich werde meine Geschenke bei Kaffee und Kuchen öffnen."

„Wenn das dein Wunsch ist."

„Nein! Nicht dieses Jahr!", verkündete Vallentine hartnäckig. „Das lasse ich nicht zu. Außerdem gibt es ein besonderes Geschenk, von dem ich weiß, also können wir vielleicht mit diesem beginnen."

„So gern ich sagen würde, dass ich Lucians Ungeduld nachgebe", sagte der Herzog, „muss ich zugeben, dass ich meine eigene befriedigen möchte. Würdest du uns die Freundlichkeit erweisen, über deine Schulter zum Kamin zu schauen, *mignonne?*"

Antonia tat, worum sie gebeten wurde, und was sie sah, ließ sie Hände zu den Wangen heben.

Lakaien hatten vorsichtig die Blumenkübel, den Wandschirm und ein großes Leinentuch entfernt, um einen äußerst prachtvollen Tragsessel zu enthüllen. Alle vier Seiten dieses persönlichen Transportmittels waren mit fröhlichen ländlichen Szenen auf goldenem Hintergrund bemalt und mit *vernis Martin* auf Hochglanz lackiert. Die drei Fensterpaneele waren mit vergoldeten Holzarbeiten aus Akanthusblättern und Blumensträußen eingefasst und auf der Tür und dem hinteren Paneel war das herzoglich Roxton'sche Wappen aufgemalt. Und unter einem gewölbten Dach von messingbeschlagenen Paneelen erstreckte sich ein Sitz aus schwarzem Leder, auf dessen Spitze eine herzogliche Krone aus vergoldetem Holz thronte.

Sie schaute wieder den Herzog an. „Er gehört mir?"

„Ich kann doch meine Herzogin nicht in weniger als ihrem eigenen Stuhl durch Versailles befördern lassen."

„Ich habe die hochgestellten Damen in ihren schönen Tragsesseln durch die Gänge des Palastes und in die Gärten hinaus getragen werden sehen, aber ich hatte nie erwartet, selbst einen zu besitzen! Und dieser hier ist *magnifique.*"

„Wie er für *Mme la duchesse de Roxton* sein sollte." Als sie zögerte, lächelte der Herzog. „Bitte. Du musst ihn dir genauer anschauen. Vallentines knurrender Magen muss warten."

Antonia lief zum Kamin hinüber und hüpfte um den Tragsessel herum, um alle vier Seiten zu inspizieren. Sie spähte durch die Fenster hinein und öffnete dann die Tür. Als sie ihren Kopf hineinsteckte, entdeckte sie einen üppigen Innenraum. Es gab eine Bank mit Armlehnen, alles bedeckt mit gepolstertem Wollsamt mit Blumenmustern. Wände und Decke waren in einem passenden Muster ausgekleidet, während die Vorhänge an den drei Fenstern aus goldenem Seidendamast waren. An der gepolsterten Bank, unter dem rechten Fenster in einer Nische, befand sich eine kleine, goldene Kutschuhr. Und unter dem linken Seitenfenster war eine Tasche für notwendige Kleinigkeiten, wie ein Damenfächer, ihr Gebetbuch und ein Handspiegel.

Der Tragsessel war ein großartiges Stück Handwerkskunst, das seinesgleichen suchte. Was jedoch die Augen aller weiten würde, die das Vorbeikommen dieser eleganten Sänfte beobachten würden, waren die beiden stämmigen Sesselträger in ihren Livreen. Sie standen wie Wachen zu beiden Seiten des Kamins, über ihren breiten Schultern lag ein Geschirr aus glänzendem Leder und Messing und in einer behandschuhten Hand hielte jeder von ihnen einen sehr langen, polierten und bemalten Holzstab, der, wenn er in die jeweiligen Halterungen der Sänfte geschoben wurde, dazu diente, diese zwischen ihnen anzuheben und seine Insassin dorthin zu tragen, wohin sie gehen wollte.

Antonia konnte nicht widerstehen, sie raffte ihre seidenen Röcke, kletterte in den Tragstuhl und schloss die Tür. Sie setzte sich auf die gepolsterte Bank und sah sich voller Staunen um. Dann zog sie das Schiebefenster auf und schaute vor Glück strahlend hinaus.

„Es gibt genug Platz, dass Julian auf meinem Schoß sitzen und hinausschauen kann!"

„Wenn du das herzogliche Kind mitnehmen möchtest, ist es sehr schade, dass nicht noch genug Platz für eines der Kindermädchen ist", witzelte Lord Vallentine. „Ich würde das Haus nicht ohne wenigstens eine von ihnen, besser zwei, verlassen."

„Dieses Gefährt ist als Kutsche bekannt, Lucian", bemerkte der Herzog gedehnt und bedeutete den beiden Sesselträgern, sich zu entfernen. Er fragte Antonia in ganz anderem Ton: „Sollen wir ohne dich anfangen zu essen, *ma belle*?"

„Oh, ja! Ich bin zu aufgeregt und glücklich, um zu essen", verkündete sie aus dem Fenster des Tragsessels und inspizierte einige Momente länger das opulente Innere.

„Die beiden da sehen aus, als könnten sie eine Kutsche tragen!", bemerkte Vallentine, während er die Sesselträger sich mit den Tragstangen entfernen sah. Er fügte mit leiser Stimme, nur an den Herzog gewandt, hinzu: „Gut zu sehen, dass du sie ordentlich beschützen lässt, wenn sie ohne dich ausgeht."

„Sie haben ihre Befehle und meinen Segen, alles Nötige zu tun."

„Ihr glaubt - Verzeihung, Euer Gnaden", sagte Martin auf Englisch und ebenso leise, da er ihrem Beispiel folgte und sein Bestes tat, um seine Besorgnis nicht merken zu lassen. „Es gibt doch sicher keine unmittelbare Bedrohung ...?"

„Wenn du meinen Cousin meinst, der in Limoges schmort ... nein, aber ..."

„Man kann nie vorsichtig genug sein! Verdammt!", unterbrach Vallentine und knirschte mit den Zähnen. „Und bis dieser Wurm nicht kalt unter der Erde bei den anderen Würmern liegt, müssen wir alle wachsam bleiben."

„Natürlich, Mylord", stimmte Martin zu. „Ich werde ..."

„Später haben wir Zeit zu reden!", zischte Lord Vallentine, griff nach der nächsten abgedeckten Schüssel und täuschte Interesse an ihrem Inhalt vor, da Antonia aus ihrem Tragsessel herausgekommen war und die Tür schloss.

Sie kam zum Herzog herübergelaufen, der sein silbernes Messer und die Gabel hingelegt hatte. „Vielen Dank!", sagte sie und küsste ihn auf die Wange. „Du bist wie immer zu gut zu mir. Du verwöhnst mich."

„Es ist mein Vorrecht, dich zu verwöhnen. Es freut mich, dir diese kleinen Freuden zu bereiten, *ma fée*, genauso, wie es dich freut, sie zu erhalten. Also liegt das Vergnügen bei mir. Verstehst du?" Als sie nickte, drückte er ihre Finger und sagte leise: „Vielleicht solltest du auch essen?"

„Das werde ich, und die kleinen Päckchen dabei öffnen."

Und während die Gentlemen die Schüsseln untereinander herumreichten, beginnend mit vier Arten von Suppe, und daran gingen, ihre Teller mit einer Vielzahl von gebratenem Fleisch und Köstlichkeiten aus Gemüse zu füllen, genoss Antonia eine Schale Hühnercremesuppe und aß dann sparsam ein wenig von den anderen angebotenen Gerichten. Zwischen diesen Gängen packte sie ihre Geschenke aus. Sie gab die leere Verpackung und die Seidenbänder ihrem Sohn zum Spielen. Und als sie jede Schachtel öffnete, bereitete es ihr große Freude, zuerst ihrem Säugling den Inhalt zu zeigen, bevor sie die anderen Gäste ihn sehen ließ.

Madame und Vallentine hatten ihr eine bemalte Bonbonniere in Form eines zum Schlaf zusammengerollten Whippets geschenkt. Eine hübsche

Goldkette war an dem Klappdeckel befestigt, die in einem Verschluss endete, mit dem die Bonbonniere an Antonias Necessaire befestigt werden konnte. Sie warf Vallentine zum Dank eine Kusshand zu und er antwortete mit einem Winken seiner Gabel.

Die zweite Schachtel enthielt ein Lesezeichen aus Seide und Samt. Es war mit einem zarten Blumenstrauß bestickt, der sich über die ganze Länge erstreckte, und in Fransen endete. In seiner Mitte befanden sich die ineinander verschlungenen Initialen A und R, die schön in einen ovalen Rahmen gestickt waren. In der Schachtel lag ein kleiner Zettel, auf dem nur stand: ‚von M.E.'

„Danke, Martin. Ich werde es in Ehren halten und jeden Tag benutzen. Es ist noch kostbarer, weil du es selbst gemacht hast, nicht wahr?"

„Ja, *Mme la duchesse*." Sein Lächeln wirkte schüchtern. „Ich glaube, Ihr habt meinen Zeitvertreib auf unserer Überfahrt nach England entdeckt, nicht wahr?"

„Und dann musstest du mir alles darüber erzählen. Er ist ein Meister der Nadel, *Monseigneur*", stellte sie stolz fest und reichte das Lesezeichen in seiner Schachtel an Martin, damit er es dem Herzog zeigen konnte. „Martins Mutter war seine Lehrerin."

„Sie war der festen Überzeugung, dass man in vielen Bereichen Experte sein muss, um in seinem Beruf herausragende Leistungen zu erbringen. Dazu gehört auch das Nähen", erklärte Martin und reichte die Schachtel an den Herzog weiter. „Die Stickerei war nur eine Erweiterung dieser Fertigkeit und etwas, das ich genieße, wenn ich freie Zeit habe."

„Äußerst beeindruckend", lobte der Herzog und musterte anerkennend die Arbeit durch sein Augenglas. „Ich sehe, dass du abends angemessen beschäftigt sein wirst, wenn du nicht Karten spielen möchtest oder wenn du das angebotene Gespräch oder die angebotene Unterhaltung als fade empfindest."

„Niemals fade, Euer Gnaden."

„Vielleicht werdet Ihr mehr Erfolg dabei haben als meine Frau, die Herzogin dazu zu bringen, dass sie lernt, wie man mit einem Stickrahmen umgeht", bemerkte Vallentine, der wusste, dass er Antonia damit reizte, und mit einem zerstreuten Blick auf die Lakaien, die kamen und gingen, um die leeren, aufgedeckten Schüsseln durch neue Gerichte zu ersetzen.

„Aber wozu sollte ich lernen, mit einem Stickrahmen umzugehen, wo wir jetzt zwei erfahrene Sticker in der Familie haben? Und erzähle mir nicht, dass ich es wissen muss, für den Fall, dass M'sieur und ich eine Tochter bekommen, denn ich kann jetzt Martin oder Madame bitten, ihr zu zeigen, wie man kunstvoll mit einer Nadel arbeitet. Also hat dieses Problem sich von selbst gelöst."

„Es wäre mir eine Ehre, Mme la duchesse", stellte Martin fest.

„Jetzt ergreift nicht auch noch Ihr ihre Partei gegen mich!", beklagte sich Lord Vallentine gutmütig, während er nach der am nächsten stehenden abgedeckten Schüssel griff. „Ich bin schon in der Minderheit, da Roxton und meine Frau sich weigern, Partei zu ergreifen. Und ich kann nie gegen sie gewinnen, wisst Ihr. Sie hat eine Art, mir das Wort im Munde zu verdrehen ..."

„Dass sie keine Partei ergreifen, heißt nicht, dass sie auf meiner Seite stehen, Lucian", unterbrach Antonia ihn und setzte ihren kleinen Sohn auf ein Kissen in ihrem Schoß, das das Kindermädchen dort hingelegt hatte. Sie schaute mit einem verschmitzten Lächeln zum Herzog hinüber, bevor sie zu Vallentine sagte: „Es heißt nur, dass sie nicht auf deiner sind."

„Seht Ihr, was ich meine", knurrte Vallentine Martin zu. Er hob den Deckel einer Schüssel und seine Augen leuchteten auf, als er darin *truite à l'ail et sauce aux amandes* fand. Er häufte eine Portion auf seinen Teller und bot dann Martin die Schüssel an. „Versucht das", drängte er ihn und warf Antonia einen Blick zu. Doch da sie mit ihrem Säugling beschäftigt zu sein schien, fügte er vertraulich mit einem Augenzwinkern hinzu: „Die Sauce mit Knoblauch und Mandeln ist köstlich zur Forelle, doch nichts, was ich essen dürfte, wenn Madame, meine Frau, zugegen ist."

„Vielleicht, weil so viele Mandeln darin sind und sie dir, genau wie der *nougat de Montélimar*, den du auch nicht essen solltest, fürchterliche Blähungen verursachen", stellte Antonia nüchtern fest, während sie nach ihrem dritten Geschenk und der beiliegenden Nachricht griff. Aber gedämpftes Kichern und ein Prusten ließen sie aufblicken und feststellen, dass Lord Vallentine seinen Kopf schüttelte und zusammenhanglos murmelte, und der Herzog und Martin ihre Servietten an den Mund gepresst hielten. „Aber - Lucian, es müssen die Mandeln sein, *n'est-ce pas*. Daher verstehe ich überhaupt nicht, warum du sie weiterhin isst." Verwirrt schaute sie den Herzog um Bestätigung heischend an. „Wenn er Mandeln ist, bekommt er Blähungen. Madame beklagt sich darüber und sagt, dass Lucian trotzdem darauf besteht, sie zu essen, obwohl sie ihm nicht bekommen. Ist es falsch, wenn ich ihn deshalb warne, *Monseigneur?*"

Der Herzog senkte seine Serviette und bemühte sich, einen Ausdruck höflicher Besorgnis aufzusetzen. „Ich glaube nicht, dass Lucian sich des Problems nicht bewusst ist, *ma vie*. Nur bringt es ihn in Verlegenheit, wenn du seine - äh - unglückliche Konstitution so - so *direkt* ansprichst.“

Antonia hob verwirrt eine Hand. „Aber Madame tut das ständig, und bei Tisch. Und wenn Lucian es gerade nicht erwähnt hätte, hätte ich es auch nicht getan.“

„Ich habe nicht erwähnt - Oh, schon gut! Verdammt!“, räumte Vallentine ein, als Antonia die Augen weit aufriss. „Ich habe darauf angespielt, aber es nicht gesagt.“ Mit einem verlegenen Knurren fügte er hinzu: „Und Estée warnt mich vielleicht bei Tisch, aber sie tut es nicht in gemischter Gesellschaft.“

„Aber hier ist keine gemischte Gesellschaft, Lucian“, stellte Antonia energisch fest. Sie drückte einen Kuss auf die weiße Mütze ihres Sohnes, bevor sie den Herzog anlächelte und leise sagte: „Hier ist nur Familie.“

„Wenn Seine Majestät es ertragen muss, dass jede seiner Körperfunktionen der ganzen Welt berichtet wird, Lucian, wirst du es aushalten, eine Frau und eine Schwester zu haben, die sich Sorgen um deine Gesundheit machen“, bemerkte der Herzog und hob mit einem Zwinkern zur Herzogin sein Weinglas. „Es anders zu sehen, würde heißen, sich über etwas zu beschweren, das nicht mehr ist, als ein Hauch von - äh - als ob wir heiße Luft ...“ Und, um das Thema zu wechseln und weil er neugierig auf das Geschenk von Mme de Chavigny war, das der Chevalier Montbelliard unbedingt hatte persönlich überreichen wollen, fragte er: „Ist das das Geschenk von *tante Victoire, ma belle?*“

Sie nickte und schaute auf, abgelenkt von der Nachricht, die sich in der Verpackung befunden hatte. „Drei schöne, spitzenbesetzte Taschentücher, bestickt mit meinen Initialen.“

„Taschentücher? Unserem Sohn scheinen sie zu gefallen“, antwortete der Herzog mit einem Schmunzeln, als er zusah, wie sein kleiner Sohn mit einem der Taschentücher, das er in einer Faust hielt, Tauziehen spielte. „Magst du ihre Geburtstagswünsche teilen?“, fragte er obenhin und nippte an seinem Wein.

Antonia zögerte nicht, ihm den Inhalt der Nachricht mitzuteilen.

„Es ist seltsam, dass es nicht ihre Handschrift ist, aber vielleicht hat sie ihre Kammerfrau für sich schreiben lassen, denn ihre Arthritis ist um diese Jahreszeit sehr schlimm. Sie wünscht mir einen glücklichen Tag mit dir und unserem Sohn ... und sie freut sich darauf, uns zu sehen, vor allem darauf, zu sehen, wie viel Julian gewachsen ist."

Als Antonia die Nachricht zusammenfaltete und wieder in die Schachtel legte, zusammen mit zwei der Taschentücher und sie dann außer Reichweite ihres Kleinen schob, beharrte der Herzog auf seinen Fragen, da er wusste, dass noch mehr darin gestanden haben musste, als sie verraten hatte und sie ihn vermutlich vor den Folgen schützen wollte.

„Hat sie erwähnt, wann wir sie erwarten dürfen? Sie versicherte mir, sie würde rechtzeitig hier sein, um vor deiner Vorstellung bei Hofe noch reichlich Zeit zu haben."

Antonia begegnete seinen dunklen Augen und sagte mit einem kleinen Seufzer der Resignation: „Ich weiß nicht, warum ich versuche, Dinge von dir fernzuhalten, weil du es sowieso weißt! Und da du jetzt gefragt hast, werde ich es dir sagen. Aber ich wollte uns nicht den Tag verderben, denn ich weiß, dass du nicht mit ihr zufrieden sein wirst. *Tante Victoire* sagt, es sei nicht ihre Schuld, aber um einen Familienstreit zu vermeiden, kann sie jetzt nicht bei uns bleiben."

Der Herzog lächelte schief. „*Tante Victoire* war immer - ähm - leicht zu beeinflussen."

„Zu beeinflussen?" Vallentine schnaubte. „Du brauchtest die alte Tante nur anzuhauchen und sie würde ihre Meinung völlig ändern!"

„Du liest ihre Ausreden besser selbst", sagte Antonia, indem sie Mme de Chavignys Nachricht an Martin übergab, damit dieser sie dem Herzog weiterreichen konnte.

Roxton überflog das Briefchen durch sein Augenglas. Und während er das tat, aßen die anderen Speisenden, was noch auf ihren Tellern lag und tranken, was von ihrem Wein übrig war. Doch Antonia konnte sehen, dass der Herzog alles andere als erfreut war und sein Bestes tat, es nicht zu zeigen, daher sagte sie fröhlich, um das Schweigen zu brechen:

„Bei welcher Verwandten *tante Victoire* auch zu bleiben gedenkt - Schwester oder Nichte - es wird mir die perfekte Ausrede bieten, sie in meinem schönen neuen Geburtstags-Tragsessel zu besuchen, ja?"

Daraufhin erlaubte der Herzog dem Aufruhr von Missfallen über seine Salvan'sche Verwandtschaft, sich zu verziehen. Er würde sich am nächsten Tag mit ihnen befassen. Er hob sein Glas und erwiderte Antonias Lächeln. „Das ist wahr, *ma belle*."

„Wie ich es sehe, hat *tante Victoire* seinerzeit einige schlechte Entscheidungen getroffen, aber dein Missfallen zu erregen muss ganz oben auf der Liste ihrer schlechten Entscheidungen stehen!" Vallentine lachte in sich hinein, während er an einem mit Knoblauch marinierten Rebhuhnflügel knabberte. Er deutete mit dem winzigen Knochen auf den Herzog. „Wenn ich zum Wetten neigen würde, würde ich sagen, dass die Tatsache, dass du sie für die Vorstellung brauchst, sie dazu ermutigt, irgendwie übereilt oder vorschnell zu handeln."

„Wie scharfsinnig von dir, Lucian. Vielleicht hast du recht, oder ihre Schwester und Nichte benutzen den Streit und *tante Victoire*, um mir - äh - die Hände zu binden, weil sie etwas von *mir* wollen."

„Aber wenn sie etwas von dir wollen, *Monseigneur*", widersprach Antonia, „Warum sind sie nicht offen und fragen dich einfach? Dann werden sie ihre Antwort schon bekommen."

„Sie fürchten sich", stellte Vallentine fest. „Vor der Antwort und vor deinem Mann ..."

„Das ist lächerlich!", erklärte Antonia hitzig. „Was gibt es da zu fürchten, wenn *Monseigneurs* Antwort immer fair sein wird."

Der Herzog neigte lächelnd den Kopf. „Danke, *ma vie*." Er faltete die Notiz zusammen und reichte sie Martin, um sie Antonia zurückzugeben, die sie mit den Taschentüchern zurück in die Schachtel schob. Und zu Lord Vallentine sagte er kryptisch: „Wenn du an die Frage denkst, Lucian, hast du deine Antwort."

Seine Lordschaft hatte keine Ahnung, was sein bester Freund meinte, aber er ahnte, dass dies alles mit den Salvan-Frauen zu tun hatte, die sich für die Sache des Chevalier Montbelliard einsetzten. Also ließ er alle weiteren Fragen zum Thema fallen, bis auf eine. „Also für welche dumme Schwester und hohlköpfige Nichte kann *tante Victoire* sich für ihren Aufenthalt hier in Versailles entscheiden, denn es gibt mindestens ein halbes Dutzend von beiden."

„*Tante Philippe* - äh - streitet sich mit ihrer Schwiegertochter Marie-Louise, der *duchesse du Touraine* -"

„*Was?* Philippe, die Fromme?", platzte Lord Vallentine heraus. Er verzog angewidert das Gesicht. „Und der Schrecken der Touraine? Ein Kinderzimmer voller schreiender, stinkender Gören ist einer Stunde in der Gesellschaft einer dieser beiden trübsinnigen Damen vorzuziehen. Und ich sollte es wissen! Ich war zweimal mit Estée bei *tante Victoire* zu Besuch. *Tante Philippe* und Mme Touraine waren beide da und sie stritten sich *alle*!

Fragt mich nicht, worüber, verdammt, aber Estée hat sich bald in die Schlacht gestürzt. Ich habe mich verzogen, um den Sträuchergarten zu bewundern.“

„Du warst zweimal dort?“ Die Lippen des Herzogs zuckten und er zog die Brauen hoch. „Ich hatte keine Ahnung, dass es eine solche Prüfung für dich war, meiner Schwester den Hof zu machen.“

„Prüfung?“ Vallentine verdrehte die Augen. „Du hast keine Ahnung!“ Er blies die Backen auf und schüttelte den Kopf. „Ich würde lieber in einer Gosse übernachten als bei einem von diesem Haufen!“

Alle am Tisch lachten, und dann schnappte Antonia nach Luft und starrte Vallentine an, als wäre sie über alle Maßen schockiert.

„Oh nein, das wirst du nicht!“, klagte Seine Lordschaft. „Du wirst mich nicht für das ausschimpfen, was wir *alle* über *tante Philippe* und Mme Touraine denken ...“

„Nein! Nein! Es spielt für mich überhaupt keine Rolle, was du über *sie* sagst. Es ist alles wahr. Nein. Aber ich möchte, Lucian, dass du das, was du gerade getan hast, noch einmal tust. *S'il te plaît.*“

Seine Lordschaft runzelte die Stirn. „Was tun ...“

„Das alberne Geräusch, das du mit deinen Lippen gemacht hast.“

„Aber warum sollte ...“

„Renard! Hast du gesehen?“, fragte Antonia mit vor Aufregung leuchtenden Augen. „Hast du das gehört?“

Das hatte der Herzog nicht, doch er hatte eine Ahnung, dass ihr Entzücken etwas mit ihrem Kind zu tun hätte, das beim Klang der Stimme seiner Mutter den Kopf gedreht hatte und zu ihr aufschaute. „Lucian, tue der Herzogin den Gefallen, wenn du so freundlich sein würdest.“

„Na gut. Aber ich habe doch nur so Luft aus meinen Lippen geblasen.“

Vallentine tat es erneut und wollte gerade fragen, warum es notwendig war, sich auf solche närrische Possen einzulassen, als auch er bei einem ungewohnten Geräusch aufschrak. Er starrte zuerst Antonia, dann den Herzog an und schließlich Martin. Alle anderen hatten es auch gehört, denn sie waren alle für einen Moment fassungslos.

Seine kleine Lordschaft, Julian Renard Hesham, Marquis of Alston und Erbe des Herzogtums Roxton, hatte einen weiteren bedeutenden Schritt in seiner Entwicklung getan, indem er sein erstes Kichern von sich gegeben hatte. Er hatte zu seiner Mutter aufgeschaut, doch in dem Moment, als Lord Vallentine wieder Luft durch seine Lippen ausblies, wandte er den Kopf, um die Quelle eines solch seltsamen Geräusches direkt anzusehen. Lord Vallentine blies zum dritten Mal Luft aus, als ob er sich selbst und dem Rest der Speisenden versichern wollte, dass dies der Grund für das Kichern seiner kleinen Lordschaft war. Und tatsächlich kicherte das herzogliche Kind, und kicherte weiter. Es war so ein ansteckendes kleines Gurgeln der Freude, dass jeder dazu schmunzeln musste.

Obwohl, als er später in der Nacht darüber nachdachte, als er sich zum Schlafengehen umzog, fragte Vallentine sich, und nicht zum ersten Mal, ob viel dieses Lachens nicht nur eine Reaktion auf die neu gefundene Fähigkeit seines Neffens war, sondern ihm galt. Denn nachdem er Antonia den Gefallen getan hatte, seine Lippen zu schürzen, um ihren Sohn dazu zu bringen, noch mehr zu kichern, fügte er seinem Repertoire auch das Grimassenschneiden hinzu. Es faszinierte ihn, wie weit erwachsene Menschen sich herabließen, um die ganz jungen zu amüsieren.

Doch am Ende spielte es keine Rolle. Alle hatten die Geburtstagsfeier der Herzogin ungemein genossen. Obwohl er bereute, dickköpfig gewesen zu sein und nicht auf ihren Rat gehört zu haben. Er wünschte, er wäre standhaft genug gewesen, um auf die Forelle in Mandelsauce zu verzichten, da er den größten Teil der Nacht mit einem Völlegefühl und Übelkeit verbrachte. Das gab ihm ein neues Verständnis für die Bauchschmerzen seines Neffen. Dennoch. Er würde Antonia das nie gestehen. Und er würde das Essen wieder genießen. Aber nicht am nächsten oder übernächsten Tag. Vielleicht würde er im nächsten Monat auf Mandeln und *nougat de Montélimar* verzichten. Und nachdem er diesen Entschluss gefasst hatte, konnte Vallentine endlich in Schlaf fallen und hoffte, er würde bis zum späten Morgen durchschlafen können. Er wusste, dass seine Tage des ungebrochenen Schlafes gezählt waren - er hatte noch fünf Monate und er zählte die Tage, bis sein eigenes Bündel Freude eintreffen würde. Er konnte es nicht erwarten!

Ende - vorläufig ...

Was nach dem Happy End geschieht, wird im dritten Band fortgesetzt - *Ihr Herzog*.

HINTER DEN KULISSEN

Erkunden Sie die Orte, Dinge und Geschichte im Zusammenhang mit Seine
Herzogin auf Pinterest. www.pinterest.com/lucindabrant

Die Geschichte geht weiter in ...

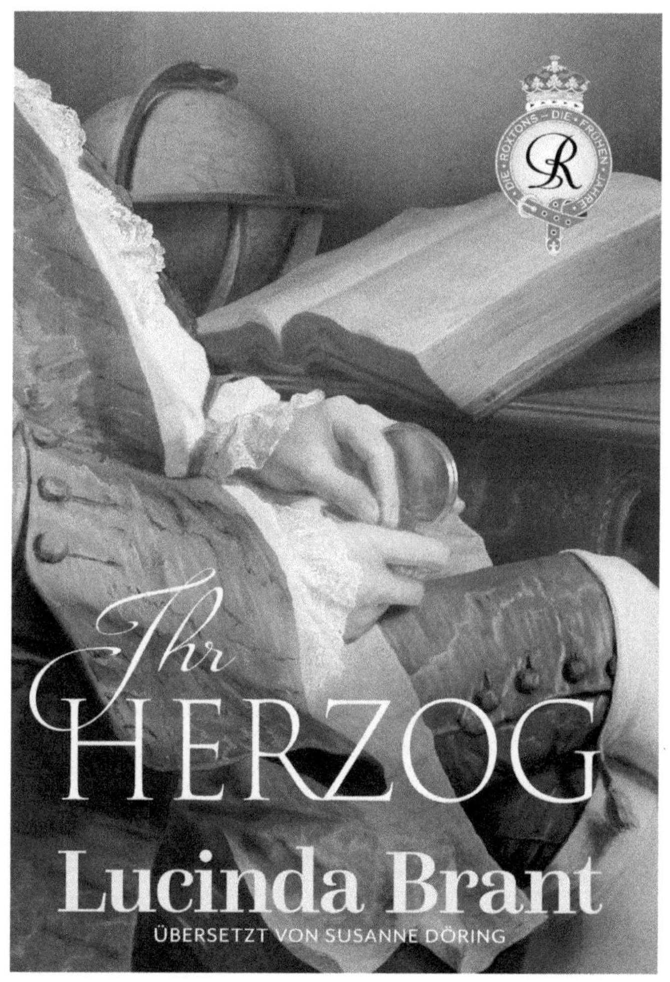